K INK INK INK INK INK INK
NK INK INK INK INK INK IN
K INK INK INK INK INK INK
NK INK INK INK INK INK IN
K INK INK INK INK INK INK
NK INK INK INK INK INK IN
K INK INK INK INK INK INK
NK INK INK INK INK INK IN
K INK INK INK INK INK INK
NK INK INK INK INK INK IN
K INK INK INK INK INK INK
NK INK INK INK INK INK IN
K INK INK INK INK INK INK
NK INK INK INK INK INK IN
K INK INK INK INK INK INK
NK INK INK INK INK INK IN
K INK INK INK INK INK INK
NK INK INK INK INK INK IN
K INK INK INK INK INK INK
NK INK INK INK INK INK IN
K INK INK INK INK INK INK
NK INK INK INK INK INK IN
K INK INK INK INK INK INK
NK INK INK INK INK INK IN
K INK INK INK INK INK INK

INK

文學叢書

182

何處尋你

胡適的戀人及友人

蔡登山◎著

目次

序

耿雲志

蔡登山先生近作《何處尋你——胡適的戀人及友人》即將出版，他堅持要我說點什麼。自知學淺，加之，小病初愈，故頗不敢應命。但蔡先生與我可算是老朋友了，不便固辭，只好勉強說幾句。

近三十年來，胡適研究在大陸、台灣、香港以及美國都頗興盛，出版物幾不可勝數。尤其在大陸，甚至有「顯學」之稱。但大家的關注點是有區別的。總的說來，在大陸，因有上世紀五十年代對胡適的大批判，胡適完全被否定，以致至今在一些人的心目中，胡適仍是所謂「反面人物」。故研究胡適的多數學者乃著力於從各個方面，包括思想、政治、學術、教育、文化等，揭示胡適的眞實主張及其實際貢獻，以還胡適的本來面目。在海外，雖然也有與大陸學者相近的關切，但比較多的注意胡適的社會交往和他從前不大爲人所知的感情世界。當然，也還有一部分人，因受新儒家的影響，著力於批評胡適的思想與學術。

蔡先生的書屬於第二類，即主要探究胡適的社會交往及其豐富的感情世界。蔡先生書中談到的十幾個題目，雖然從前都曾有人談過，但讀了蔡先生的文章就知道，他在所有這些題目

上，都獨立地下了大工夫，材料更充實，更詳盡得多了。而且蔡先生有特殊的稟賦與訓練，他的文章，使整個故事的輪廓更顯完整，情節更加連貫，場景分外鮮明，所以讀來特別生動而親切。文中每涉及到一個人物，他都會努力查明其身份、來歷，交代其與中心人物的關係。這顯然是需要下很大的工夫才能做到的。蔡先生鉤稽史實，貫串情節，善用掌故，講求布局與結構，使他這本研究胡適的書格外有魅力。他的研究方法和表達方法是很值得敬佩的。

從前有所謂「賢者識其大者，不賢者識其小者」的說法。這種說法不能說它完全沒有道理，但切不可絕對化。像胡適這樣在中國近代史上，特別在思想、學術、教育、文化等方面發生極大影響的人物，研究者自然首先應該關注到這些大的方面。但一個人總歸有其屬於純粹個人的一些東西，要充分地、全面地、細緻地瞭解一個人，自然也不應完全忽略這些東西。片面強調一個方面，忽略甚至排斥另一個方面，是沒有道理的。我們應當追求的，也許可以說，識其大者，不遺其小；識其小者，能因小見大。這說的是追求的目標，做起來是很不容易的。願大家共勉之。

談及純粹個人生活的領域，因其本來具有私祕性，所以往往容易刺激人們好奇的心理。基於此種心理，人們對於各種未曾聞見的故事，常取寧信其有的態度，以此，稍不愼，難免厚誣古人。舉一個例，在許多人的文章裡都說到，一九二三年，胡適與曹誠英相戀時，曾向江冬秀提出離婚，江冬秀操起剪刀，要殺死兒子和自己以爲抗議。這個故事唯一的來源，是石原皋於上世紀八十年代寫的回憶錄《閒話胡適》一書。寫此書時，作者年事已高，其回憶未必都是可

靠的。我歷來主張，回憶錄的敘述，只可供參考，只可作輔證。在沒有其他證據的情況下，以回憶錄的說法，一種孤證，即認爲事實，是不夠愼重的。對於石原皋的上述說法，我一直採取存疑的態度。大家知道，胡適是一個非常理性的人。他與江冬秀結婚，本身就是基於深固的理性選擇。他在一九二一年同他非常信重的長輩朋友高夢旦先生談及他的婚姻時，曾說到他的這樁婚姻對他本人具有不尋常的社會意義。因此，我們可以認爲，他要拋棄江冬秀，對他同樣會產生不同尋常的社會影響。以胡適爲人處世的一貫作風，對於離婚一事，是決不會輕做決定的。再說，石原皋是胡適的遠房親戚，年齡上屬於幼輩。胡適不至於太不檢點，竟在一個幼輩親戚面前與太太演出一場離婚的鬧劇。所以，我覺得，石原皋之說，甚不可信。

我舉此一例，是想說，研究胡適的私人生活方面的事，研究其感情世界的事，也一樣應遵循歷史研究的基本原則，無徵不信，有幾分證據，說幾分話。我是看到蔡先生書中，似亦採信石原皋的說法，遂忍不住借此機會表明我對這種說法的態度。蔡先生對於人物研究，極具特長，其未來成就，正不可限量，因有厚望，故不避責備賢者之議，而連帶及此，尚祈蔡先生及讀者諒之！

二〇〇八年四月四日於北京太陽宮寓所

（本文作者爲中國社會科學院學部委員、近代史所研究員，中國現代文化學會會長）

還原一個眞實的胡適

黃克武

蔡登山兄將近年來有關胡適的文章集結爲《胡適的戀人及友人》，書中討論了胡適與十餘位男、女朋友之間的情誼，及其對胡適生平與思想的影響。屬於「戀人」範疇者有韋蓮司、陳衡哲、曹珮聲、徐芳、陸小曼、羅維茲、哈德曼等，屬於「友人」的部分不但有大家所熟知的丁文江、王重民、羅爾綱、羅隆基、蔣夢麟、郭沫若；也包括較少人注意到的李美步、張愛玲、章希呂等人。這一本書不但饒富文彩、情節生動，讀來引人入勝，而且有豐厚的學術底蘊。作者運用了大量的胡適日記、書信、文學作品等，又加上友人們所遺留下來的各類文獻、口述歷史，還徵引了近年來二手研究的重要成果。登山兄將這些史料相互勘證對照，呈現出一幅幅完整的歷史圖像，對深入瞭解胡適有重要的貢獻。

登山兄在本書題記中說：「胡適曾經是引領風騷的一代人物，卻在晚年被塗上不同的色彩，而變得容貌模糊了」，這的確是長期研究胡適之後所產生的眞實感受。二○○七年我在上海華東師大以胡適爲題所做的演講中曾提到一個口號，叫做「還原一個眞實的胡適」，就是希望研究者能夠撥開雲霧，回到歷史場景，呈現一個有血有肉、有理智有情欲、有長處有缺點的胡適。

然而如何才能「還原一個眞實的胡適」呢？我認爲胡適研究者至少必須突破四種迷霧。

第一，胡適本身所佈下的迷霧。胡適是一個非常精心刻畫自己形象的人，他在後世的形象在很大程度是由他自己一手導演、捏造、刻畫出來的。在這方面胡適的《四十自述》，以及他在晚年口述，唐德剛筆錄的《胡適口述自傳》扮演十分重要的角色。這兩本書是胡適最重要的模本，奠定了他啓蒙者的形象，亦即大家所看到的一個光鮮亮麗的胡適。另外，胡適從小就寫日記，其總字數超過四百萬字，可以說是中國近代史上重要的史料。胡適寫日記時其實心中有一群想像的讀者，正是未來的我們，所以他精心刻畫自己在日記中的形象。不過有趣的是，他往往懷有一種想跟後代讀者鬥智的心態，例如有些關鍵的、精彩的部分，他並不完全將之抹殺或掩蓋，而是利用縮寫、簡稱或隱語來表達，所以在讀胡適日記時就需要具有高度的警覺性，才能看出其中蹊蹺。在這方面最好的例子是余英時所寫的〈從《日記》看胡適的一生〉一文（收入《重尋胡適歷程》），他利用胡適日記原稿中塗抹掉的一段話，撥雲霧、見青天，考證出胡適與兩位美國女士之間的複雜情愫。

胡適不但在寫日記之時欲言又止，在詩詞寫作過程中也有意無意地留下蛛絲馬跡。中國文人詩詞往往是很隱晦地「言志」，但胡適又怕讀者不清楚詩的內容，有時在詩之前會有案語，解釋該詩創作緣由。不過這時讀者要很小心，因爲這些案語常常會誤導讀者到一個錯誤的方向。所以他的好朋友徐志摩就說，凡是胡適先生文章中有案語的地方都要好好考究。「眞是知我者志摩！」也就是說，在這些文字裡，胡適精心刻畫了自己，而這個「自己」就是他所希望

在後世呈現的形象。而且胡適是極端重視隱私的人，他對自己私密情感部分寫得非常含蓄。這樣一來，要尋找到眞實的胡適，就得突破這一種迷霧，突破了這一點，才能看到胡適的內心世界。

第二，**政治迷霧**。二十世紀中葉以來，海峽兩岸對峙，在冷戰架構，亦即自由主義與共產政權相對抗的框架中，往往限定了雙方對歷史人物的認識。例如長期以來大陸與台灣對魯迅與胡適即秉持不同態度。魯迅在大陸是第一號人物，胡適卻是第一號戰犯；反過來說，胡適在台灣則是一等一的英雄，而魯迅在台灣卻沒有受到太多人的注意。胡適在大陸不受歡迎是可以想像的。胡適深受英美資產階級自由主義價值觀念的影響，作品中有大量的反共言論，這些地方都讓中共對他深惡痛絕。五〇年代曾有一個批胡的運動，後來批胡的文字集結成書，堂皇好幾大本，胡適還細心地收集了這一套書。在今天台北胡適故居的書房裡還有胡適手批的「批胡」全集。五〇年代數百萬字的文獻，代表了一個時代對胡適施加的圍剿。這種狀況到九〇年代以後才逐漸好轉。

無論如何，胡適在過去的半個世紀裡，經歷了從「黑」到「紅」的過程，從頭號戰犯慢慢地變成一個大家可以接受的，某種程度是和藹可親而蠻有意思的思想人物。這是很大一個轉變，它涉及大陸近年來政治與文化氣氛的轉型。事實上不只是胡適，有不少的近代中國歷史人物，如梁啓超、嚴復等改革派人士，甚至蔣介石，都經歷過類似過程。在改革開放後，隨著視角的改變和開拓，這批和國民黨關係較密切，比較主張民主自由、資本主義的改良派學者才得到了平反。這也是大家所期望的：還原一個眞實的、有血有肉的人，而不只是被政治宣傳抹黑

的樣板。這個迷霧的破除，在某種程度也表現了胡適所提出的理想，而到目前爲止還具有現實的意義。

第三，公私和性別的迷霧。過去我們都把人物的公領域和私領域作清楚的區分。公領域是大家所看到的，這個部分的胡適其實非常受大家關注，胡適當時可說是名滿天下，無人不知，最有名的一句話就是「我的朋友胡適之」。總之，在公領域層面，胡適備受關注。所以唐德剛有個有趣的比喻，「胡適就像金魚缸裡的金魚，搖頭擺尾大家都看得一清二楚。」這話也對，但也不對。不對的地方在於，其實胡適私領域的部分在金魚缸裡是看不到的，另有一廣闊天地。過去人們習慣把公私領域劃分之後，往往只看到公領域一面，而不看到私領域一面。其實我們所常說的「知人論事」，就應該要能夠把公領域和私領域結合在一起來考察，換言之，私情和公義，其實是一個銅板的兩面。幾年前在台北開過一個國際會議，叫「欲掩彌彰——中國歷史文化中的私與情」，其主旨即在闡明私領域中相當多的生活經驗，其實和公領域表現之間有千絲萬縷的關係，所以必須要打破公私的分疆劃界，才能看清楚地瞭解一個歷史人物。公與私的分疆劃界也牽涉到另一個問題，即男性中心主義。以往大家看胡適的這些女友，基本上都是從男性視角來看，這些圍繞在胡適身邊的女性，都成了胡適的配角，她們沒有聲音，也沒有自己特別的表現，總之她們是平面的、被動性的人物。相當多對胡適情感生活的描寫都落入了這種窠臼。最近出版的江勇振新書《星星、月亮、太陽》即特別注意到這點，他不但以胡適爲主角，也以他身邊女人爲主角，再重新看胡適。的確，當我們重新從女性角度來看，胡適的這

些花邊新聞，就不再是繁忙公務生活中的點綴，而有另一層意義。胡適身邊的這些女性，其實個個都有強烈的情感，而且對於情感的表達和生命的追求，都有自己的熱忱。

相對於女性友人的狂野、奔放和熱情，胡適的情感表達卻是相當內斂的。從江勇振的作品與登山兄的文章大家會發現他有很多「婚外戀」的女友，但似乎胡適的戀情都有個基本模式，就是胡適情感上放的不多，卻收得很快，他一旦發現這些女子對他有點糾纏而陷得太深的時候，他馬上打退堂鼓。最典型的例子就是本書第三章所談到他與「才堪詠絮、秀外慧中的女弟子」徐芳之間的戀情，剛開始時胡適沉涵於新鮮的浪漫，但看到徐芳義無反顧的時候，他就退縮了。這就是胡適，在情感上相當內斂、保守，並儘量在各種各樣文字中隱藏情感的人，所以蔣介石說他是「新文化中舊道德的楷模」是有道理的，他受這種舊道德的束縛相當大。總之，如果不打通公私，就難以深入胡適性格、思想的複雜面向。

第四，**文化迷霧**。胡適處在中西歷史的交會時期，他受過中國傳統教育，又接受了西方新式的教育。他本來在康奈爾大學讀農，後來讀不下去，其中一個原因是因爲蘋果的關係，美國的蘋果分類很多種，同是蘋果有十幾個名字，胡適也搞不清楚，心想學那麼多蘋果名字有什麼意思，所以後來就轉到哥倫比亞大學讀哲學。總之，胡適是中西歷史交會關鍵點上的一個人物，在他身上，既有中學又有西學，既有傳統又有現代。在思想內涵上，基本上，他強調全盤西化、反傳統，主張把傳統東西全部丟掉，所以他特別欣賞隻手打倒孔家店的老英雄吳虞。而且他的生活形態也非常西化，胡適紀念館保存了相當多胡適的衣著，他有時穿長袍，但常穿西

服，皮鞋一定要訂作，此外各種各樣身邊日用品多是非常精緻的西方東西，而且他喜歡喝威士忌酒。總之，他是一個受西化影響很深的人。可是如果從完全西化的角度來看，卻又很容易誤解胡適。胡適是站在中西文化的交界點上，他有中國文化的傳承，也有西方文化的薰陶，而且他對中國文化和西方文化都做了一番抉擇和取捨。他表面上是全盤推翻傳統，實際上他對中國傳統還有很強的依戀。只有看到東西文化在他身上的衝擊和融合，才能看清眞實的胡適。我最近所發表的〈胡適與赫胥黎〉一文，就指出胡適對赫胥黎、達爾文思想的認識與他對宋明理學、清代考據學與佛教與儒家的道德理想是交織在一起的。

登山兄的大作基本上突破了上述四種的迷霧，呈現了一個眞實的胡適：「一個和藹可親、溫文儒雅的學者，他跟你我一樣也談戀愛和做學問」，然而胡適迷人之處是無論是談戀愛與作學問，「他比我們都傑出」，這就是胡適！這些細緻的生命經驗，我就留給讀者仔細地從本書中去品味。

（本文作者爲中央研究院近代史研究所研究員兼胡適紀念館主任）

【題記】

何處尋你？

胡適曾經是引領風騷的一代人物，卻在晚年被塗上不同的色彩，而變得容貌模糊了。這不禁使我們想起在那陰晦無月的中秋夜晚，他一個人獨自走來，聽風聲蕭蕭、蟲鳴感感，他百無聊賴地哼起了自己的一首詩，詩云：「怕明朝密雲遮天，風狂打屋，何處尋你？」如今半個世紀又過去了，「五四」的燈火已遠，在歷史的長河裡，人們對他有過太多的誤讀與曲解，還他一個眞實的面貌，恐怕是研究學者所要努力的目標。但若無法擺脫政治的干擾，無法站在歷史的制高點上，在滾滾紅塵的人世間，我們又「何處尋你」呢？

翻讀日記、書信等等一手資料，重尋當年的歷史現場，一個和藹可親、溫文儒雅的學者，他跟你我一樣也談戀愛和做學問，但無疑的他比我們都傑出，不管前者或是後者。

二〇〇七年八月二十日記

山風吹不散心頭的人影

胡適的婚外戀

不管胡適在學術上有多大的成就，人們最感興趣的還是他的婚戀，許多研究者不斷地發掘諸多材料，但似乎還沒有說盡的一天，本文僅就「詳人所略，略人所詳」，從最新發現的一些資料作一補充。

大名鼎鼎的洋博士，和小腳又識不得幾個字的村姑，不但結爲夫妻，而且彼此「尊重名分」，白首到老，曾被傳爲一時美談。但打從兩人訂婚一直到結婚後，卻出現過不少「風風雨雨」，甚至於「大吵大鬧」。原因在於胡博士的心中有著「吹不散的人影」，這我們從他的日記似乎可以得窺一二。

胡適於一九一七年回國與江冬秀完婚

胡適的感情生活可推到一九〇四年他十四歲時，由母親作主，與江世賢之女江冬秀訂婚開始。但自訂婚，到一九一七年十二月完婚，其間冬去春來十四載，兩人並未見面，因此也未迸出任何愛的火花，其實亦無火花可「碰」。因爲胡適對這樁婚姻，儘管有百般不願意，卻無力抗爭，更不敢有違母命。孤兒寡母的世界裡，他只能唯母命是聽，贏得「事親至孝」的美名。至於婚姻則能拖就

拖，因此在一九〇八年，胡母要他在暑假中回家完婚，胡適接信，如雷轟頂，再採拖延策略，在七月三十一日致母親的長信中提出無法遵命的六大理由，其中有畢業期在十二月而非八月，大哥及諸人所言有誤；再則下半年不能請假，家中經濟情況無力完婚，及不喜歡合婚擇日等，其目的無非在暫時逃避婚事。

而胡適眞正迸出愛的火花，要到一九一四年，也就是他赴美留學的四年後，他結識康乃爾大學地質系教授韋蓮司之次女——燕嫡茲．韋蓮司（Edith Clifford Williams）。她是紐約達達派一位朝氣蓬勃的女畫家，善於畫風景畫、人物畫和靜物畫，一八八五年四月十七日生，比胡適大六歲。當康乃爾大學成立時，她祖父作爲三位創設委員之一，曾投入巨額的資金。她的父親一八七九年即在康乃爾任助教，八四年晉升教授。而她的大哥畢業於康乃爾，然後獲依埃爾大學碩士學位。而二哥則畢業於依埃爾，再獲康乃爾工學碩士學位。一九〇七年她父親在哈依蘭德大街三一八號，綺色佳市北部丘陵地山道上新建了美麗的宅邸，宅邸西邊有一個很大的湖。七年後這座房子客廳暖爐前，成了女畫家與中國留學生的暢談之所。

翻閱胡適日記，在一九一四年六月十八日第一次出現韋蓮司的名字，兩人並同去教堂觀摩西方婚禮。十月二十日在湖濱同遊三小時，並在韋家晚餐。十月二十四日從紐約歸來的韋蓮司，告訴胡適說曼托羅波力坦美術館（案：Metropolitan，即「大都會美術館」）有中國的繪畫，而後兩人在月光下散步。在這之後，兩人陸續有書信往來，文學與藝術、思想與哲學，還有第一次世界大戰中的美國參戰問題和日本對華二十一條要求等，都是他倆談論的話題。韋蓮司「極能思想，讀書甚多，高

潔幾近狂狷，雖生富家而不事服飾。」胡適對她頗具好感，說「余所見女子多矣，其眞具思想、識力、魄力、熱誠於一身者，惟一人耳。」一年之中，與韋蓮司會面數次，寫信竟達百餘封。兩人時常以談人生、談政治、藝術自由，郊外散步，公寓約會，看傍晚落日，櫛月夜涼風，才女才子共享浪漫朦朧之醉意。而就在一九一五年一月，胡適訪韋蓮司於紐約曼哈頓海文路九十二號寓所時，兩人「縱談極歡」，但由於胡適的膽小愼微，頗讓韋蓮司失望。後來再加上韋蓮司那位「守舊之習極深」的母親，以「別人看來不好」，以及異族、異教通婚，有乖時俗等話語，而棒打鴛鴦散。胡適一九一六年一月二十七日的日記中曾留下對韋蓮司之母頗爲憤慨的話語，他說：「夫人如役令媛如奴婢，則何妨鎖之深閨，毋使越閨閣一步；如信令媛有人身自由，則應任渠善自主張，自行抉擇。」①

雖是如此，後來韋蓮司被母親從紐約召回康乃爾時，胡適就住進紐約韋蓮司的寓所，此時胡適已轉學進哥倫比亞大學攻讀博士學位，在近一年的時光裡，韋蓮司居室的家具衣物、圖書、畫作，一如舊往地伴著胡適。一九一七年六月，胡適學成即歸國，臨別前胡適曾到綺色佳看望韋蓮司，兩人不勝依依而別。一九二〇年韋蓮司再回綺色佳，因爲此時紐約達達藝術團體已散掉了，而父親於兩年前在古巴的哈瓦那猝死，年邁的母親需要有人照顧。到了一九二四年韋蓮司就任職於康乃爾大學獸醫學部，並擔任圖書館的管理員。

胡適與韋蓮司

十年後（一九二七年）胡適赴美，兩人重逢於綺色佳，在這次重逢時兩人理不束情，韋蓮司說：「一堵高不可測的石牆，只要我們無視於它的存在，它在一時之間就能解體消失。我無視橫亙在我們之間的時空距離……」②一九三三年九月上旬及九月二十四日，胡適則因訪美的緊湊行程，只兩度在綺色佳與韋蓮司見面。胡適在九月二十五日給韋蓮司的信中說：「星期天美好的回憶將長留我心。昨晚我們在森林居（Forest Home，案：旅館）所見到的景色是多麼帶有象徵的意味啊！那象徵成長和圓滿的新月，正在天際雲端散發出耀人的清輝，美化了周遭。月光被烏雲所遮，最後爲大風暴所吞吃。風暴過去，而新月終成爲滿月。」③而同天韋蓮司給胡適的信說：「胡適，我愛你！……我是個很卑微的人，你應該愛我——有時，你的愛就像陽光中的空氣圍繞著我的思想。……要是我們眞能完全生活在一起，我們會像兩條溪流，奔赴同一山谷。……」④

胡適與韋蓮司

一九三八年四月十九日，胡適在紐約舊地重遊，他好生感慨，並寫下一首感傷的詩篇：

四百里的赫貞江，從容的流下紐約灣，

山風吹不散心頭的人影

恰像我的少年歲月，一去了永不回還。
這江上曾有我的詩，我的夢，我的工作，我的愛。
毀滅了的似綠水長流，留住了的似青山還在。

一九三九年六月間，胡適回到康乃爾參加校友返校活動，兩人又見了一面。韋蓮司還送了一個刻有胡適名字的戒指給胡適。一九四六年韋蓮司女士退休。一九五三年七月六日，胡適和江冬秀到綺色佳作客，住在韋蓮司家，長達二十七天。一九六〇年八月韋蓮司賣掉了房子，移居西印度群島的巴貝多島，直到一九七一年二月一日去世，享年八十五歲。而胡適則於一九六二年在台北南港舉行新院士酒會上，心臟病突發去世，享年七十二歲。韋蓮司生前保存了胡適寄給她的大量書信，一九六五年她將這批她親手整理的信件分批寄贈給江冬秀，目前存於台北胡適紀念館。兩人深情五十年的陳跡殘影，後人可在信件中讀到。

而胡適第二次迸出愛的火花，是他和韋蓮司在熱戀之際，另一東方才女陳衡哲（莎菲）也留學美國，發現並愛上胡適。不同於韋蓮司的是，這次是陳衡哲顯得要主動得多了，雖然陳衡哲是胡適的好友任鴻雋（叔永）追求的對象，但由於胡適是當時在美國的中國留學生中，出類拔萃的，而且到處演講、發表文章，因此激起陳衡哲的愛慕之情。胡適自一九一六年十月起與陳衡哲通信，兩人雖未謀面，但彼此「心有靈犀」，在五個月之內，尺素往返，胡適寄出的信不下四十餘件。一九一七

年四月七日，胡適終於隨任叔永去普濟布施村（Poughke epsie）訪陳衡哲，這是胡、陳第一次「碰」面，也是他們在美洲的唯一一次。

在這之前的四個月（一九一六年十一月十七日），胡適收到任叔永寄來陳衡哲所寫的兩首詩〈月〉、〈風〉後，將詩抄錄在日記中，並寫道：「叔永以兩詩令適猜何人所作。適答之曰：『兩詩妙絕。……〈風〉詩吾三人（任、楊及我）若用氣力尚能爲之，〈月〉詩則絕非吾輩尋常蹊徑。……足下有此情思，無此聰明。杏佛有此聰明，無此細膩。……以適之邏輯度之，此新詩其陳女士乎？』」才堪詠絮、冰雪聰明，當任叔永把此信轉給陳衡哲看時，陳衡哲在心中能不暗暗地把胡適「視爲平生知己」乎？也因此當任、楊（杏佛）、梅（覲莊）、朱（經農）都反對胡適搞文學改良、寫白話詩時，眞正響應他的就只有陳衡哲一人，新文學史上最早的一篇短篇小說是陳衡哲的〈一日〉（載一九一七年出版的第一期《留美學生季報》），同時期她也寫了不少白話詩，很可能陳衡哲眞有雄心爲新文學開路；但她見到胡適給眾朋友圍剿，特地試寫些白話詩、白話小說，助他一臂之力，以取悅於他，這也是大有可能的。

陳衡哲（莎菲）女士

一九一七年底，胡適和江冬秀結了婚，從此陳衡哲死了心。一九二○年夏天，她在修完芝加哥大學碩士學位後，就返國任北大女教授之第一人。同年秋天與任叔永結婚，她原抱「獨身主義」（現在得知，那只是一句遁辭而已），在心儀之人已婚，又感於任叔永窮追不捨，再度遠赴美國，三萬里求婚的誠意，兩人終成秦晉。而胡適在「朋友之友不可

妻」的強烈道德觀念下，使得這有可能點燃的火苗再度熄滅。雖然後來胡、任、陳成爲摯友，但在胡適的心靈深處卻無法忘懷這段情。他在爲所生愛女取名「素斐」，便是明證。一九二一年叔永、莎菲也得一女，胡適有詩相賀，詩云：「重上湖樓看晚霞，湖山依舊正繁華。去年湖上人都健，添得新枝姊妹花。（三個朋友一年之中添兩女，吾女名素斐，即用莎菲之名）」詩末的注，說得明白極了，胡適以女兒的名字，作爲對莎菲的愛的一種紀念！

陳衡哲婚後幸福美滿，但並沒有忘記對胡適的感情，她的〈洛綺思的問題〉這篇小說，就透露出對舊情的深切懷念。這篇作品寫成後，她曾寄給胡適看，胡適覺得大約「影子」太明顯，很不滿意，曾給莎菲覆一長信，信目前無法得見。但後來胡適在一九三七年一月一日的日記中曾記此事云：「讀Sophia寫的〈三個朋友〉（案：〈洛綺思的問題〉原名〈三個朋友〉），頗不滿意。」一月三日又云：「寫一長信給Sophia，論一、凡太intimate（案：親密、祕密）的文件，乃是二人之間的神聖信託，不得隨便由一人公開。二、此稿只是排比文件，像一個律師的訴狀，不是小

一九二〇年，胡適與任鴻雋（左）、陳衡哲合影

說，沒有文學的意味。」⑤傳記作家楚汎指出，這篇小說是陳衡哲一篇深沉幽邃的力作，胡適的「沒有文學的意味」顯然是偏激的話語，而之所以如此，是因為其中洩露了兩人之間的隱祕情愫，所以胡適很有些顧慮，一定要陳衡哲修改。後來小說的主題部分「第三段是完全重做的」，題目也改為現在的名稱。⑥正如瓦德和洛綺思一樣，他們各自在心中祕密的一角，保有那神祕的愛情種子；陳衡哲與胡適的感情天地裡，也都各有不容他人窺視的隱祕，但既是隱祕只能存於夢中或想像，表面上只能昇華為友情、心靈的知己！

兩次火花都在外在環境或內在道德意識下，「發乎情，止乎禮」，而不得不中途結束（案：胡適與韋蓮司有進一步的親密關係也在一九二七年間，在此之前只是「純純的愛」），其最大的原因是胡適不忍傷母親的心。但第三次卻來得那麼熾熱與強烈，這次胡適甚至要衝破與江冬秀的婚姻枷鎖（因為母親已於一九一八年去世），可惜的是仍未能成功，這就是與曹誠英（珮聲）的一段戀情。我們從學者沈衛威的〈胡適的婚外戀〉、〈再談胡適與曹珮聲的關係〉兩篇文章，及周質平教授的〈吹不散的心頭人影——記胡適與曹珮聲的一段戀情〉，似可得之八、九。

曹珮聲名誠英，乳名麗娟，績溪縣旺川人，一九〇二年出生於一個「商業兼地主家庭」，父親在她兩歲時便去世了，母親是一位封建禮教思想習俗甚濃的人，在曹珮聲尚未出世時，就將她指腹為婚。曹珮聲幼年因家有讀不完的書，因此「終日獨自坐在房裡與書本為親」。一九一七年底，胡適與江冬秀結婚時，曹珮聲十五歲，已出落成一位端秀大方的少女。她是胡適三嫂同父異母的妹妹，算

是胡適的表妹。她擔任婚禮的伴娘時，胡、曹第一次見面，但並無特殊印象。第二年曹珮聲依母親之命，嫁給胡冠英爲妻。曹珮聲本人對這樁婚姻極表不滿，因爲在這之前有位同齡的男孩追過她，那就是後來寫《蕙的風》的「湖畔詩人」汪靜之。

據史料得知，汪靜之兩歲時，母親曾給他訂娃娃親，但他的未婚妻十二歲時就夭折了。少年時代的汪靜之卻愛上未婚妻的姑媽曹珮聲（這或許就是績溪同鄉汪孟鄒的姪女，也是曹珮聲的摯友——汪協如所說的「汪、曹原是親家」的由來），汪經常寫詩一次一次地送給曹珮聲。曹珮聲被迫與胡冠英結婚後，又去杭州第一女子師範學校讀書。但她對汪靜之的思念之情常借鴻雁傳遞，還把自已的小照贈給他。一九二〇年秋，出於對曹珮聲的強烈思念，汪靜之隻身到了杭州，並考取了浙江第一師範。雖然近水樓台，但兩人卻「發乎情，止乎禮」，並沒有進一步發展。一九二三年，經曹珮聲介紹，汪靜之認識了她的同學符綠漪（竹因），一見傾心，兩人深深地相愛了。汪靜之那首膾炙人口的情詩〈贈綠漪〉，就是那時候激動心情的寫照。而曹珮聲與汪靜之的關係也就從情人變成介紹人了。

一九二三年四月下旬，胡適離京至杭州養病。已離婚的曹珮聲，起初與汪靜之一道去探望，後來她更獨自去見胡適，兩人還一道暢遊西湖。昔日的小伴娘，如今已是亭亭玉立的女師範生，確實令人著迷！幾天後，胡適回到上海。據胡適的日記中得知，杭州一別，五月二十四日胡適便收到曹珮聲的信，五月二十五日胡適覆信，而二十六日又收到胡冠英的信，到二十九日胡適才給胡冠英覆信。六月二、五日又連接曹珮聲的兩封信，至六月六日胡適再覆曹珮聲一信。十來天裡，他們三人竟有這麼多書信往還，這些信雖已無法得見，料想可能與曹珮聲和胡冠英二人有關，胡適與曹珮聲

的戀情，可能產生一些「風言風語」了。

而胡適與曹珮聲過從最密的一段時間，是一九二三年夏秋之間，所謂「煙霞山月，神仙生活」。而十月一日徐志摩、胡適、曹珮聲、任叔永、陳衡哲、朱經農、汪精衛等人同赴海寧觀潮，除胡適日記有記載之外，徐志摩的《西湖記》記載得更爲詳盡，同時還附上了眾人的照片，胡適與曹珮聲當然也在其中。十月十六日，胡適日記記載：「收信：娟。……因憶日間娟來信討十月一日我說要作的〈桂花王〉詩，遂破睡作詩，共六節，成時已兩點了。（詩另見《山月集》）」。日記中「娟」，指曹珮聲，她小名娟，在這裡胡適提到《山月集》，但後來從未見該詩集出版面世，他僅發表〈煙霞雜詩〉並收入後來才出版的《嘗試後集》中。該詩卻又被認爲隱晦之作，有如李義山的無題詩一樣難解。胡適還把〈煙霞雜詩〉附（抄）在日記中，而《山月集》中的詩始終沒有抄寫在日記中。從此判斷，該詩集是寫給曹珮聲的，而詩集可能就保存在曹珮聲的手中。至於〈煙霞雜詩〉的難解，因爲其中藏有私情，這可參看徐志摩同時寫的日記——《西湖記》，十月十一日記載：「午後爲適之拉去滄州別墅閒談，看他的煙霞雜詩，問尙有匿而不宣者否，適之赧然曰有，然未敢宣，以有所顧忌。」十月十三日：「與適之談，無所不至，談書、談詩、談友情、談愛、談戀、談人生、談此談彼；不覺夜之漸短。適之是轉老回童的了，可善！凡適之詩前有序，後有跋者，皆可疑，皆將來本傳索隱資料。」此地無銀三百兩，徐志摩的《西湖記》正提供有力的旁證。

而由筆者最新發現的資料得知，在胡、曹兩人熱戀不久，也就是一九二三年的暑假中，胡適曾爲曹珮聲轉校之事，分別寫信給當時任南京江蘇省立第一女子中學校長的張昭漢（默君）女士，及

當時任北京女子高等師範學校校長的許壽裳，請求他們幫忙，胡適或許認為曹珮聲在杭州免不了汪靜之等人的騷擾，而南京、北京無疑地師資、名氣都遠較杭州女師為佳。為了愛情，胡適冒了「關說」的風險，可惜據張昭漢及許壽裳的回信或不收插班生或須有修業證明書，此事只得作罷。

看來富於情感才華出眾的胡博士，無疑是深深地愛上曹珮聲了。而曹珮聲亦有文學底子，是富於反抗的新女性，在與胡適同遊同處的幾個月中，決定以身相許，胡適也默許，並決定回北平重新面對自己的婚姻。胡適深知江冬秀難以對付，過了好些日子才提出來，果然江冬秀抓住胡適愛惜名譽的特點，便和他「大吵大鬧，她拿起裁紙刀向胡適的臉上擲去，幸未擲中。」而據汪靜之說：「曹珮聲告訴我說，一次胡適提出離婚，冬秀便從廚房拿出菜刀威脅胡說：『你要離婚可以，我先把兩個兒子殺掉，我同你生的兒子不要了！』以後胡適再不敢說離婚了。」

從此胡適只能借著詩文，來傾洩心中的煩悶與相思。這年十二月二十二日，胡適在北京西山的祕魔崖養病，月色絕佳，睹月思人，他寫下了〈祕魔崖月夜〉一詩：

依舊是月圓時，
依舊是空山，靜夜；
我獨自踏月閒行，沉思，——
這淒涼如何能解！

胡適與曹珮聲

翠微山上的一陣松濤，
驚破了空山的寂靜。
山風吹亂了窗紙上的松痕，
吹不散我心頭的人影。

祕魔崖的月夜與煙霞洞的月夜，何其相似！而如今不見當時人，只能「千里共嬋娟」，這淒涼，教他如何能解！這人影，教他如何能拂去呢？

在無法與胡適長相廝守的曹珮聲，更加淒苦，更爲慘痛。但她卻以一個倔強的女性而奮鬥著，她後來考進了南京東南大學（案：即後來的中央大學）農學院。在南京讀書期間，胡適每次南下都要去看她，歡聚幾日，也算是「暫時的安慰」，但這始終無法慰藉她終年的相思。曹珮聲後來赴美留學，也由於胡適的幫助，進的也是胡適的母校康乃爾大學，她專攻棉花育種遺傳。在美讀書期間，胡適還特別寫信給韋蓮司，要她就近照顧曹珮聲，但兩人始終不知道她們都各自愛著胡適。胡適在一九三六年十月初在綺色佳，見了她們兩人，但也並未露痕跡。

回國後，曹珮聲先後任安徽大學農學院、四川大學農學院、復旦大學農學院等學校的教授。抗戰時期，她在四川任教，與年輕的曾某認識，情意相投，決定結婚。事不湊巧，曾某的親戚在上海，一個偶然的機會與江冬秀相遇，問及曹珮聲，江冬秀對曹珮聲的醋意未消——如像竹筒倒豆子，一粒不留，將曹珮聲的往事全盤托出。曹、曾兩人已訂婚，如此一來，男方突然取消婚約，曹珮聲

再遭重大打擊，一場好夢又成空，於是憤上峨嵋山，擬削髮爲尼，幸得她哥哥曹誠克的勸導方下山，重返教壇。

此時胡適已出使美國，他透過當時也在美國的中國公學學生吳健雄（案：吳健雄在南京大學時爲曹珮聲的好友之一）而得知情形。因此一九四〇年二月二十五日，胡適在日記中記著：「吳健雄女士來信說：友人傳來消息，珮聲到峨嵋山去做尼姑了。這話使我感傷。珮去年舊曆七夕（案：一九三八年八月二十一日）寄一詩云：『孤啼孤啼，倩君西去，爲我殷勤傳意。道她未病呻吟，沒半點生存活計。忘名忘利，棄家棄職，來到峨嵋佛地。慈悲菩薩有心留，卻又被恩情牽繫。』此外無一字，亦無住址，故我不能回信。郵印有『四川，萬年寺，新開寺』八個字可認。」「卅年生死兩茫茫，不思量，自難忘，千山萬水，無處訴情衷！」該是胡、曹的不幸寫照。它讓天下有情人，爲之唏噓不已。

而更淒涼的是，在「文革」期間，曹珮聲被迫從瀋陽農學院退休，她輾轉到杭州，借住在汪靜之、符綠漪夫婦處，但不久又被迫離開杭州，在臨別前，她把一生所寫的不少日記、詩文、以及胡適給她的信，包成一個大紙包，要汪靜之夫婦保存，並說：「你們可以看，等我死後，要把它燒掉，不要留下來！」也因此我們至今無法得見這已付之一炬的珍貴史料了。回到績溪山城，曹珮聲蝸居一室，舉目無親，形單又多病，終於憂悶以終，一九七三年一月十八日，在上海去世，享年七十一歲。臨終前，她要求死後她的骨灰，由上海歸葬績溪旺川，她要她的墓葬在旺川村頭的公路旁邊，因爲那公路是通到鄰村上莊胡適故居的唯一必經之路，她盼望胡適的歸來，有一天就從她墳前

走過，但她至死都不知道胡適早在十年前，已在台北的南港過世了。寂寞荒涼、蔓草叢生的「曹誠英之墓」，只能獨留青塚向黃昏，徒令人為之浩嘆！

一九三八年四月十四日胡適的日記中說：「Roberta Lowitz邀吃茶，她說在Jamaica看英國人的荒謬，我很感興趣。」之後，在一個半月間，胡適和羅維茲小姐，喝茶、吃飯、談天、看戲，有九次之多。羅維茲當時是胡適的老師杜威的助手或祕書，兩人交往後大約半年，胡適便赴華府就任駐美大使了，據學者周質平、陳毓賢的考證，當時胡適許多生活上的小問題都和羅維茲商量，如牙疾、招待宴客等。而羅維茲也常以自己深通社交禮儀自居，給胡適一些建議。而「羅維茲一方面熱情洋溢，溫柔體貼，但另一方面卻又極為任性，至於男女關係，她可以游刃有餘地周旋在幾個男人之間，一九三八年她至少同時和杜威、Robert（Roy）C. Grant、胡適三人有相當親密的書信往返。這些書信都收在《杜威書信集》中，可以覆案。⑦

一九三八年十二月四日，胡適因勞累過度，心臟病發，在紐約The Presbyterian Hospital住了七十七天，直到次年二月二十日方才出院。三月十三日的胡適日記中說：「看護Mrs. Virginia Davis Hartman（案：哈德曼夫人）今天回紐約去。她自從十二月六日看護我，到今天凡九十七天，待我最忠愛，我很得她的好處。今天她走了，我覺得寂寞。」據當時胡適的祕書傅安明的回憶說：「哈德曼夫人是一位高技術的心臟特別護士，比胡先生大概小十多歲。她是一位瘦小的單身職業女性，有修養、有氣度、和藹可親，善體人意，但並不漂亮。胡先生病後到紐約去時，必會跟她見一面。」⑧

而胡適出院當天，即從他的病房裡寫信給羅維茲，但當時羅維茲並不在紐約，而是和母親及杜威同在佛羅里達。周質平認爲羅維茲此時極可能已和杜威開始同居，因此她不願讓胡適知道地址，而胡適又何等聰明，他已經料到羅維茲可能在談戀愛。

一九三九年七、八月間，羅維茲或有意與胡適談到婚嫁的問題，而胡適則清楚地分析，無此可能。它曾一度造成了羅維茲痛苦的來源。因此九月間，羅維茲就與Robert Grant在英國結婚了。羅維茲婚後，和胡適仍經常有書信電話往來。羅維茲與Grant的婚姻，只維持了短短的十四個月，Grant就病死了。羅維茲成了一個三十六歲的文君新寡，胡適在一九四一年一月十一日的日記中說：「得Dewey先生信，又得Robby（案：即Roberta的親切稱呼）自己的信，都報告她丈夫之死耗，爲之嘆嗟。」當天胡適發了電報給羅維茲說：「驚聞噩耗，至爲震驚。請爲你朋友，多珍重。」表示悼唁。

一九四一年十二月十八日，胡適寄了一張聖誕卡給羅維茲，向她賀年。羅維茲則邀胡適共度新年，但胡適婉拒了。從一九四二年一月一日的胡適日記中，可以看出，一九四一年的除夕，胡適是在紐約哈德曼夫人處過的。元旦那天，他才趕十點半的車子回華盛頓。在這之前的幾年間，胡適與哈德曼夫人往來可說是相當密切而公開。傅安明說：「胡先生一九四二年九月卸去大使職後，遷居紐約，住東八十一街一〇四號。這公寓是哈德曼夫人替胡先生安排的。此街是高尚住宅區，出入也方便。胡先生旅居紐約三年多，到一九四六年六月五日才乘船回國任北大校長。這三年多期間，哈德曼夫人對胡先生的寂寞生活的調劑，是很有幫忙的。」⑨

胡適回國的一個多月前（四月十八日），他曾給羅維茲一封短箋（或電報）是兩人交往的最後記錄。

而半年後（十二月十一日），羅維茲與杜威在紐約寓所結婚了，當時杜威八十八歲，羅維茲四十二歲。

一九四九年四月二十七日，胡適重回紐約，依然住在東八十一街一〇四號，哈德曼夫人也繼續照顧胡適的健康。在八月十五日，哈德曼夫人甚至給韋蓮司寫信，據周質平的描述是「哈德曼擔心紐約太熱，胡適住著不舒服，想在公寓裡裝套空調，但較好的一套設備需款五百美元，這筆款子，非她能力所能負擔，哈德曼在信中說：『像你這樣一位關心他的老朋友，一定願意看到他的住所舒適。你知道，我對目前所作的安排滿意極了。我們的鄰居說我就像一隻只有一個小雞的母雞。』最後這句話，意指哈德曼全心全意的只照顧一個人。後來因爲胡適預測八月八、九日以後『秋分』已到，天氣不會過熱，哈德曼在信裡寄還了韋蓮司分擔買空調的支票。這雖不是一件大事，但此事可以看出韋蓮司和哈德曼對胡適眞是關懷備至。」⑩而胡頌平在《胡適之先生年譜長編初稿》中，記載陳之邁先生在一九四九年十月底的一段回憶說：「胡先生在三十八年十月底十一月初，兩次心臟劇痛，……當時醫生要胡先生節食，減體重。常常只吃幾片Meiba toast（乾麵包片）了事，甚以爲苦。胡先生有一位美國好看護名Mrs.

杜威和羅維茲

Hartman，經常照料，執行醫生命令，雷厲風行。去探望胡先生的客人常被她趕走。但胡先生這段休養時間對他是大有好處的。」⑪

學者劉廣定從胡適紀念館的「胡適檔案」，看到一九五三年胡適與江冬秀到韋蓮司家住了二十七天時，哈德曼夫人在紐約除了爲胡適轉信外，至少還寫下十四篇短信，分兩次寄給胡適。她知道江冬秀不識英文，而韋蓮司極重他人隱私，因此在信中的示愛極爲露骨。她用的稱呼包括：我的愛人（My Darling），我所愛的（My Beloved），最親愛的（Dearest），我最珍愛的（My most precious），我一個最親愛的（My own Dearest），愛人（Darling），最親愛的孩子（Dearest Baby），我所愛的孩子（My Darling Baby）和我珍愛寵物（My precious pet）等。⑫

一九五二年六月一日，胡適日記中說：「今夜八點半，得Mr. John Dewey的電話，說杜威先生今夜七點死了。他生在一八五九年十月二十日，去年十月滿九十二歲。杜威先生的思想影響了我一生。」杜威死時，羅維茲第一時間告知胡適，但自此以後羅維茲的名字，不再出現在胡適的日記中，但據周質平的考證，兩人的通信至少維持到了一九五九年。而哈德曼夫人寫給胡適最後一封信，是一九六一年十二月十

一九五三年胡適與江冬秀（左二）訪韋蓮司（右二）於綺色佳

二日，信的內容應是祝福胡適生日的。

綜觀胡適的婚姻是在「寡母撫孤」的強大背景之下完成的。胡適儘管在理智上，清醒地意識到母親爲他所做的事不合道理、不近人情，但對母親不幸命運的同情和對母親撫孤的艱辛，使他產生自己再如何不幸，也比不上母親的情感，也因此他對母親的決定，無力反抗。用胡適的話，母親猶如「放高利貸的債主」，而這些孤兒，他們終其一生都無法償還這筆債務的。胡適在婚後的半年不到，他給胡近仁叔的信中說：「吾之就此婚事，全爲吾母起見，故從不曾挑剔爲難（若不爲此，吾絕不就此婚，此意但可爲足下道，不足爲外人言也）。今既婚矣，吾力求遷就，以博吾母歡心。吾之所以極力表示閨房之愛意，亦正欲令吾母歡喜耳。」「事母至孝」，成就了胡適的傳統美名，但換來的卻是他在愛情上的悲劇。胡適是「新文化運動」的領銜人物，是反對禮教的，是渴望自由戀愛的，因此在他的母親死後，他再也無法抵擋這如蠱魅般的誘惑，他和曹珮聲相戀了。之後還有不少的中外「情人」。胡適不同於其他「五四」文人的處理「婚外情」，他沒有像徐志摩的離婚，更沒有像郁達夫的「毀家」，他始終是以理性的來處理這些感情。和他交往的女性，後來雖都無法結合，但她們終其一生都以「深情」五十年，來回報她們口中的「我的愛人」或「胡先生」，這在百年以來是少見的。胡適深知更無比懷念這些「紅顏知己」的情感，因此他用日記、書信、甚至是詩文，如此眞實地寫下了，他「心頭吹不散的人影」！

注

①《胡適日記全集》第二冊，頁二六九～二七一，台北：聯經，二〇〇四年。
②③④⑩《胡適與韋蓮司——深情五十年》，周質平著，台北：聯經，一九九八年。
⑤《胡適日記全集》，第七冊，頁三六五～三六六，台北：聯經，二〇〇四年。
⑥《胡適與江冬秀》，楚汎著，頁六四。北京：中國青年出版社，一九九五年。
⑦周質平，陳毓賢〈多少貞江舊事（中）——胡適與羅維茲關係索隱〉，頁一四六，《萬象》，二〇〇五年。
⑧⑨傅安明〈如沐春風二十年〉，頁一七，收入李又寧主編《胡適與他的朋友》第一集，紐約：天外，一九九七年。
⑪《胡適之先生年譜長編初稿》，胡頌平編，第六冊，頁二二〇七，台北：聯經，一九八四年。
⑫劉廣定〈胡適檔案中的哈德曼太太——另一位深愛的異國佳人〉，《歷史月刊》第二二〇期。

逢人說項總關情

胡適為愛呵護曹珮聲的新證

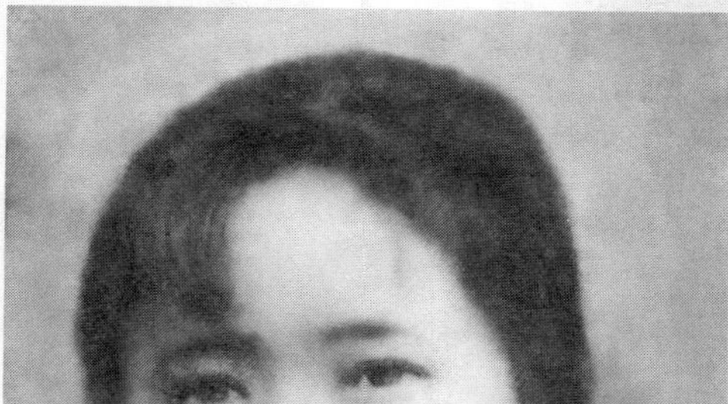

曹珮聲

一九二三年四月底，胡適來到杭州西湖，此行是爲了養病，而在這同時他也見了他的表妹曹珮聲。曹珮聲當時正在杭州女子師範學校讀書，雖剛離婚不久，但花樣年華、亭亭玉立的女師範生，開朗中帶著幾分傷感，確實令人憐惜！回顧胡、曹兩人的初相見，要遠推到一九一七年年底，在胡適的婚禮上，年方十五之齡的曹珮聲，因是胡適三嫂曹細娟的妹妹（案：曹珮聲原名：麗娟；學名：誠英），因此擔任起伴娘的角色。此後胡適回到北京大學繼續擔任他的教授職務，而曹珮聲也在母命難違下，與尚未出世就已指腹爲婚的胡冠英結婚了。但婚後三四年間，胡冠英的母親以曹珮聲未能生育爲由，爲胡冠英另娶小妾，這對飽讀詩書，又極重女權的曹珮聲而言，是可忍，孰不可忍？於是她離了婚，並繼續她原已在杭州女師的學業。後來一直迷戀著她，並追求著她的詩人汪靜之，也和胡冠英來到杭州，並進入浙江第一中學求學。汪靜之的本意是如此一來，可免兩地相思之苦，又可「近水樓台先得月」。曹珮聲雖也中意汪靜之，但又礙於她是汪靜之已故未婚妻的姑姑的名分，使她常常處於「欲迎還拒」的尷尬景況。

一九二三年，胡適向北京大學請假一年南下養病。攝於杭州西湖

此次胡適的杭州之行，他事先有寫信告知曹珮聲，因此曹珮聲在第一時間裡，偕汪靜之趕來見了胡適。而在這之前胡適和汪靜之是相熟的，胡適還幫這位同鄉小老弟的新詩處女作《蕙的風》寫了序，在出版和推介方面，都幫了很多忙，汪靜之對胡適是充滿感激的。四天後，臨去上海之前，胡適寫下一首名爲〈西湖〉的詩，「輕霧籠著，月光照著，我的心也跟著湖光微蕩了。前天，伊卻未免太絢爛了！我們只好在船篷陰處偷覷著，不敢正眼看伊了。……聽了許多毀謗伊的話而來，這回來了，只覺得伊更可愛，因而不捨得匆匆就離別了。」胡適既寫西湖美景，更寫他心中的西子——曹珮聲。這詩別人不解其中味，但曹珮聲自然是能懂得，「因爲懂得，所以情濃」。

因此在胡適回到上海的一個月中，曹珮聲不斷地給胡適寫信，胡適也即時地回信。五月二十五日，胡適在給曹珮聲回信的同時，他在日記上黏貼了在西湖拍的八張照片，其中有一張是曹珮聲寄給他的個人照，巧笑倩兮，美目盼兮，胡適是有些神魂顛倒了。六月二日、五日，胡適各收到曹珮聲的信，這令他決定再回杭州，以圓自己的情人夢；而曹珮聲更是朝思暮想他的「穈哥」（案：胡適原名：嗣穈；學名：洪騂）能早日君再來。六月六日，胡適寫信給曹珮聲告知他的決定，兩天後，胡適終於回到「西湖與西子」的懷抱了。六月二十四日，甚至在西湖畔的煙霞洞租屋住定，此時曹珮聲的學校也放暑假，她便到山上來與胡適同住。這就是胡適自己說的「煙霞山月，神仙生活」。的確，當你展讀這三個月的胡適日記，看不完的湖光山色，說不盡的濃情細語，使得這些文字，在寫景方面，遠勝柳宗元的〈永州八記〉；在寫情方面，不讓沈復的《浮生六記》專美。在愛情的激發下，適之先生眞是文思泉湧，讓子厚、三白都要自嘆弗如了。

曹珮聲，攝於杭州西湖

胡適與曹珮聲的戀情，在胡適的好友中是不避諱的，可以說是一件公開的祕密。八月八日，徐志摩給胡適的信中就說：「蔣復璁回來說起你在煙霞深處過神仙似的生活，並且要鼓動我的遊興，離開北京拋卻人間煙火，也來伴你撿松實覓竹筍吃。我似乎聽得見你的和緩帶笑的語聲。這遠來的好意的傳語，雖則在你不過一句隨興的話，但我聽了彷彿是煙霞嶺上的清風明月，殷勤地親來召喚，使我半淹埋在京津塵囂中的心靈，忽又一度顫動，……適之，此次你竟然入山如此之深，聽說你養息的成績不但醫痊了你的足疾，並且腴滿了你的顏面，先前瘦損如黃瓜一瓢，如今潤澤如光明的秋月，使你原來嫵媚的談笑，益發取得異樣的風流。我眞爲你歡喜。你若然住得到月底，也許有一天你可以望見我在煙霞洞前下輿拜訪。」而九月四日的信有「請你替我問候曹女士」之句；九月七日則有「曹女士已經進校了沒有？我眞羨慕你們山中神仙似的清福！」在這之前，徐志摩應該尚未見過曹珮聲。九月二十八日，徐志摩約了胡適、曹珮聲、汪精衛、馬君武、任叔永、陳衡哲、朱經農等人，到海寧觀錢塘潮。胡適和徐志摩的日記都記載此事，志摩的日記有「過臨平與曹女士看暝色裡的山形，黑鱗雲裡隱現的初星，西天

邊火飾似的紅霞。」除此而外日記中，還留有一張大夥在觀潮時，被拍下的照片。志摩還在照片下頭，寫下個人的表情：「莎菲—笑；適之—怡；珮聲女士—望潮；……」。十月二十一日，志摩日記說：「……湖心亭看晚霞、看湖光，是湖上少人注意的一個精品——看初華的蘆荻，樓外樓吃蟹，曹女士貪看柳梢頭的月，我們把桌子移到窗口，這才是持螯看月了！夕陽裡的湖心亭，妙；月光下的湖心亭，更妙。晚霞裡的蘆雪是金色，月光下的蘆雪是銀色。……曹女士唱了一個『秋香』歌，婉曼得很。」志摩日記十月十一日記載：「午後爲適之拉去滄州別墅閒談，看他的煙霞雜詩，問尚有匿而不宣者否，適之赧然曰有，然未敢宣，以有所顧忌。」胡適的〈煙霞雜詩〉被認爲隱晦之作，有如李義山的無題詩一樣難解，因爲其中藏有私情。十月十三日，志摩日記又說：「與適之談，無所不至，談書、談詩、談友情、談愛、談戀、談人生、談此談彼；不覺夜之漸短。適之是轉老回童的了，可善！凡適之之詩前有序，後有跋者，皆可疑，皆將來本傳索隱資料。」此地無銀三百兩，徐志摩的日記正提供有力的旁證。

愛情是容不下一粒細沙，或許是胡適有感於汪靜之對於曹珮聲的舊情難忘（當時曹珮聲雖然已經給汪靜之介紹了她的同學符綠漪，而兩人也展開熱戀中，但以汪靜之的詩人多情，胡適恐怕還是會有所顧慮的），或許胡適在情人面前要展現他的豐富人脈，甚至胡適認爲曹珮聲可念更好的學校，於是胡適要曹珮聲轉學。他分別寫信給當時在南京擔任江蘇省立第一女子師範學校長的張昭漢（案：字默君，後爲邵元沖夫人），及當時擔任北京女子高等師範學校校長的許壽裳等人，就曹珮聲轉學之事相託。雖原信已無法得見，但可以肯定的是胡適必對曹珮聲多所讚美，所謂「逢人說項」。

幸運的是在《胡適的遺稿及祕藏書信》中，保留了張默君和許壽裳的回信，才使得此一事件曝了光。

張默君在一九二三年八月一日，回覆胡適的信如下：

適之先生有道：

南開晤教，倏忽經年。昨讀手書，敬諗左右。養疾武林煙霞洞，據湖山之勝，至足優游，聞之慰羨。函詢曹君轉學一節，寧校招考具畢，各級已聲明不收插班生，凡有商請，均經婉謝，以宿舍教室固患人滿，師中名額且已超過，實苦無得設法也。幸轉告另途是感。昭迫亦多病，初擬逭暑莫早，以時局欠佳，交通或梗，遲遲未行，秋天將至，事復叢生，清閒之福，豈易消受。一昭　匆頌

暑安

張昭漢再叩

十二，八，一

在無法進入南京就讀後，胡適轉求於北京。他兩次寫信給許壽裳，八月二十八日，許壽裳的回信如下：

適之先生：

兩書均敬悉。第一書到時，我正在香山避暑，回來拜讀，已經遲了一星期。其時附中主任尚

未回京，曹女士事，未及面談。乃函託人向公立女子第一中學詢問，不料此人在清華開會，昨始回京，於是又耽擱了一星期。我實在抱歉之至，還求先生原諒！女一中方面已經詢明可以准其轉學；惟必須有修業證明書。如有三年的證明書，則可考入四年級，如只有二年的證明書，則只可考入三年級。並謂請其迅速來京。特此奉覆，即請

垂詧，並頌　近祉。

弟　許壽裳　上言

十二，八，二八

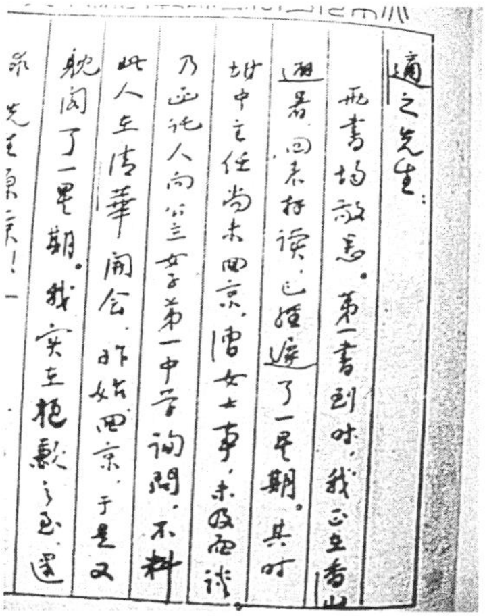
適之先生：

兩書均敬悉。第一書到時，我正在香山
避暑，回來時候，已經遲了一星期。其時
此中主任尚未回京，曹女士事，未及面談
乃函託人向公立女子第一中學詢問，不料
此人在清華開會，昨始回京，于是又
耽閣了一星期。我實在抱歉之至。還
弟 先生原諒！

許壽裳給胡適的信

轉學未成，情關也並不好過，在苦等胡適再回到身邊的曹珮聲，得來的是不好的消息，回到北平的胡適鼓起勇氣對江冬秀提出離婚，怎奈江冬秀二話不說，便拿起菜刀以死威脅著胡適，說要離婚可以，他倆的孩子連上她的命就一塊兒沒了，問胡適還要離嗎？胡適驚嚇之餘，此後再也不敢提出一個離字。曹珮聲在得知消息後，難過已極了。幾天過後，胡適帶著長子祖望，避開江冬秀的吵鬧，到北京西山暫住，當天適逢陰曆十五，月色絕佳，胡適想起在西湖和曹珮聲共賞秋月的情景，他寫下了〈祕魔崖月夜〉一詩，詩云：

何處尋你

依舊是月圓時，依舊是空山，靜夜；
我獨自月下歸來，這淒涼如何能解！
翠微山上的一陣松濤，驚破了空山的寂靜。
山風吹亂了窗紙上的松痕，吹不散我心頭的人影。

對於曹、胡之事，徐志摩十分關切，半年過去了，他詢問胡適，「革命」進展到了哪一步？如果不繼續「革命」，曹珮聲又將如何？胡適說：「隱處西樓已半春，綢繆未許有情人。非關木石無恩意，爲恐東廂潑醋瓶。」鑑於江冬秀的威脅，胡適只得將此段戀情，轉爲地下化。他於是藉著南行的機會，偷偷地和曹珮聲相會，藉此得到暫時的快慰。他把這心情，寫成〈多謝〉一詩：

多謝你能來，慰我山中寂寞，
伴我看山看月，過神仙生活。
匆匆離別便經年，夢裡總相憶。
人道應該忘了，我如何忘得!?

而相對於曹珮聲而言，她只能強顏歡笑，眼淚兒往肚裡吞，就如胡適所說的：

忍了好幾天的眼淚，總有哭的機會。
今天好不容易沒有人了，我要哭他一個痛快。
滿心頭的不如意，都趕著淚珠兒跑了。
我又可以舒服幾天，又可以陪著人們笑了。

一九二五年六月，曹珮聲從杭州女師畢業時，她本想報考北京大學，但又怕給胡適增添麻煩，甚至引起江冬秀再次對她的妒恨，於是她退卻了。但對於胡適的愛意，曹珮聲始終沒有退卻。七月八日曹珮聲給胡適寫了一封信，那恐怕是目前胡、曹兩人通信的唯一僅存者，信是通過曹珮聲的哥哥，當時在天津南開大學任教的曹誠克轉寄的。信這麼寫著：

糜哥：

仰之（案：程仰之）動身了沒有？我們校裡已走了不少人了。人家問我的歸期，我是無話可答的。我想起歷年的假期，不禁傷心起來了，從來沒有人指示我應往的地方，沒有一次我不是徘徊著，我眞命苦啊！……我們

胡適（左四）與曹珮聲（右二）等友人同遊杭州。攝於一九二三年

在這假期中通信，很要留心，你看是嗎？不過我知道你是最謹愼而很會寫信的，大概不會有什麼要緊，我想我這次回家落脚在自己家裡，我所有的東西自當放在身邊，就是住處，我自然也是以家中爲主，往他家也不過偶然的事罷了。你有信可直寄旺川。我們現在寫信都不具名，這更好了。我想人要拆，就不知是你寫的。我寫信給你呢！或由我哥轉，或直寄往信箱。要是直寄信箱，我想你我的名字不寫，那麼人家也不知誰寫的了。你看對嗎？糜哥！我愛你，刻骨的愛你，我回家之後，仍像現在一樣的愛你，請你放心。冠英絕不能使我受什麼影響。對於你，請放心！天黑了，電燈壞了，一點也看不見寫了。

祝我愛的糜　安樂！

同年九月，經由胡適出面介紹，曹珮聲以特別生的資格進入南京東南大學農藝系。東南大學的前身是創建於一九〇二年的三江師範學堂，一九二一年經近代著名教育家郭秉文的竭力倡導，以南京高等師範學校爲基礎，創建了東南大學，並出任首任校長。在二〇年代東南大學和北京大學，是全國僅有的兩所綜合大學。北大教授梁和鈞就說過：「北大以文史哲著稱，東大以科學名世。然東大的文史哲教授，實不亞於北大。」曹珮聲從小所讀皆爲四書舊籍，她並沒有進過正規的新式學堂，自然科學知識基礎不厚，何以選擇農藝系？據她自己說，考農科是立志獻身農業科學。但更有可能的是，她是再繼續走胡適開了端（案：胡適在康乃爾大學起先是學農的，後來才「棄農從文」），而沒有走完的道路。愛情的力量，有時候常常改變人的一生抉擇。

同年十月底，胡適曾和曹珮聲及高夢旦、鄭振鐸翁婿四人，同遊南京雞鳴寺，並在山門前合影。該照片見於《鄭振鐸全集》中，《鄭振鐸年譜》中亦載有此事。胡適藉南行之便，會晤曹珮聲，但他又希望曹珮聲忘掉他，重新開始自己的感情生活，但這教曹珮聲怎能忘懷？曹珮聲仍夢縈心繫著胡適，她不斷地把詩和信轉寄給胡適。胡適於是寫了一首〈好事近〉的詩，勸她：

多謝寄詩來，提起當年舊夢，
提起娟娟山月，使我心痛。
殷勤說與寄詩人，及早相忘好，
莫教迷疑殘夢，誤了君年少。

但儘管無法長相廝守，此情對曹珮聲而言，是終其一生無法忘卻的。

一九三四年曹珮聲因留校任助教以來，表現優異。她的論文甚至被譯爲英文，發表在美國的農業雜誌上。她學習上進之心極強，因此胡適便聯合中央大學，推薦並保送她到美國留學。由於胡適的幫助，進的也是胡適的母校康乃爾大學，她專攻棉花育種遺傳。在美讀書期間，胡適還特別寫信給韋蓮司，要她就近照顧曹珮聲，但兩人始終不知道她們都各自愛著胡適。胡適在一九三六年十月初在綺色佳，見了她們兩人，但也並未露痕跡。

一九三七年七月七日，「盧溝橋事變」，抗日軍興，兩天後，胡適等人至廬山參加談話會。之

後，胡適沒有北上，兩個月之後，他遠離他的家園，遠離他心愛的一切。在國家民族存亡絕續的關頭，他以一介書生，到了美國擔任起開展國民外交的重責大任。一年後，他更接下駐美大使的職務。他爲宣傳「抗日」的理念，爲了爭取國際輿論的支持，他一年中做了數百場的演講，萬里奔波，用他自己的話說是「偶有幾莖白髮，心情微近中年；做了過河卒子，只有拚命向前。」胡適在美近九年的期間，還曾透過吳健雄博士得知曹珮聲的消息；也曾透過生物學博士吳素萱的返國機會，傳遞他的關懷。而曾是曹珮聲南京中央大學（案：東南大學後來改名爲中央大學）的同學，此時在美當教授的朱汝華，更是擔任起兩人間的信使，她在給當時仍在紐約的胡適的信函中說：「珮聲來信，需一手錶，是否可買，請在紐約代購約百元左右手錶一隻，帶給珮聲。如蒙應允代勞，請賜知當即以該價寄呈。」在得知胡適已代她購買之後，她又寫信給胡適說：「錶已買，甚善。望能告以價值，俾爲華致珮聲小禮物。」

一九四六年回國後的胡適，接任北京大學的校長，此後他與曹珮聲的感情更是歷經波折，他倆也常因爲某些原因，而錯過彼此見面的機會，或是南北相隔兩地。或是雖近在咫尺，但卻陰錯陽差地彷如天涯，終不得相見。曹珮聲與胡適之間，始終像是受了詛咒般地不能如願相守。一九四八年底，胡適飛到上海去找曹珮聲，那時曹珮聲的身體也是因爲長期生病而顯得瘦弱，曹珮聲勸胡適，別離開心愛的家園，別再漂泊於他鄉異地。也許是胡適沒把曹珮聲的話聽入耳，更也許是胡適不認爲他倆沒有再見面的機會，當兩人執手相看淚眼的那一刹那間，千言萬語卻無語凝噎，胡適只說「等我」兩字。這一句話竟成了永訣——

胡適到了美國，最後又回到了台灣。多少的物換星移，多少的滄海桑田。但唯一不變的是他與曹珮聲兩人的心靈守候，他們守著陽光守著你，守著他們無悔的愛意。儘管他們最後緣慳一面，但在彼此的心田中，確有無盡的依戀，不棄不離。曹珮聲終身未嫁，她當年曾託好友代傳心曲，給遠在美國的胡適說：「魚沉雁斷經時久，未悉平安否？萬千心事寄無門，此去若能相遇說他聽：朱顏青鬢都消改，惟剩癡情在。」好一個「惟剩癡情在」，這怎能不叫胡適心疼，疼到痛徹心扉。往事歷歷，不斷地浮現眼前，拂之不去，更顯清晰。他想到三十年前的杭州西湖，他想到三十年前的北平祕魔崖，他想到三十年前寫下的詩句——

南港胡適故居

山風吹亂了窗紙上的松痕，吹不散我心頭的人影。

在南港中央研究院的院長辦公室，頭髮已斑白的胡適，常常寫下這兩句，送給好友做紀念，但他的心情又有何人能解呢？江冬秀不解，韋蓮司不解，他的好友更不解，唯一能讀懂他的心語的，只有曹珮聲。

留在大陸的曹珮聲，從上海復旦大學被分派到東北瀋陽農學院，從溫暖的南國到酷寒的北地，她一如北地的酷寒，把她的情感給冷藏了。她手持教鞭，把青春奉獻給無數的年

輕學子，直到退休。一九六九年她回到安徽績溪的老家，租了一間民房。房子沒有電燈，只有一張舊床，一個書架，兩把椅子，其餘就是她隨身帶著的一個破皮箱。她老年多病，但生活卻很簡樸，她把節省下來的錢都捐給當地辦學、修橋了。一九七二年後，她更是無家可歸，在絕望與病魔的摧殘下，她在一九七三年病逝在上海。她臨終前曾要求她死後骨灰，要歸葬在安徽績溪的旺川村頭的公路旁，因爲那公路是通到鄰村胡適故居上莊村的唯一必經之路。她盼望胡適的歸來，有一天就從她墓前走過，但她至死都不知胡適早在十年前就在台灣南港中研院過世了。癡心的曹珮聲從生前至死後，都在等候那熟悉的身影，生生世世，直到永遠。

晚年的曹珮聲

胡適是她永遠的戀人，而她又未曾不是胡適的永遠的戀人呢！問世間情爲何物？直教人生死相許。儘管他們兩人都已故去近半個世紀，但他們的眞情，眞叫人「不思量，自難忘」，半世紀的情緣，一生的守候，往事歷歷，並不如煙！

師生之情難「扔了」？

胡適未完成的戀曲

徐芳在北大時期送給胡適的照片

一九三九年八月十四日江冬秀給遠在美國當駐美大使的胡適寫信，信中說：「我算算有一個半月沒有寫信給你了。我有一件很不高興的事。我這兩個月來，那（拿）不起筆來，不過你是知道我的皮（脾）氣，放不下話的。我這次里（理）信件，裡面有幾封信，上面寫的人名是美的先生，此人是哪位妖怪？」胡適接信後在九月二十一日給在上海的江冬秀回了一封信，信中說：「昨天剛寄信給你，說你好久沒有信了。今天接到你的信了（八月十四的）。謝謝你勸我的話。我可以對你說，那位徐小姐，我兩年多來，只寫過一封規勸她的信。你可以放心，我自問不做十分對不住你的事。……」由此觀之，江冬秀對胡適與徐小姐的關係，雖事過境遷，但還是頗有餘慍的，這也難怪我們的胡大使要忙加解釋。但徐小姐究竟是什麼人？與胡適又有何種關係？歷年來的研究者似乎無人知曉，甚至將胡適在這段期間寫的情詩，因找不到人「對號入座」，而將它歸給曹珮聲，認為是胡適舊情難了。胡適是有「舊愛」，但不能不保證他沒有「新歡」，尤其是當對方較主動時，一向「理性」的胡博士，也不免「感性」起來了。我們應該實事求是，還原當年的歷史場景——

一九三六年五月間，胡適寫下一首題為〈扔了？〉的情詩，詩這麼寫著：

煩惱竟難逃，——

還是愛他不愛？
兩鬢疏疏白髮，
擔不了相思新債。
低聲下氣去求他，
求他扔了我。
他說，「我唱我的歌，
管你和也不和！」

四十七歲已名滿天下，又是北大文學院的院長，家有妻小的胡博士，似乎爲情所困了。因爲他收到一位筆名舟生的女學生五月十二日的來信，信中除了對老師的關懷外，還附上她寫於三月七日的一首名爲〈無題〉的詩，詩云：

她要一首美麗的情歌，
那歌是
從他心裡寫出，
可以給她永久吟哦。
他不給

徐芳

她感到無限寂寞。
她說，「明兒我唱一首給你，
你和也不和？」

面對一位才堪詠絮、秀外慧中的女弟子，胡適在愛才惜才下，又爲背不起的「相思新債」而煩惱。胡適深感這戀情，來得熱烈而眞切，雖然它的萌發可能已蠻久的一段時期，但從師生的感情，急轉直下，恐怕是在一九三六年的一月間。

一九三六年一月五日，好友丁文江在長沙病逝，胡適爲處理後事，於一月十日離京南下，十一日到南京，停留數日後，即轉赴上海。而當時剛從北大畢業不久的徐芳，也正在上海，兩人見了面。這次的見面，除了談心外，談新詩是他們的主題，從徐芳所珍藏的文稿中，就有當時胡適寫在「胡適稿紙」留贈給她的詩，包括有《豆棚閒話》中的〈明末流寇中的革命歌〉（案：即趙元任譜曲的〈老天爺〉），及胡適自己的〈多謝〉、〈舊夢〉、〈小詩〉三首詩作。當然徐芳也給胡適看了她的詩稿，胡適一月二十二日的日記就說：「徐芳女士來談，她寫了幾首新詩給我看，我最喜歡她的〈車中〉一首。」徐芳的〈車中〉是這麼寫著：

橘子皮，扔出去
殘了的玫瑰，扔出去

南行的火車在趕行程，
我閉眼坐在車裡
什麼都不看
什麼都不想
只想得一會兒安靜
但我惦著一個人
他使得我的心不定
青的山，綠的水
都被我丟盡。
我也想把他往外一扔
但我怎麼捨得扔！
但我怎麼捨得扔！

第二天，胡適寫了一首〈無題〉詩，作出回應，詩云：

尋遍了車中，
只不見他蹤跡。

盡日清談高會，
總空虛孤寂。
明知他是不曾來，——
不曾來最好。
我也清閑自在，
免得爲他煩惱。

不久後，胡適和徐芳相繼回到了北京，二月十二日胡適日記中說：「舟生來，久不見他了，送他poem，勸他選詩事。」而據現存在徐芳手中的文稿，她確實聽了老師的話，編選了厚厚的《中國新詩選》文稿。

徐芳，江蘇無錫人，系出名門。曾祖父徐壽（1818-1884）爲晚清著名的科學家、造船工程師、西方科技書籍的翻譯家。祖父徐建寅（1845-1901）製造火輪船，研發無煙火藥。父親徐尙武（1872-1958），仿黃色炸藥，研製成安全炸藥，著有《徐氏火藥學》二十二卷。徐芳還有一個姑丈名趙詒璹（頌南），曾任中國駐巴黎總領事。一九二六年七月，胡適因參加中英庚款訪問團而遠赴倫敦、巴黎。八月二十四日，他在巴黎見了趙頌南總領事。次日趙領事請胡適吃飯，並同遊Palais des Beanx Arts，胡適說，「館中展覽的美術作品皆是法國百年中的作家的作品」。

而八月三十一日，趙領事更邀胡適到他的鄉間避暑處遊玩，這次並見到了趙夫人，也就是徐壽

的孫女，徐建寅的長女，徐芳的姑姑。

胡適的日記中說：「頌南為我說無錫徐家父子與中國新文化的關係。當時有兩個怪傑，一為金匱華蘅芳，一為徐壽。曾國藩與李鴻章創立製造局時，其計畫皆出於這兩個人；他們不願作官而願意在裡面譯書。徐是一個有機械天才的人，又喜研究化學，每日親作試驗，把紅頂子擱在衣袋裡，親自動手作工。華精於算學。後來把他的兒子世芳帶出來，也成算學家。徐把他的兒子建寅帶出來，有勞績便讓他去得保舉，故仲虎（建寅）先生做了官。……徐雪村（壽）曾造一個輪船，名為黃鶴，曾開到上海、南京。徐仲虎為德州兵工廠創辦者。他曾留學德國三年，精於工藝化學。康、梁保他與端方同辦農工商務局。戊戌變後，張之洞請他辦漢陽兵工廠，他辭去德國技師而自己管無煙火藥的製造。他自己試驗無煙火藥，有成效；後來做大份量的試驗，火藥炸發，肢體炸裂而死，肚腸皆炸出了。他是第一個為科學的犧牲者。（頌南親見此事）……頌南為張經甫先生的最得意的學生。他在梅溪書院很久，最受經甫先生的感化。……經甫先生最佩服先父鐵花先生（案：經甫，即張煥綸，是胡傳在上海龍門書院的同學和朋友，後來創辦梅溪書院），有一天帶了頌南去見先父。他還記得先父

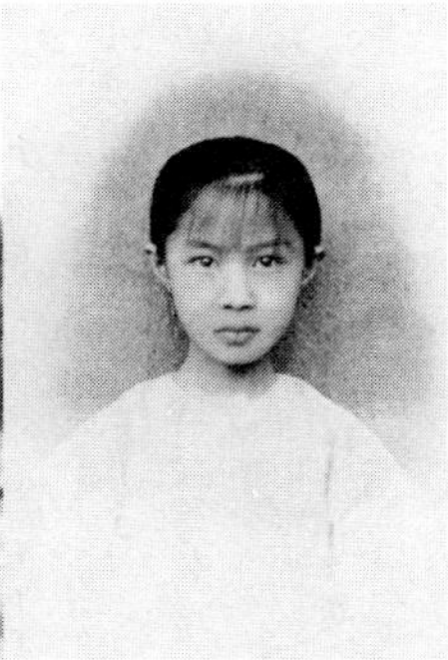

少女時代的徐芳，約攝於一九二六年

一九三三年，攝於北平北海公園

徐芳，約一九三四年攝於北平

的黑面與威稜的目光。二哥、三哥在梅溪時，他還見著他們。」這是胡適對徐氏家族的初步認識，但他卻萬萬沒有想到五年之後，徐壽的曾孫女，趙頌南的姪女，會進入他的視野裡，並且成爲他的學生。

徐芳一九一二年十月五日生，一九二〇年進入北平第三十六小學，後又轉至第十八小學。一九二五年進入北平私立適存中學，只念了一年，學校關閉了，她轉到北平市立第一女子中學念到高一，又考入北京女子師範大學預科直至高中畢業。一九三一年她以優異成績考入國立北京大學中國文學系，當時的同班同學還有晚年贏得盛名的張中行，只是當時不叫張中行而叫張璿。張中行在他的回憶錄《流年碎影》中，亦有提及徐芳，只是四年下來，大家還是彼此不熟。

徐芳入中文系時，胡適是文學院院長，系主任是馬裕藻。一般記載都說胡適一開始就是文學院院長兼中文系系主任是不確的，胡適的兼系主任是要到一九三四年的五月間。胡適在五月二日的日記中說：「第一天到北大文學院復任院長。國文系的學生代表四人來看我，我告訴他們：（一）如果我認爲必要，我願意兼做國文系主任。（二）我改革國文系的原則是：『降低課程，提高訓練。』，方法有三：1.加重『技術』的訓練。2.整理『歷史』的功課。3.加添『比較』的功課。」據隔天《北平晨報》的報導得知，這四位代表是徐芳、孫震奇、石蘊華、李樹宗，他們在當天下午四

時半，到文學院辦公室進謁胡適院長，就馬裕藻辭系主任後，胡適接任將如何改革，胡適提出他作法，四位代表與胡適談話近兩個小時，於六時始離去。這時徐芳是中文系三年級的學生，想必在胡適的腦海中留下較爲深刻的印象。雖然在這之前的一月二十九日的胡適日記中，也曾記載徐芳的哲學史分數爲七十分以上，但較之後來成爲史學家的何茲全等七人的八十分以上，徐芳的成績還不是最高的。因爲哲學史並非徐芳之所長，徐芳之所長在於新詩。

我們就她七十年後才出版的《徐芳詩文集》觀之，她在北京女子師範大學預科，也就是高中時期，新詩及散文就已經寫得相當不錯了，可說是一位早慧的才女。在一九三〇年秋至一九三二年三月間，她寫下了《隨感錄》這個集子，新詩就有十八首之多。緊接著從一九三二年三月至同年秋天，她寫了四十首新詩（案：在《徐芳詩文集》中已將六首已發表的詩作，移至「已刊詩作」欄位）。她說：「記得我開始練習著寫詩，是在一九三〇年的秋天。那時我還在女師大讀書，那時便不注意去看詩，或寫詩；不過偶然寫幾行而已。前面的十多首便是那時寫的。說來自己一心想考北大，便也沒有寫什麼詩句。直到近年來，尤其是最近，我忽然感到寫詩的興趣，便把這本詩集給寫滿了。」（見《我的詩》的〈後記〉。）一九三四年至至一九三五年冬她又完成三十餘首（案：部分移至「已刊詩作」的欄位）的《茉莉集》。除了這三個集子外，還有四十七首的未刊詩稿。在總數一百六十二首的創作詩集中，已發表的只二十七首（案：恐尚有未蒐集到的），但僅這二十餘首詩，她在當時的文壇上已被冠上「女詩人」的名號了，可見她的才華洋溢、錦心繡口見溫婉。筆者在編輯她的《詩文集》後，寫下了一段簡短的感言，或可形容一二：「從二八年華的初試啼聲，到風華正

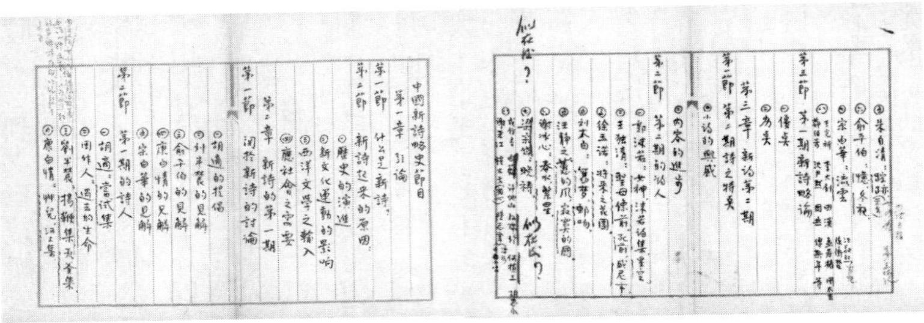

胡適指導徐芳的畢業論文目次手稿

茂的健筆飛揚，再到筆端時見憂患的抗戰之作。作者寫出閨秀餘緒，也寫出歌謠風韻，更寫出大時代的風雲。她是寥若晨星的女詩人中的一員，也是繼林徽音、冰心以降，一顆被遺落的明珠。她生命的陳跡，都化作文字的清婉與感喟。珠羅翠網，花雨繽紛。她是絢麗風景中的一道光影，倏起又倏消，如夢又還眞。」

除了本身是女詩人之外，她亦研讀大量師友及同輩新詩人的作品。她在老師胡適的指導下，撰寫《中國新詩史》的畢業論文。她以花樣年華的大四學生，膽敢月旦她的師輩詩人，並能洞若觀火、一語中的地道出詩人們的不足之處，則若非她本身也是創作能手，是不能、也不易深入堂奧，並探驪得珠的。因此《中國新詩史》雖爲其少作，卻可見出她早慧的才華與高卓的悟力。在通讀被評論者的詩作之後，她通過其詩境，反映到自己的詩心，再透過她如椽之筆，化爲精闢的論述。她假物喻象、字字珠璣地寫下她的眞知灼見，雖片羽吉光，但卻饒富況味。七十年後的今天，我們讀之，還不能不佩服她的慧眼與膽識。而從她所保存的手稿上，我們看到指導老師胡適的朱筆批改，雖然改的不多，對於「但開風氣」之先，而本身也寫新詩，提倡新詩的胡適而言，相信他是仔仔細細地閱讀過這本論文的，而且是驕傲地發出會心的微笑的。

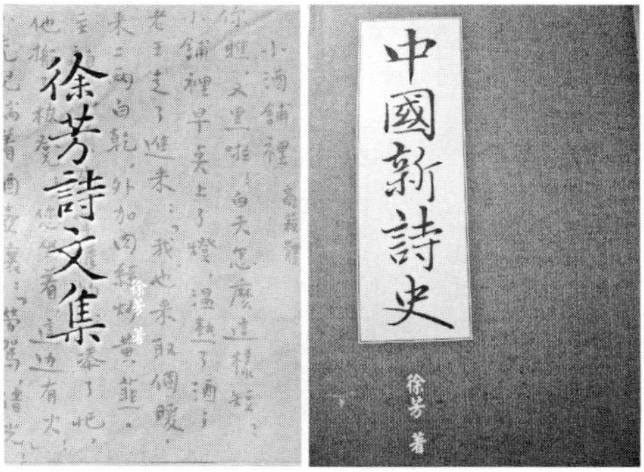

徐芳的著作。左圖為二〇〇六年秀威資訊初版《徐芳詩文集》

因此當徐芳畢業時，她原本到了天津南開中學要去擔任教員了，但卻被胡適緊急召回，擔任北大文科研究所的助理員。而不久，一九三六年春，北大《歌謠周刊》要復刊，徐芳更銜胡適之命，接下該刊長達一年有餘的主編工作。他們的感情也在這段日子裡，急驟升溫。面對與胡適戀情，我曾幾次的探詢，老人始終堅持只是「師生之情」，至於「情書」的部分那就更是否認了。因此以下的推論是根據學者耿雲志所見的信函（案：藏於中國社科院近代史研究所），再參酌史料加以推斷的。

據一九三六年四月二十五日顧頡剛日記說：「到朱光潛家，爲『誦詩會』講吳歌。與會者有朱光潛、周作人、朱自清、沈從文、林徽音、李素英、徐芳、卞之琳等。」而徐芳在參加完文藝聚會後的次日（二十六日）就到天津去探望兄妹，直到二十八日才回北京。回京後，她就收到胡適四月二十八日的來信，徐芳在次日回信中說：「您的信跟您本人一樣親切，給了我很大的快樂。」這是目前所見他們兩人最早的通信。五月八日，徐芳寄給胡適一信，信中還附了她兩天前寫的一首題爲〈明月〉的詩，詩云：

脈脈的銀輝，

何處尋你

送來無限溫慰，
我想到他的笑臉，
和月色一樣嫵媚。

他是一輪明月，
遙遠的送來一點歡悅。
我要他走下人寰，
他卻說人間太煩。

五月十九日，胡適在北京西山寫下了一首〈無心肝的月亮〉，詩這麼寫著：

我本將心托明月，誰知明月照溝渠！
——明人小說中有此兩句無名的詩

無心肝的月亮照著溝渠，
也照著西山山頂。
他照著飄搖的楊柳條，

也照著瞌睡的「鋪地錦」（案：Portulaca，小花名）。

他不懂得你的喜歡，
他也聽不見你的長嘆，
孩子，他不能爲你勾留，
雖然有時候他也吻著你的媚眼。

孩子，你要可憐他，——
可憐他跳不出他的軌道。
你也應該學學他，
看他無牽無掛的多麼好。

該詩以前人詩句引題，再映襯自己的心懷，無疑的是對徐芳不斷的攻勢的回應。因爲在這之前的五月十五夜，徐芳又給了他一封信，並附上了一首〈無題詩〉，詩云：

和你一塊聽的音樂特別美，
和你一塊喝的酒也容易醉。

你也許忘了那些歌舞，那一杯酒，
但我至今還記得那晚夜色的嫵媚！

今夜我獨自來領略這琴調的悠揚，
每一個音符都惹得我去回想。
對著人們的酡顏，我也作了微笑，
誰又理會得我心頭是縈滿了悵惘！

五月二十一日，徐芳給胡適的信中說：「我從來沒有對人用過情。我眞珍惜我的情（爲了這個，我也不知招了多少人的怨恨）。如今我對一個我最崇拜的人動了情，我把所有的愛都給他。即使他不理會，我也不信那是枉用了情。」隨信她還附上〈相思豆〉一詩，詩這麼寫著：

他送我一顆相思子，
我把它放在案頭。
娘問：

徐芳（左三）、胡適（右二）與《歌謠周刊》同仁合影，攝於一九三六年

「是誰給你的相思豆?」

我答是:

「枝上採下的櫻桃紅得眞透。」

六月十日,徐芳隨信又寄上另一首〈相思豆〉,那是寫於五月二十六日的詩:

相思紅豆他送來,
相思樹兒心裡栽;
三年相思不嫌苦,
一心要看好花開。

一九三六年七月十四日,胡適由上海赴美國參加太平洋國際學會第六屆常會,至同年十二月一日方返抵上海,十二月十日回到北平。赴美的送行人群中也有徐芳和她妹妹及竹哥夫婦的身影,但他們到得早,沒見著胡適。徐芳在七月十六日給胡適的信中說:「我本想等見著了你再走,但是在船上待得愈久愈傷心,見了你的面,一定要大哭。那時候招得親友笑我,還要害你也難過。」七月二十日,徐芳回到故鄉江蘇無錫,兩天後,她給胡適的信中說:「到了這裡,我頭一封信就是寫給你的。我要這封信寫好,才給雙親寫信。要是媽媽知道了,一定要說這個女兒要不得。但是,現在我

是愛你，甚於愛我的爸爸和媽媽呢！」八月二十一日，徐芳校對《青溪文集》和胡適爲此所寫的序文，她說：「我記得我小時候，常背你的論文。那時我對你的敬仰就別提了。現在我來校對你的文章，眞可說是我天大的幸福呢！」在這封信件裡，徐芳同時寄上了一張照片給胡適，七十多年後，這張照片還存放在北京近史所「胡適的檔案」中，照片背後寫著「你看，她很遠很遠地跑來陪你，你喜歡她嗎？一九三六，八，二十一」。的確，從上海到美國，鴻飛萬里，是有夠遠的了，但難得的是，胡適又千里迢迢地從美國再把照片帶回北平，至今仍完好無缺地保存著。

自七月中胡適出國，至八月底，不到兩個月的時光裡，徐芳連寫了十幾封信給胡適，而直到八月二十七日她才收到胡適自California的回信。徐芳當天寫了回信，她說「你在百忙之中，還沒有忘了寫信給我，我快活極了。前些日子，我沒有得到你的信兒，我眞有點怪你了（我眞捨不得怪你！）現在我得謝你！你是那麼仁慈，你的句子眞甜！我看了許多遍，都看迷了。」

幾個月後，胡適從海外回到北平，但他面臨的是《獨立評論》被停刊的問題，千頭萬緒，好多事有待解決，恐也無心「誰會憑欄意」？或許是胡適的理性戰勝了感性，而讓這「戀曲．一九三六」，戛然畫下了休止符。

「七．七」事變後，胡適於七月十一日應邀到廬山參加「談話會」。七月廿七日，他給徐芳一封信，信中說：「我不曾寫信給你，實在是因爲在這種惡劣的消息裡，我們在山的人都沒有心緒想到私人的事。我在山十五、六天，至今沒有出去遊過一次山！每天只是見客，談天，談天，……。只有一次我寫了一首小詩。其中第五、六行，似尚有點新鮮，所以我寄給你看看，請你這位詩人指

教。我明日飛京，小住即北歸。」（這信目前保留在徐芳的手中）

但胡適並沒有北歸，而是西行，不久後他到美國去拓展民間外交了，又過一年，則接任駐美大使了。一九三八年一月三十日，徐芳給胡適一封信，信中說：「記得前年此時，我們同在上海找到了快樂。去年此時，你在醫院裡生病，我也常跑去看你。今年卻兩地相隔，倍覺淒涼。誰敢說明年又是什麼樣子？……不過，無論如何，我是愛你的。什麼都可以變，只有我愛你的心是不變的。」

這期間徐芳寄給胡適的信有七封之多，胡適則連一封也沒有回，因此徐芳在信中（一九三八年五月六日的信），不免抱怨地說：「你這人待我是太冷淡，冷得我不能忍受。我有時恨你，怨你；但到末了還是愛你。」而此信寄出之後，足足有三年，徐芳沒有再給胡適寫信。一直到了一九四一年四月二十四日，徐芳才又給胡適寫信，可是這信開頭已改成「適之吾師賜鑒」，而落款則是「生徐芳」，物換星移，此情不再。信中所談的是她想到美國去留學，希望胡適給予幫助，但胡適依舊沒有回音。她只得在中國農民銀行任文書工作。

徐芳與丈夫徐培根。約一九四四年攝於重慶

一九四三年徐芳和徐培根將軍在重慶結婚了。抗戰勝利後，因工作單位的搬遷，他們從重慶移居南京。而胡適任北大校長之後，到南京中央研究院開會時，也曾去看過他們夫婦，師生之間極爲歡暢。一九四九年她隨夫播遷來台。一九五八年胡適自美返台，擔任

中研院院長後，他們曾在南港見面。一九六一年一月十七日的胡適日記還有與徐培根夫婦共同聚餐的記載。但此時的胡適只是她「永遠崇敬」的老師了。

胡適的喪禮中有著徐芳的身影，胡適的紀念活動中，徐芳多所參加。據筆者多次的訪談中，她對老師的敬仰，從沒有因時間的久遠，而有褪減。「胡先生」不僅是她經常掛在嘴邊的字眼，「胡先生」的生日，她歷經七十多年依舊沒有忘記！一段偶發的戀情，或許是易逝的，但師恩總是難忘的！

胡適也喜歡陸小曼嗎？

兼談滬上兩大名媛

陸小曼

說到陸小曼，她成名於北京，胡適曾經說她是舊北京一道不可不看的風景。陸小曼家學淵源，具有流利的英語和法語的聽說能力，又擅繪畫，唱崑曲、京戲、跳舞等。在北京中西交際舞會，她時常被邀參加。她體態嬌柔、穠纖適中，修短合度，於儀態萬方之中，曼步而出，無論舉手投足，一顰一笑，周旋應對，無不扣人心弦，男性固爲之傾倒，女性亦因之神移。

有傳言說最初是胡適看中陸小曼的，或者說陸小曼最初是看上胡適的，但不管如何，胡適是比徐志摩早認識陸小曼的。據名畫家劉海粟晚年的回憶，說他當年曾在北京松樹胡同七號的新月社俱樂部住過一段時間，胡適、徐志摩常到他的房間來談心。他們時常談到一位「王太太」（案：陸小曼十九歲就嫁與王賡），起初他不以爲意，後來聽多了，聽到他們那樣的讚美，那樣的充滿好感，自然引起他的好奇心。有一天胡適還對他說：「海粟，我今天陪你去看看王太太。到了北京，她家是不能不去的，這位太太又聰明，又漂亮，還會畫畫，英法文都很好，世上很少這樣的人物……。」這時在一旁的徐志摩拍拍張歆海的肩膀說：「歆海，我們也去！」於是四人一道去看望陸小曼。

劉海粟還說，有次他從天津乘船到上海，正在甲板上眺望海景時，陸小曼也佇立一角，劉海粟驀然地見到她，呆了大半天，以後對人說：「從各個角度來看，只覺得她的風度姿態，無一不合於美的尺度，如作寫生畫，全是可取更難得的材料，惜乎沒有帶畫具，想來只有『衣薄臨醒玉豔寒』七字，可形容一二了。」由此可見陸小曼爲人傾倒的一斑。

徐志摩的風神瀟灑、才華外溢，吸引著陸小曼，而陸小曼的林下風致，亦讓徐志摩有「絕代佳人」之感。於是兩人感情急速火熱，但事情也因此而鬧大了，逼得徐志摩不得不去歐洲旅遊，暫避風頭。而這邊小曼的丈夫王賡，因蔣百里之介，赴南京任督辦浙江軍務善後公署高級參謀，行前他託胡適等人照料陸小曼，有此護身符，胡適與陸小曼的交往就更加密切了。胡適的好友，也是北大教授吳虞在一九二五年六月十四日的日記上就說：「立三約往開明觀劇，見鬚生孟小冬，其拉胡琴人爲蓋叫天之拉胡琴者，叫座力頗佳。胡適之、盧小妹在樓上作軟語，盧即新月社演《春香鬧學》扮春香者，唱極佳。」這盧小妹就是陸小曼，胡適帶著陸小曼在樓上包間作軟語，其情調則不難想見。

而在六月初及六月下旬，陸小曼給了胡適兩封英文信，第一封寫道：「我最親親的朋友：這幾天我很擔心你。你眞的不再來了嗎？我希望不是，因爲我知道我是不會依你的。……熱得很，什麼事都作不了。只希望你很快地來看我。別太認眞，人生苦短，及時行樂吧。最重要的，我求求你爲了你自己，不要再喝了。就答應我這一件事，好嗎？你爲什麼不寫信給我呢？我還在等著呢！而且你也沒有給我電話。我今天不出去了，也許會接到你的電話。明天再給你寫信。　眉娘」。第二封則說：「我最親親的朋友：我終於還是破戒寫信給你了！已

徐志摩送給胡適的照片

陸小曼送給胡適的照片。此照贈於陸與徐志摩婚後，陸並自署「小曼用功小景，為老師（胡適）解嘲」。

經整整五天沒有見到你了，兩天沒有音信了。……你怎麼發燒了？難道你又不小心感冒了？今天體溫多少？我眞是焦急，眞希望我能這就去看你。眞可惜我不可能去看你。我眞眞很不開心。請你一定要好好照顧自己。現在要換成我當先生，等你好了以後，我要好好地教訓你，如果你再一次不聽話，你就等著瞧！你這個淘氣的人！我會處罰你，讓你嘗嘗滋味。大爺！你現在做的，是不可工作，不可以用腦筋，也最好不要看小說，最重要的，是不可煩惱。哦！我現在多麼希望能到你的身邊，讀些神話奇譚讓你笑，讓你大笑，忘掉這個邪惡的世界。你覺得如果我去看你的時候，她剛好在家會有問題嗎？請讓我知道！我不敢用中文寫，因爲我想用英文會比較安全。我的字還像男人寫的吧？我想她看到這些又大又醜的字不會起疑心的。祝你飛快康復。你永遠的玫瑰（Rose）兼娘（案：Rose的字母裡的「o」是畫作心的形狀）。又：請不可取笑我的破英文，我可是匆匆寫的哦。」

胡適與陸小曼的私情，或許是造成一九二六年夏天胡適原本要爲徐志摩與陸小曼證婚之事，而

被胡夫人江冬秀大吵一架之原由（案：後來因胡適要去英國倫敦參加中英庚款諮詢委員會全體會議，證婚之事，改由梁啓超主持）。就在胡適出發的當天，江冬秀當著別人的面，嚴厲譴責了胡適的行爲，也大罵了徐志摩和陸小曼一通，並揚言哪一天要道出你們這批所謂「知識分子」的眞面目。在西伯利亞經莫斯科至倫敦的火車上，胡適忍不住內心的痛苦，給江冬秀寫了一封信，說道：「……你自己也許不知道我臨走那時的難過，爲了我替志摩、小曼做媒的事，你已經吵了幾回了。你爲什麼到了我臨走的那天還要教訓我？還要當了慰慈、孟祿的面給我不好過？你當了他們面前說，我要做這個媒，我到了結婚的台上，你拖都要把我拖下來。我聽了這話，只裝做沒聽見，我面不改色，把別的話岔開去。但我心裡很不好過。我是知道你的脾氣的；我是打定主意這回在家絕不同你吵。但我這回出門，要走幾萬里路，當天就要走了，你不能忍一忍嗎？爲什麼一定要叫我臨出國還要帶著這樣不好過的影像呢？……有些事，你很明白；有些事，你絕不會明白。許多旁人的話都不是眞相。……」胡適後來對徐、陸戀情的支持，是有他當年與曹珮聲戀情的投影在，尤其是對一個浪漫的詩人，胡適在自由戀愛上是絕對支持的，這對江冬秀而言，是無法理解的，更是遙不可及的。

徐志摩與陸小曼在北京舉行婚禮，婚後他們移居上海，住在福煦路四明村。志摩轉到光華大學任教。小曼則與滬上社交界時相周旋，跳舞、票戲，風頭極健。一九二七年十二月二十七日，美術家江小鶼因爲要慶祝天馬會成立十周年，要舉行一次盛大的平劇公演，特地將兩朵滬上名花——陸小曼與唐瑛給請了出來。這唐瑛出身教會學堂，華貴雍容。她的父親唐乃安是中國最早的西醫之一；哥哥唐腴廬曾任宋子文的祕書。據其妹唐薇紅說：「我爸爸是用庚子賠款出國留學的，回國後在北

陸小曼與唐瑛

洋艦隊做醫生，後來在上海開了私人診所，專門給當時的上海大家族看病，我們家和宋家就是那時候認識的。我大姊唐瑛還和宋子文談過戀愛，不知是因爲我爸爸緣故還是我哥哥緣故，兩人認識的，但是我知道是爲什麼分開的：我爸爸堅決反對。我爸爸說，家裡有一個人搞政治已經夠了，叫我姊姊不許和宋子文談戀愛，怕她嫁給宋子文，家裡就捲到政治圈裡……我們家是基督教家庭，女孩子地位很高，甚至可以說是『重女輕男』，但也不是說女孩子就可以出門交際的，必須要等到結婚後或者有男士上門邀請才能社交。我姊姊是因爲結婚了，獲得了交際的權利，她嫁給了寧波『小港李家』的李祖法，姊夫是保險公司的總經理，但是不喜歡交際。」李祖法是從耶魯留學歸來的，其父李雲書，是滬上巨賈。而當時楊杏佛也在苦苦追求唐瑛，弄得形容憔悴。但唐家替唐瑛選定的卻是李祖法，而楊杏佛同李祖法形同兄弟，故使得楊杏佛陷入進退維谷的痛苦中。

兩天公演的戲碼，都派定陸小曼唱大軸。第一天《販馬記》要現學現排，原來由唐瑛飾趙寵，可是唐瑛有幾句唱詞轉不過調來，一氣之下就不學了。要俞振飛代替，俞振飛原來已在《群英會》裡飾周瑜，他不願捨此就彼，於是就想到崑劇、京劇俱佳的翁瑞午來代替，小曼的風流韻事，也從

陸小曼

此推向另一個側面。第二晚唱《三堂會審》，陸小曼演蘇三，翁瑞午演王金龍，江小鶼演藍袍，而紅袍一角則由陸小曼硬拉著徐志摩去演。徐志摩爲此寫下了一段無奈而苦澀的文字，他說：「我想在冬至節獨自到一個偏僻的教堂裡去聽幾折聖誕的和歌，但我卻穿上臃腫的袍服上舞台去串演不自在的『腐』戲。我想在霜濃月淡的冬夜獨自寫幾行從性靈暖處來的詩句，但我卻跟著人們到塗蠟的跳舞廳去豔羨仕女們發金光的鞋襪。」當然更有甚者，由於伶人翁瑞午的介入，讓志摩戴上了綠帽。

翁瑞午本世家子，父印若，歷任桂林知府，以畫鳴世，家有收藏，鼎彝書畫，累篋盈櫥。他時時袖贈名畫，以博小曼歡心。並有一身推拿絕技，常爲小曼推拿，還眞能手到病除。又常教小曼吸食阿芙蓉，試之疾立癒，於是小曼大喜，常常和瑞午一榻橫陳，隔燈並枕。瑞午以阿芙蓉爲小曼治疾，而終能掌控小曼之身體，抑如同當年志摩要小曼寫日記，而終能驅之於小曼之心靈。這又何嘗不是造化小兒的戲弄，抑或志摩無可擺脫之宿命乎？

無獨有偶的，唐瑛喜好跳舞，而丈夫李祖法卻不擅此道。於是李祖法乃邀熊希齡之族子，人稱熊七的，陪唐瑛共舞於當時首屈一指的大華舞廳。大華舞廳位於靜安寺路之中，占地二十畝，古木參天，時花匝地。大廳皆爲大理石，地滑凝脂、柱瑩玉石，有裸體石像數十尊，都是義大利雕工。

舞者環繞石像而迴旋，名媛紳士，中西皆有。唐瑛穿著華貴白紗裳，長裙窣地，與熊七相擁，交臂起舞。而李祖法則在旁觀賞，手持咖啡飲之。跳到半夜，唐瑛興致不減，李祖法則獨自先歸，唐瑛則偕熊七再到愚園路底的黑貓舞廳續攤。久而久之，兩人萌生愛意。李祖法無奈，曾對徐志摩訴苦，志摩亦憮然，兩人稱得上「同病相憐」。最後唐瑛終致和李祖法仳離，而嫁與熊七。

不同的是唐瑛自嫁給熊七後，就不再跳舞，據陳定山《春申舊聞》中說，她衣服樸素，時時提著竹籃，出現在西摩路的小菜場買菜。又喜歡散步，每當夕陽西下時，輒見她推著一嬰兒車，掩映於綠樹扶疏之下。到抗戰勝利後，雙頰仍紅如玫瑰，丰姿尚如二十出頭。

而反觀陸小曼在徐志摩飛機撞山身亡後，她寫下輓聯——「多少前塵成噩夢，五載哀歡，匆匆永訣，天道復奚論，欲死未能因母老；萬千別恨向誰言，一身愁病，渺渺離魂，人間應不久，遺文編就答君心。」情意深切，極為感人。而一個多月後，她又寫了〈哭摩〉一文，她說：

□海上交際明星唐瑛女士小影□
Miss Ing Tang, the most populer society beauty in Shanghai.

唐瑛

「蒼天給我這一霹靂，眞打得我滿身痲木。幾日的昏沉，直到今天才醒過來，如道你是眞的與我永訣了。」又說：「你爲甚不早些告訴我，你是要飛去的呢？直到如今，我還是不信你眞的是飛了。」「你雖慰我，我無從使你再有安逸的日子，摩，你爲我荒廢了你的詩意，失卻了你的文興，受著一般人的笑罵，我也只是在旁默然自恨，再沒有法子使你像從前的歡笑。」文中有著小曼的哀慟與懺悔，都是眞心的。甚至她在輓聯中說要編成《徐志摩全集》，她都做到了，只是後來抗戰爆發，出版之事整個延宕下來，終其一生陸小曼並未能親見《全集》之出版。

據陳定山說，志摩去世後，陸小曼素服終身，從不見她去遊宴場一次。然後她又請了賀天健教她國畫，汪星伯教她做詩。她沒有錢，她賣了《愛眉小札》的版權。她每日供著志摩的遺像，給他上鮮花。但她卻又離不開翁瑞午，而翁瑞午也變賣了一切骨董書畫來供奉小曼的鴉片癮。小曼的病，終日纏身，她掉了一口牙齒，從來沒有鑲過一個。蘭澤的青髮，常常會得經月不梳，她已變了一個春夢婆了。但是翁瑞午卻仍奉之如神明，只要小曼開口，他什麼都能替她辦到，你不要以爲小曼憔悴到這個樣子，便失去了昔日的風采呢？只要她一開口說話，那一種清雅的林下風度，仍能使你聽到忘倦。

陸小曼

一九四七年陸小曼在好友女作家趙清閣女士的邀約中，發表了短篇小說〈皇家飯店〉。趙清閣稱小曼「文字流

利，綺麗，才情瀟灑，卓然；唯身體多病，近十多年來未嘗執筆，僅於繪畫孜孜不輟，成就至巨。近爲本集（案：指《無題集——現代中國女作家小說專集》）撰成短篇小說〈皇家飯店〉，描寫細膩，技巧新穎，讀之令人恍入其境，且富有戲劇意味」。晚年陸小曼戒除毒癮，加入上海「美協」任職中國畫院，曾經和王亦令先生合譯《泰戈爾短篇小說集》、艾米麗·勃朗苔之自傳體小說《艾格妮絲·格雷》，並合編通俗故事《西門豹治河》。一九六五年四月三日病逝於上海華東醫院，終年六十三歲，一代佳人，終歸塵土。

近日得閱好友興文兄所蒐藏難得一見的一九二八年《天鵬畫報》，又閱同時期的《北洋畫報》，得名媛陸小曼及唐瑛珍貴照片數幀，不敢藏私，有感於兩人之事，遂寫此文有以誌之。

胡適心中的聖女

李美步

李美步。《歷史月刊》提供

二〇〇七年九月十六日，《中國時報》駐紐約記者王良芬小姐說，她穿梭在紐約華埠的巷弄裡，從遊客如織的勿街（Mott Street），朝孔子大廈的方向走，左轉進入披露街（Pell Street）廿一號，發現在狹窄的弄道內有個教會，名爲「中華第一浸信教會」，樓宇有近百年的歷史，外牆漆成赭紅色，裡外都維持得相當好。大門高處鑲著「紀念堂」的牌匾，是胡適親筆所書。於是出於好奇心，她拜訪了教會牧師李澤華，從教會的記錄文獻得知，「紀念堂」是爲紀念創會牧師李韜先生的。而由胡適所書寫的這塊牌匾，卻追索出一段未竟的情事，它竟淹沒在雜沓人聲中，有六、七十年的光景。

李美步。王良芬翻攝

其實在一九九九年四月號的《歷史月刊》曾刊登有朱毓祺先生的〈胡適眼中的聖女——李美步博士〉一文，對此事就有提及，朱先生說在一九三七年他還是童年的時候，就移民到紐約，就在李韜紀念堂學習英語，這裡是早期唯一爲成年新移民學習英語的華人所設立的機構。李韜牧師，廣東人，是前紐約中華公所主席。據王良芬說李美步（Mabel Lee）博士原名李彬華，一八九六年生於廣州，是李

韜牧師的獨生女，一九〇〇年七月和母親來美和父親團聚。李美步自小聰穎，辯才無礙，青少年時就立志社會改革，十六歲時參加紐約市「女權運動」時，騎著馬和其他人一起帶領示威遊行，可謂時代先驅。李美步一九一三年中學畢業後，獲得庚子賠款獎學金，進入哥倫比亞大學就讀，一九一八年取得哥大經濟哲學博士，爲哥大校史上第一位獲此榮譽的華人女性，其博士論文由哥大編入《中國經濟史》一書。

胡適大李美步五歲，他也是考取庚子賠款獎學金，在一九一〇年秋來到美國綺色佳康乃爾大學學習農業學，一九一二年春改入文學院，學哲學、政治、經濟、文學。其實就《胡適日記》觀之，在一九一四年九月四日中就說道：「夜在會之女子開一歡迎會，極歡。女子中有數人尤倜儻不凡，如廖、李（美步）、江諸女士，皆其尤者也。」他們當時都是中國留美學生會中的佼佼者，因此彼此惺惺相惜。一九一五年一月八日胡適在給李美步的英文電報寫著：「親愛的李小姐：謝謝您的電報，我本該顧慮您要準備其中考試，但是韋蓮司夫人（您可能記得她就是日前招待中國學生的那位）告訴我有關下次開會和要我推薦一位主講人的事，我立刻想到您是在這場合最合適的人選，所以我提供了妳的名字給她，現因時間倉促，我只好拍電報通知您，請原諒我的『冒昧唐突之罪』。祝您有一個寧靜愉快的假期和成功的學年。」

一九一五年秋，胡適轉入紐約哥倫比亞大學哲學系，他與李美步遂成同系同學。一九一七年四月二十七日，胡適在寫完博士論文《中國古代哲學方法之進化史》（*A Study of The Development of Logical Method in Ancient China*），連博士學位都還沒正式拿到，就匆匆回國，接北京大學的教授

了。而李美步在一九一八年榮獲博士學位，一九二三年前往歐洲考察大戰後的經濟，同年應聘廈門大學系主任，但她父親李韜牧師因調解堂界糾紛，於次年悲憤過度在美去世，她隨即回美爲父親舉辦葬禮，並留在紐約承繼父志以及奉養母親，她婉拒一切聘約，後來出任浸信會晨星書館（Morning Star Mission）主任。一九二六年當時具有影響力的一位佈道家，也是俄亥俄州立大學的化學博士宋尚節（1901-1944），就曾在此義務地幫助李美步教導英文。

李美步爲感念父親，因此想爲父親建立紀念堂。由於李韜牧師生前聲望，李美步很快從朋友、僑社籌足經費，期間胡適出力甚多，後來購買下華埠披露街廿一號的樓宇，經重新修繕後，一九三六年竣工定名「李韜紀念堂」。「紀念堂」三字是胡適所書，胡適爲了題字煞費苦心。胡適在寫給李美步的信中說：「書寫之夜，下筆後不滿意的廢紙，已拋滿了書房地板，只得揀出數張任由挑選。」

胡適所書的「紀念堂」。王良芬翻攝

此墨寶現仍保留在紀念堂中，成爲珍貴文物。在紀念堂落成後，胡適曾親筆題詞「功不唐捐」贈送給李美步以昭示其功不枉費之意，又贈「見義勇爲」字題爲紀念堂的永久訓詞，表達了該紀念堂的宗旨和服務精神。

一九三六年七月十四日，胡適由上海赴美國參加太平洋國際學會第六屆常會，又參加哈佛大學三百周年紀念會，繼在紐約、華盛頓、費城、綺色佳、芝加哥、司波堪、西雅圖、洛杉磯及加拿大的文尼白等地講學、遊歷，

在十一月十九日回國途中，在日本皇后號輪上，他給李美步寫了封英文信：

親愛的聖女：

自從離開紐約以來，心中想到給妳寫信，可是在橫貫美洲大陸的車途中，一站接一站的過去了，我總是找不出最合適的時間和寧靜來寫信，抵達了要坐船的港口之後（案：舊金山），才知道前幾天宣布的碼頭罷工，今天起生效，我只有等罷工解決了才能動身。

經過十五天的耽擱，我終於去了加拿大的溫哥華，搭上了日本皇后號郵輪，於是我又一次在太平洋上了。

這次不期的耽擱卻得到了補償，我看到了總統選舉並爲那令人驚服的選舉結果而得意；在我離開舊金山那天，適值新建的灣區大橋正式開橋通行，我過了新橋四趟，看了兩場歌劇，還給《外交》及《論壇雜誌》寫了兩篇文章。

在這一個半月裡，我常惦記著我那位住在紐約華人教會的神聖教士，也想到在我的旅舍中我們的談論，以及在帝國大廈頂塔上那美麗的夜晚，我常想知道這位女士會永遠爲這個在華埠的教會獻身嗎？她眞的會快樂嗎？她說她是非常快樂，我可是懷疑，我爲什麼會對妳親口回覆我問妳的問題無法接受呢？因爲我認爲那裡的工作是一種不可能使像你這樣認眞做事的人持久幹下去的。

在我的旅舍茶敘時，我曾建議妳應該重振妳學術方面及文化方面的興趣，去做些妳曾經熟習

做過的研究工作，對這個建議妳也同意了。可是那並不足爲憑，我想起來了，那天在妳的教堂晚禱後的會上，我看到了妳對那份工作所做的計畫或者說是想法，使我大吃一驚。

妳眞的下定決心在華埠辦一個小教會？或者妳早已想過當一位中國人的珍・亞當斯（Jane Adams）創辦一所初期的赫爾堂（Hull House）。還是當一個中國人的莉里安・沃德（Lilian Ward）建立一所亨利街文教館（Henry Street Settlement）呢？老實說，妳要在華埠不過是一所小教堂獻出一生，是一件不可思議的事，不過如果妳早已擬妥或者目前正在草擬一個類似赫爾堂的計畫，並且還要能得到華人社區贊助的話，那個計畫就必須要眞正有益於社區，並且要充分地謀取年輕人熱心的參與。

總之，這個堂所不應該僅僅作傳揚福音和做禮拜用的，而應該是一個爲教育社會服務、衛生、文化以及民事服務的處所。

十分抱歉，我在班門弄斧了。多謝妳爲我所做的一切的厚意，並請代我向蘇先生的盛情轉達謝意。

您的朋友　胡適　謹上

中華第一浸信教會。《歷史月刊》提供

從這封長信的字裡行間，可以感覺出不爲外人所知的情愫。（案：胡適的信函墨寶現存放在「紀念堂」，筆者此處引用朱毓祺先生的譯文，特此致謝。）而當胡適返抵上海後，他不

負諾言，他爲紀念堂圖書館選購大批中國古典文學書籍，於次年抗戰爆發前，運抵紐約，運費一千美金由孔祥熙捐贈，該批書籍現仍存放於圖書館供僑胞閱讀。

抗戰爆發後，蔣介石要胡適和錢端升、張忠紱等三人，到英、美去做非正式的外交使節，直到一九三八年九月十七日才正式任命胡適爲駐美大使。在這之前的一九三八年一月二十四日日記中說：「李美步邀去吃飯。」三月二十五日日記云：「下午去看李美步女士，與她和她的表兄蘇君同吃晚飯。李女士之父名李韜，是中國的基督教牧師，甚得人信仰。」四月二十日日記云：「爲New York唐人街擬中國藏書第一目，應李美步女士之請。」

任駐美大使時的胡適。攝於一九四一年十二月，美國白宮前。胡適懷抱裡的正是美國總統羅斯福簽署的二十六國同盟文件

據說後來李美步經常在教會主日崇拜聚會講及胡適對紀念堂的貢獻。而每逢胡適在學術上有新貢獻或在政壇有新使命，李美步總是不厭其煩，詳細地介紹，談吐之間充分地表露出他們之間的情誼和欽佩。一九四六年九月，胡適正式就任北京大學校長，李美步曾於一九四七年到北京拜訪過他。返回美國後，她還是獻身於基督，服務於僑界四十餘載。她終身未嫁，一九六六年病逝，享年七十歲。而胡適則在一九六二年二月二十四日因心臟病發，逝世於南港中研院的院士會議上，享年七十二歲。

萍蹤偶聚，無言的緣分；但君子之交的情誼，又長達半個世紀。哪天你在紐約披露街人聲鼎沸中，再見到這塊「紀念堂」匾牌，應該會想起這段如煙的往事！

另一次近身的觀察

從章希呂的日記書信看胡適

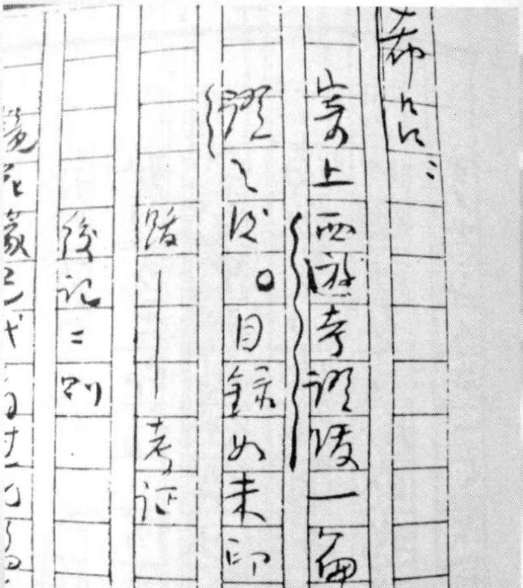

胡適給章希呂的信

在胡適的眾多同鄉好友中，與他同輩的有許怡蓀、程樂亭、章希呂等人。其中許怡蓀與程樂亭曾與胡適同在中國公學上過學，而章希呂當時則在上海南洋中學讀書。雖不同在一個學校，但由於胡適讀書聰明是出了名的，因此在上海求學的績溪學生是沒有不知道他的名字的，也因此章希呂在上海時很快就與胡適聯繫上了。胡適在上海曾經荒唐的時候，章希呂與許怡蓀等人也常去規勸他。一九一○年五月一日胡適在日記上就寫著：「樂亭來滬就醫，予與偕往曹子卿處一診。爲希呂書一扇。……夜飯後，與怡蓀、意君夜話，爲言余十五、六歲時事。回首前塵，卻如夢寐，不勝慨歎繫之。」①十八日，日記又說：「下午，訪石堂翁（案：樂亭之叔）於上海旅館，慕僑、樂亭、希呂皆已先在，小間，孟翁亦來，坐甚之。橘丈與予同出至阜豐，言石堂翁慨然以百金相假，爲予作資斧之需。予此行成敗尚未能定，而以重累友朋，念之惕然。」②（案：此言他決心投考清華官費留學，但又無路費北上應考，同鄉好友們籌措路費，以助行色之事。）

也因此後來胡適如願考上官費留美，一進到其綺色佳康乃爾大學後，馬上給章希呂等眾同鄉好友來信，除報告旅途見聞外，更關心眾好友的前途，並建議他們進遊美預備學校，因那裡有他的師友王雲五及朱經農。他信中還說：「天涯故人，時念故國，能時時以書慰我岑寂，極所歡迎也。」③而一九一一年五月間及六月十七日，他分別從怡蓀及希呂的信中，得知樂亭病死，他寫了〈程樂亭小傳〉及〈辛亥（一九一一年）五月海外哭樂亭詩〉，詩中有「君獨相憐惜，行裝助我辦；資我去京

國，就我游漢漫」之句。而對於希呂，他則勸告他如何痛改「無恆」之通病，並提出三種方法，相互勉勵。④一九一二年二月六日給章希呂的信中則說：「來書言今歲可畢業，可爲弟賀。畢業之後再讀書更佳。否則謀事亦無不可，前有書言無往而非學問之地。弟苟存此心，則自不作憂慮之思矣。弟謂然否？」⑤

由於家境所迫，章希呂畢業後並沒有繼續升學，他回到家鄉，先後應聘在安徽省立第二師範學校小學部及安徽省立第三中學任教。胡適回國後，他們在績溪見了面。一九二〇年九月二十日當時任中學教員的章希呂還寫信給在北大當教授的胡適，要他寫篇〈改良中學課程〉的文章在雜誌或報章上發表，「讓那些死守部章的學堂裡的校長先生們看了，也曉得可以去改改；因爲你的文字，感化力最大，人家看見了有你做的文章，無論如何，都要仔細去讀一下，就是那些口裡反對的人，也要背地裡去偷看一

上海亞東圖書館的標誌

章希呂（前排中）與亞東同人。攝於一九二八年九月廿四日

下，這不是我恭維的話，實在有這樣的情形呀。」[6]

一九二一年春，章希呂到上海亞東圖書館工作，據研究者顏非說：「當時亞東已將標點本的《紅樓夢》排定，準備陸續編印胡適的著作，因力量不足需要增人。……章希呂在亞東一直是以整理編校胡適的著作爲主要任務。」查胡適日記在一九二一年七月十七日有「到亞東圖書館，見著章希呂、胡鑒初等」。八月二十四日有「到牯嶺路亞東棧房訪翼謀、希呂，邀了他們及程靜宜女士（案：程樂亭之妹）到一枝香吃飯。原放、胡鐵巖、胡鑒初也來。」[8]

一九二三年三月四日胡適給章希呂的信說，昨天寄上《西遊考證》全稿，另先前曾請汪原放把《吳敬梓年譜》抽印一百本，但他竟然忘了，現在《西遊考證》亦需一百本抽印本。三月九日胡適寫完《《西遊記》考證．後記》一文，他馬上寄給章希呂，請他補入《考證》後面。另同時要亞東寄《胡適文存》十部、《嘗試集》二十部、《儒林外史》十部給他。章希呂接到信後，馬上將書於三月十四日掛號寄出，同時寫信告知胡適，「今天校對《西遊記考證》，忽遇著一段重複文字，吾們不敢決定是否有誤，茲特將校樣四頁寄上，請一閱。如是無誤，即請示知；校樣請不必寄回。」[9]同年四月底胡適南下養病，五月在上海時，因痔疾發作，章希呂從五月二十八日，接連四天都煎好中藥（案：大部分是瀉藥，如黃連、黃芩之類）送去給胡適喝。六月八日胡適到杭州西湖，十二日章希呂有信給胡適，告訴他「北京要的款前天（十日）匯了兩百元去了，端節後可再籌一百匯去，請勿念。……你要的藥如思聰（案：胡適的姪兒）要來杭當由他帶來。黃先生（案：黃鐘醫生）替你開的那個治肺藥方是在我處（你忘記帶去），此藥當也配一瓶由思聰帶來，請勿念。單本《鏡花緣引論》還要三、

廣	告	回	信

台灣北區郵政
管理局登記證
北台字第15949號

235-62
台北縣中和市中正路800號13樓之3

印刻出版有限公司　收

讀者服務部

姓名：＿＿＿＿＿＿＿＿＿＿＿　性別：□男　□女

郵遞區號：＿＿＿＿＿＿

地址：＿＿＿＿＿＿＿＿＿＿＿＿＿＿＿＿＿＿＿＿＿＿＿＿＿＿

電話：（日）＿＿＿＿＿＿＿＿＿＿（夜）＿＿＿＿＿＿＿＿＿＿

傳真：＿＿＿＿＿＿＿＿＿＿＿＿

e-mail：＿＿＿＿＿＿＿＿＿＿＿＿＿＿＿＿＿＿＿＿＿＿＿＿＿

INK

INK PUBLISHING

讀者服務卡

您買的書是：________________

生日：______年______月______日

學歷：□國中 □高中 □大專 □研究所（含以上）

職業：□軍 □公 □教育 □商 □農

□服務業 □自由業 □學生 □家管

□製造業 □銷售員 □資訊業 □大眾傳播

□醫藥業 □交通業 □貿易業 □其他______

購買的日期：______年______月______日

購書地點：□書店 □書展 □書報攤 □郵購 □直銷 □贈閱 □其他

您從那裡得知本書：□書店 □報紙 □雜誌 □網路 □親友介紹

□DM傳單 □廣播 □電視 □其他

您對本書的評價：（請填代號 1.非常滿意 2.滿意 3.普通 4.不滿意 5.非常不滿意）

內容______ 封面設計______ 版面設計______

讀完本書後您覺得：

1.□非常喜歡 2.□喜歡 3.□普通 4.□不喜歡 5.□非常不喜歡

您對於本書建議：

感謝您的惠顧，為了提供更好的服務，請填妥各欄資料，將讀者服務卡直接寄回或傳真本社，我們將隨時提供最新的出版、活動等相關訊息。

讀者服務專線：（02）2228-1626 讀者傳真專線：（02）2228-1598

四天後可以裝訂成冊，如果你在杭州還有些時耽擱，一俟訂成，當即寄十冊來。」⑩九月七日章希呂和汪孟鄒到杭州煙霞洞去看胡適（案：胡適在六月二十四日就搬到煙霞洞租屋住定），並在山上住了兩夜。十月十六日胡適到亞東，爲《努力週報》改爲月刊之事，和汪孟鄒談，孟鄒、原放、鑒

亞東版《儒林外史》，內容為新式標點並分段。亞東圖書館一九二〇年十二月初版

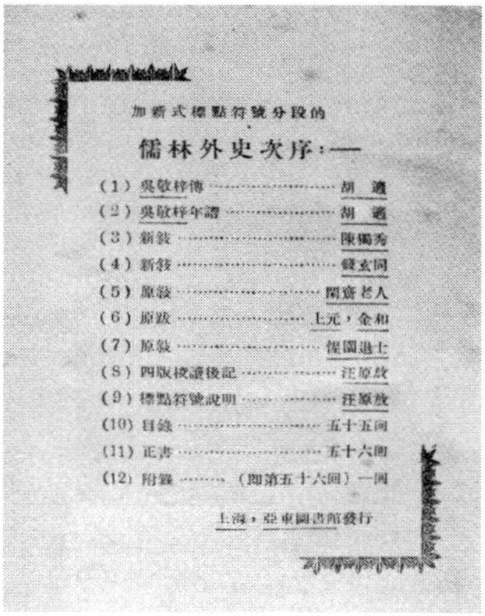

加新式標點符號分段的

儒林外史次序：—

(1) 吳敬梓傳……胡適
(2) 吳敬梓年譜……胡適
(3) 新敍……陳獨秀
(4) 新敍……錢玄同
(5) 原敍……閑齋老人
(6) 原跋……上元，金和
(7) 原敍……惺園退士
(8) 四版校讀後記……汪原放
(9) 標點符號說明……汪原放
(10) 目錄……五十五回
(11) 正書……五十六回
(12) 附錄……（即第五十六回）一回

上海，亞東圖書館發行

《儒林外史》次序。卷首收錄自胡適的吳教梓傳與年譜

初、希呂都要胡適將它交給亞東出版發行，但王雲五主持的商務印書館卻力爭此報歸他們出版。胡適左右爲難，因爲對方都是他極好的朋友。到第二天才達成三項協議：「一、本社保留四頁廣告，得以兩頁贈與亞東。二、認亞東爲分發行所，得代定《努力》。三、我的文章可保留版權，不受稿費，以後可自由在別處匯出單本集子。雲五都答應了。」⑪可惜的是同年十月七日，《努力週報》宣布停刊，月刊之議，也就成爲明日黃花了。

一九二三年十二月五日胡適返回北京後，沒幾天就收到章希呂寄來的《征四寇》清樣十三回，還有十四日寄出的信，信中說：「《征四寇》無好版本，我們這裡所有的幾部都是錯字連篇，雖吾們大膽的改了多處，現尚有三首詞吾們實無力解決，商務明版本亦無此詞，茲特另紙抄錄附上，請吾兄撥冗一改，並請改就即行寄來

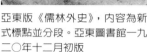

爲感。」[12]胡適接信後，於十六日回信道：「三首詞已勉強校過了。我要用的是《水滸後傳》（因爲我這裡一部都沒有）的清樣，乞速寄來。」[13]二十六日，章希呂在拜讀胡適寄給他的〈水滸續集·序〉，就他覺得有懷疑的地方，寫信向胡適請教。胡適在三十日回信給他說：「來信問四事：1.請你舉幾個兩書不同的例，來代替我舉的《絳都春》和《東京勝概》兩個例罷。2.我手邊沒有《征四寇》，誤記爲四十九回，請改正（頁五，行七）。3.前《傳》請不必改（頁十四，行六）。4.請將月日刪去，因爲我不願人知我此時多做工作。我尚在病假中。」[14]一九二四年一月一日，胡適又寫信給章希呂說：「頃見《水滸》續集序頁六，有一大錯，乞改正：沈日楨當作汪日楨。此稿匆匆寫成，未及細看，乞細校一遍。如有錯誤，乞隨時校正，不必問我，以省時間。」[15]同年八月十五日，章希呂又致胡適信，說：「上月十七日曾郵寄快信一封，並《文存》二集卷二清樣一冊，想已收到。清樣閱過，務請寄回。茲又寄上卷三清樣一冊（今天快件寄出）到請檢收，亦望閱過寄回。卷四清樣不日又寄上。卷一的稿已排完，現待〈費密〉、〈戴東原〉二篇文章寄來，甚急，如吾兄兩篇中已做成一篇，就請先寄一篇來應排，爲盼！」[16]胡適在八月三十一日回北京後，九月二日馬上回章希呂信，說：「《文存》今日即行整理。〈東原哲學〉一文不能收入，因《國學季刊》太緩了。現擬尋幾篇文字補入。四卷中移出的四篇甚好。但不致全卷重排否？如四卷仍太厚，可刪去〈除非〉一篇，〈元人曲子〉一篇。《努力》（二十二）有一篇〈國際的中國〉，似不曾收入卷三。此文如可補排，可排在卷三之後，而加一跋說：此文本應排在前面，因初次編稿時偶然遺漏，故補排在這裡。二、三卷的清本，日內即校好寄上。」[17]九月二十二日章希呂又有信給胡適，胡適二十六日覆信給他說：

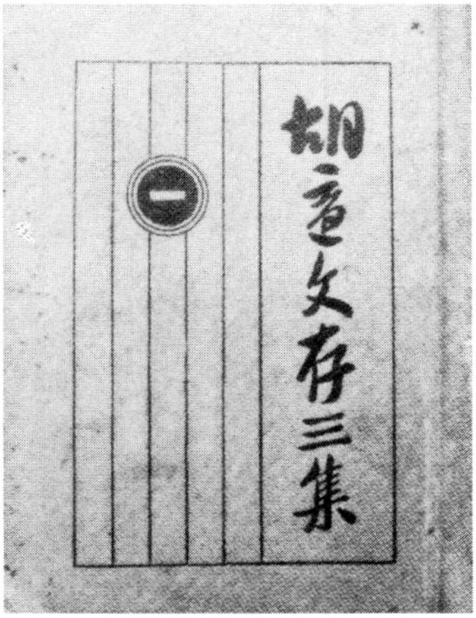

亞東版《胡適文存》三集書影。亞東圖書館先後於一九二一、二四、三〇年出版文存初、二、三集

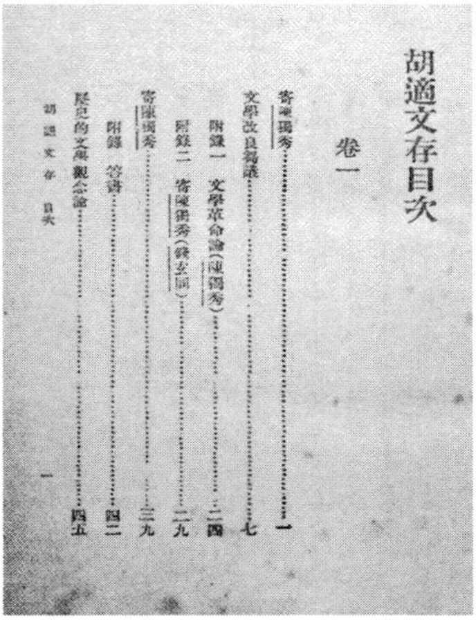
胡適文存目次

卷一

寄陳獨秀……………………一
文學改良芻議……………………七
附錄一 文學革命論（陳獨秀）……………………二四
附錄二 寄陳獨秀（錢玄同）……………………二九
寄陳獨秀……………………三九
附錄 答書……………………四二
歷史的文學觀念論……………………四五

胡適文存 目次 一

《胡適文存》卷一目次

「〈孫行者〉一文，已看過，可省去九行。〈國際的中國〉一文，請依《文存》初集的辦法，頁數用五＋A，五＋B，五＋C。……卷四〈讀王國維曲錄〉有須改正處，今附上改本。」

研究者顏非據章希呂未刊日記中得知，一九三二年元月初，胡適因事到上海，章希呂到滄州飯店去看他，長談了兩個鐘頭。胡適因章的家庭負擔重，勸他廢曆（即陰曆）開年到北平去走一趟，幫他做點事，再看看北平有什麼好機會沒有。直到一九三三年冬，汪原放因亞東的營業更加不景氣，想再出版胡適的一些著作以克服經濟危機，決定派章希呂等人到北平去住在胡適家裡催他著書，胡適也幾次寫信催章希呂北上。章希呂因為「北平為昔年帝都，人生能去玩一趟，當是我所希望。」⑱於是在一九三三年十一月十九日章希呂到了胡適家，當天日記說：「早打了電話給適兄，適之嫂接著，叫搬到她家裡去住。九點出旅館，雇了兩輛車，到適

兄家。適兄今天客人多，會了四個鐘頭客，下午他又出去應酬了。夜裡和他談關於《文存》四集如何編法的事。」[19]從此展開了一次對胡適近身的觀察，尤其是胡適日記殘缺的部分或語焉不詳的地方，章希呂的日記就成爲很重要的文獻史料了。

今將兩日記互相比對，擇其中重要事件，詳胡適日記之所略，重現歷史現場，尤其是章希呂日記屬未刊稿，摘刊的部分也不普遍流傳，因此這些隻字片語，就更顯得彌足珍貴了。

一九三三年十一月二十一日	
胡適日記：缺。	章希呂日記：「到適兄書房裡談了一些關於《文存》四集及《藏暉室札記》編印的事。他實太忙，談了不滿半個鐘頭，他又因事出去了。……」
一九三三年十一月二十三日	
胡適日記：缺。	章希呂日記：「……上半年北平因倭寇有來攻之耗，適兄把重要稿件存入銀行保險庫，今天取出，檢出些文稿，預備編入《文存》四集。」
一九三三年十一月二十八日	
胡適日記：缺。	章希呂日記：「《文存》四集目錄初稿編完，約四十二萬字，但適兄意欲刪去不中意文章約有十萬字。如分定四冊，又薄了。」

一九三三年十二月十七日	胡適日記：「今天是我滿四十二歲的生日。……朋友來賀生日者，上下午都有人；我每年都備酒飯，但不發帖請客；朋友上午來的，則留住吃麵；下午來的，則留住吃晚飯。今天來的約有五十人。」	章希呂日記：「今天爲適兄四十三歲生日，男女來客很不少，如蔣夢麟夫婦、丁文江夫婦、任叔永夫婦、陶孟和夫婦、江紹原、江澤涵、傅斯年、汪敬熙、梅貽琦、周寄梅等，中飯吃麵，夜有酒四席。今天非常熱鬧，玩牌的有五桌。」
一九三四年四月二十六日	胡適日記（當天有日記，但卻無汪原放來信請求向徐新六轉期之事。）	章希呂日記：「原放來信給適兄，因去年向浙江興業銀行借的兩千元將到期，請適兄寫信給興業當局徐新六再轉半年或四個月。適兄爲寫一信由我快函寄去。……」
一九三四年七月二十四日	胡適日記：缺。	章希呂日記：「早飯後和適兄談亞東的情形，他亦很爲亞東一班人著急。我告他想早南歸之意。他問我去後可否爲亞東想點辦法。我說原放個性太強，未見得肯聽吾們的話，有辦法也無用。」
一九三四年九月六日	胡適日記：缺。	章希呂日記：「原放有一快信給適兄，興業款到期，仍託適兄擔保再轉四個月。適兄爲去一信給徐新六，由我快函轉寄原放面遞徐君。……」

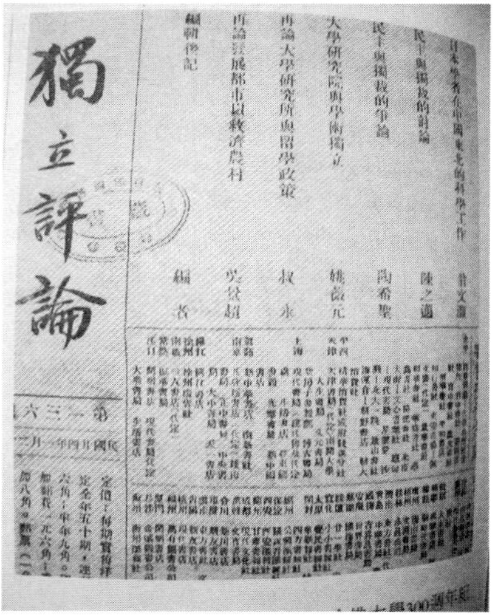

《獨立》評論書影（一三六期）

章希呂日記的這些記載，正可以得知亞東財務吃緊的情形。而一九三四年除夕胡適日記中說：「七點三刻，火車進上海北站，慰慈來接，原放與乃剛也來接。……我和原放弟兄談亞東圖書館的事，始知夏間章希呂預料的情形都到了眼前。他們今天有五千元的銀行欠款，二千四百元的零星欠款，必須歸還。他們只有一個章行嚴（案：章士釗）可以幫忙，但行嚴推說要等我來才有辦法。……我到新六兄處，託他把亞東欠興業銀行的二千元透支再轉一期；又託他打電話給陳光甫兄，把亞東的三千元上海銀行透支再轉一期。」章希呂八個月前日記所記之事，在此得到一個印證。

一九三四年九月十九日章希呂南歸上海亞東，從一九三三年十一月十九日算起，這十個月是章希呂住到胡適家的第一次。一九三五年四月十二日章希呂又第二次住到胡適家，這次的主要工作是爲《獨立評論》做校對的工作。七月十二日章的日記中說：「一五九期《獨立》編輯後記裡，叔永先生說上一期脫誤很多，因他未校以致如此。因一五八期末校是我校的，適兄恐我見了此話有點負氣，說本期也有不少的脫誤。我覺得適兄處處總以寬恕待人。吾覺得一五八期裡的錯誤比一五九期還少點。」對於此事，研究者顏非認爲章希呂性情狷介，不能容物。不僅對任叔永，甚至任的夫人

陳衡哲是有所不滿的。當一九〇期《獨立評論》出來後，陳衡哲就寫信給胡適說她那篇文章錯字太多，怪校對不認眞負責。章希呂卻「覺得她這個人未免寬於責己而嚴於責人。有幾期是她校的，我也可以爲她找出幾個錯字。」胡適知道詳情後，第二天就寫信給編輯一九〇期《獨立》的陳之邁說：「陳女士原稿就有錯字」云云。章爲了「免得誤會」，他勸胡適「此信不必發」。隨後陳衡哲的幾篇文章中都寫了些錯別字，如「黃粱夢」的「粱」字寫成「梁」字、「想像」的「像」寫成「象」字、「門第」的「第」寫成「弟」字等等，章都幫忙改正了，陳不高興，面告章希呂說「她的文章是不願人改一字的。」章即指出其錯誤之處，她說「就有白字也請不必改。」爲此兩人大傷情面。胡適與任叔永、陳衡哲是最親密的「我們三個朋友」，但卻曲意維護章希呂，足見他善於調和鼎鼐的襟懷，當然更能引起人們的敬佩。[20]

一九三五年九月二十三日
胡適日記：缺。
章希呂日記：「《文存》四集去年我在平時已把目錄編定，帶交亞東出版。去年原放無暇顧及，致一部《藏暉室劄記》尚印不出來。今年老孟翁復出而問店事，對於出版方面也沒有什麼主張，《藏暉室劄記》仍擱而不排，《文存》出版尤不知何日。故適兄此次赴滬，已把《文存》四集交給商務印書館出版了。今夜把目錄交給我，加進近一年來所做的文章。書名，適兄意思想另取一個。」

一九三五年十月一日	胡適日記：缺。	章希呂日記：「《胡適文存》四集共得六十萬字，適兄刪存四十萬字。今天編成目錄，改名《胡適論學近著》（第一集）。我再將原稿校看一遍，即可交商務出版。」
一九三五年十月十七日	胡適日記：缺。	章希呂日記：「《胡適論學近著》稿今天始收齊，亦於今天校畢，計文六十九篇，附錄十六篇，字數約四十一萬。……」
一九三五年十月二十一日	胡適日記：缺。	章希呂日記：「《胡適論學近著》目錄，適兄又把它重編，刪去一些，加進一些，共分五卷，計文五十七篇，附錄十四，後記二，約四十萬字。……」
一九三六年二月十八日	胡適日記：缺。	章希呂日記：「夜，適嫂因亞東版稅及借款事和適兄起了一次爭吵。適兄脾氣眞好，一面勸適嫂息怒，一面還爲孟翁解釋困難。我雖夾在中間解圍，總難以把孟翁之不覆信的話説圓。我爲適嫂去信已三次，兩個月中無一覆信。孟翁是精明人，適嫂的精明恐不在他下，或且過之。末後，我説由我再寫一信去，適兄再另加一信，才把適嫂的氣平下去。」
一九三六年三月二十四日	胡適日記：缺。	章希呂日記：「今天孟翁有信直寄適兄嫂，所言欠款改到今年還，力難做到，因此適嫂和適兄又吵嘴，吵得比前一次厲害，我既聽見不得不去解圍。適兄的脾氣誠好，適嫂似不能體諒他。適嫂要我做中人，她以後家不管，每月要適兄給她二百元，如要她管家，就非要六百元不可。我亦不敢答應做這個中人。」

從章希呂的日記觀之，讓我們不僅知道《胡適文存》第四集的編輯經過，還清楚它爲何從亞東轉到商務出版的原因，甚至因此而改名爲《胡適論學近著》，以及胡適與江冬秀爲亞東版稅而吵架之事。而這些在胡適日記都是付之闕如的。

一九三六年三月二十三日

胡適日記：缺。

章希呂日記：「《獨立評論》社起初發起捐薪俸百分之五爲獨立社基金的是如下幾個人：

丁在君（共捐240元）　任叔永（360元）
竹垚生（330元）　吳陶民（340元）
胡適　（360元）　翁咏霓（240元）
陳衡哲（240元）　傅孟眞（200元）
蔣廷黻（240元）　顧湛然（520元）
周眉生（180元）　周寄梅（50元）
吳景超（30元）　張奚若（575元）
Gem Crozier（300元）

以上共四千二百零五元，是爲獨立社基本金。張君不是捐款，是他還努力社借款，由努力社撥入獨立社。Gem也是一種什麼款撥入的。現在《獨立》雖印一萬三千份（每期可銷一萬二千五百），但那個四千二百零五元的本錢只回來了一半，以後可望撈回。獨立社給人欠去而收不來的帳約有三千。」

一九三六年三月二十七日

胡適日記：缺。

章希呂日記：「夜，適兄請獨立社新社員，到張奚若、張忠紱、周炳琳、陳之邁、陳岱孫、顧一樵、陳受頤，適兄爲我一一介紹。」

一九三六年四月十日

胡適日記：缺。

章希呂日記：「到獨立社。有一家印刷局來兜生意，每期可減省印刷裝訂費約十四元。吾以告適兄，適兄不贊成換印刷所，因獨立社已不賠本，不犯著刻薄勞工。適兄無處不爲苦人著想。」

一九三六年四月十三日

胡適日記：缺。

章希呂日記：「適兄午後動身赴南京，還要到上海，兩星期可返。原來獨立社幾個社員，多數在南京做事已無暇寫稿。現在新加入五、六人，從一九八期到二〇六期止，請他們分開各認定撰稿期數，爲他們編定一個交稿日期表，分寄他們。」

一九三六年四月三十日

胡適日記：缺。

章希呂日記：「一九九期《獨立》有劉豁軒一文，他今天來說不願意發表此文，但一萬三千份今天都已印成，無法抽出。爲此事，今天跑了三次獨立社，而劉先生執意甚堅，頗有說不出的苦衷。夜和適兄商定，只得答應他抽出，另加進別一篇以塡補。這樣抽一篇補一篇，《獨立》要損失七十餘元，而手續上亦多麻煩，報亦要遲出一天。」

一九三六年五月三十一日

胡適日記：缺。

章希呂日記：「北平市長秦德純請適兄夜飯，適兄回來已有醉意，和我談平津時局，非常悲觀。他今夜是吃了餓肚酒，吐後還爲二〇四期《獨立》做了一篇〈敬告宋哲元先生〉的文章。」

一九三六年七月十四日，胡適由上海赴美參加太平洋國際學會第六屆常會，另外也參加哈佛大學三百周年紀念會，又相繼在紐約、華盛頓、費城、綺色佳、芝加哥、司波堪、西雅圖、洛杉磯及加拿大的文尼白等地講學、遊歷，直到同年十一月上旬，才從美國舊金山啓程返國。十二月一日抵達上海。而在胡適抵達上海的前一個星期，章希呂的日記記載著《獨立評論》被封的來龍去脈。身爲當時事件的重要關係人，這該是目前非常珍貴的文獻記錄。

一九三六年十一月二十五日	胡適日記：缺。（案：當時胡適在海上，是無法得知消息的。）	章希呂日記：「日裡毛子水先生來談。夜，張奚若先生來談。二二九期《獨立》有張先生一文（案：〈冀察不應以特殊自居〉），文章確好，說了許多人所不敢說的話。再看要出亂子否？」
一九三六年十一月二十八日	胡適日記：缺。	章希呂日記：「二二九期奚若先生那篇文章，對於冀察當局責備得很厲害，我們也知道免不了要出亂子，郵局扣留也是免不了的，故到評論社，叫他們盡快於明天上午一齊寄出，不要分幾起。在那裡幫他們寫了三百個寄報封套。」
一九三六年十二月一日	胡適日記：缺。	章希呂日記：「校二三〇期《獨立》，裡面有佛泉先生一篇文，雖話沒有張奚若先生那樣說得激烈，恐亦非冀察當局所願意聽。」

一九三六年十二月二日

胡適日記：缺。

章希呂日記：「夜十一時，我睡在被窩裡看書，報館用人老宋來說，有十幾個警察圍著報館，問負責人是誰，陳晉祺叫他來要我去。老宋尚不知是什麼一回事，我知是二二九期奚若先生文章的反響起來了，如果我去，必吃眼前虧，叫老宋回說負責人是胡適之先生，現在滬，不日回平。後打電話到報館，知警察到一時始去，留了一個警察看守發行部陳晉祺。我馬上打電話給周枚蓀先生商量辦法，周先生已赴杭州；給蔣夢麟先生，無回鈴；給張奚若先生，張先生已赴清華；後又打電話給張佛泉及陳岱孫先生，雖已接通，但已夜深，只得待明天想法。是夜二時始睡。」

一九三六年十二月三日

胡適日記：缺。

章希呂日記：「早七點起來，吃了早點，就去之邁先生家告知昨夜的消息。九點同他到佛泉家商量辦法。後來岱孫先生亦由清華趕來，始知宋哲元是要封門拿人。鄧熙哲怕事鬧大，就告知夢麟先生及清華校長梅貽琦先生出任疏通。我們商議結果，事情當然往適兄身上推是沒有什麼大不了的。十二時散，等聽蔣、梅如何疏解的消息。

我由外回來，看見適嫂很高興，我有點奇怪。後來問楊媽，始知適嫂不願意適兄辦此報，能封門最好。傍晚由社員發了一電告之適兄。」

一九三六年十二月四日	胡適日記：缺。	章希呂日記：「獨立事今天已緩和，地方當局允待適兄來平後解決。適兄今天有電報來，七日可到平。傍晚到獨立社，有一個警察在那裡，出入已不盤問。」
一九三六年十二月五日	胡適日記：缺。	章希呂日記：「二三〇期《獨立》本定明天出版，一萬二千份全數爲當局在印刷所扣留，這也是意料之中。奚若先生來電話，說爲他一篇文章致《獨立》停刊，很覺不安。當年適兄一班人創辦《獨立》本不爲牟利，只本各人良心上的主張，喚醒國人。這樣的停刊自是光榮的。」
一九三六年十二月六日	胡適日記：缺。	章希呂日記：「有些人說《獨立》文章太和平，有些人已視爲眼中釘，辦報要滿人人意是很難的。《獨立》之停郵，當然有一部分人很高興。」
一九三六年十二月八日	胡適日記：缺。	章希呂日記：「適兄又來電報，改期十日午後二時到平。」
一九三六年十二月九日	胡適日記：缺。	章希呂日記：「在獨立社監督之警察昨夜忽自動撤去。」
一九三六年十二月十日	胡適日記：缺。	章希呂日記：「午後一時到車站去接適兄。在車站接他的共有六、七十人。」

報館新聞記者圍著他談話並照相，耽擱了二十分鐘始出站，回米糧庫。」

一九三六年十二月十二日

胡適日記：缺。

章希呂日記：「……《獨立》仍擬繼續發行，適兄因初到事忙，大約緩二、三星期復刊。」

「大約晚二、三星期復刊」，那是章希呂的過份樂觀的看法。實際上，胡適在上海得知此事後，便拍電報給北平市長秦德純（紹文），聲稱《獨立評論》的事應由他負責。胡適回到北平後，又通過北大教授陶希聖進行疏通，並於一九三七年三月間親自寫信給宋哲元將軍，信中云：「歸國後的第三天，在上海讀報，始知《獨立評論》第二二九期因為登載張熙若教授的一篇文字，開罪於先生，致有停刊的事。當時因身在南方，即發一電信給秦紹文市長，聲明《獨立評論》的責任應由適擔負。北歸後曾訪秦市長，託他代向先生約一個進謁的時間，以便當面向先生道歉。不意次日即有西安事變的消息，人心都為此事所震動，無暇顧及此種小事。茲

宋哲元將軍

特具函向先生表示我個人負責道歉之意。此報已停刊三月有餘，現適在醫院割治腹疾之後，已稍復原，擬俟身體完全恢復，即繼續出版。以後適長期住平，待教之日正長。倘有言論失當，務請先生隨時指摘，以便隨時正式更正。」[21]同年四月十八日《獨立評論》終於正式復刊，出版了第二三〇期，其間停刊有近四個月之久。

而在這之前的一月十二日，胡適的日記記載：「章希呂將回家過年，我們為他餞行。孟治、姚從吾夫婦、子水同飯。」同年三月十五日胡適回章希呂信說道：「謝謝你路上的明信片。府上都安好嗎？我出醫院已快一個月了，身體已差不多完全復原了。《獨評》事，到最近才有眉目，現雖不曾得最後消息，但復刊大概沒有問題，大概兩三星期內總可以出版了。你能早點回來嗎？我實在不忍催你早回，但你不在這裡，我真感覺缺少了一隻手一樣。所以你能早來最好。……」[22]同年四月二十四日章希呂三度回到胡適住家，繼續為《獨立評論》作校對的工作。

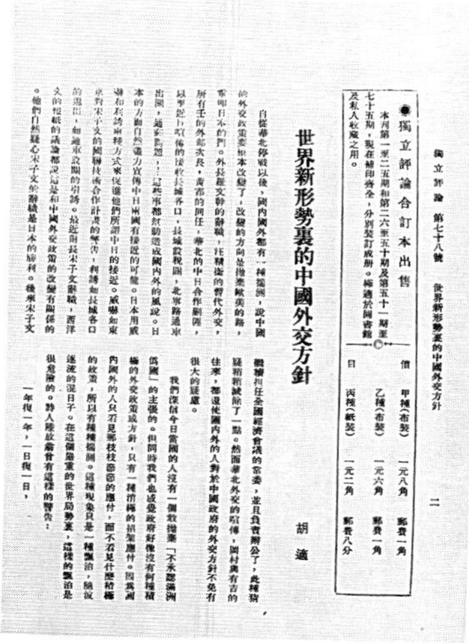
獨立評論 第七十八號 世界新形勢裏的中國外交方針 二

獨立評論合訂本出售
本刊第一至二五期和第二六至五十期及第五十一期至七十五期，現在補印齊全，分別裝訂成冊。極適於圖書館及私人收藏之用。
價目 甲種（布裝）一元八角 郵費一角
乙種（布裝）一元六角 郵費一角
丙種（紙裝）一元二角 郵費八分

世界新形勢裏的中國外交方針

胡適

自從華北停戰以後，國內國外都有一種揣測，說中國的外交政策要根本改變了，改變的方向是拋棄歐美的路，專叩日本的門。外長羅文幹的辭職，汪精衛的暫代外交，唐有壬的外部次長，黃郛的回任，華北的中日合作謠言，以至於上次傳的接收長城各口，長城設稅關，北寧路通車出關，通郵問題，……這些事都幫助造成國內外的風說。日本的方面自然盡力宣傳中日兩國有接近的可能。日本用威嚇和利誘兩種方式來促進他們所謂中日的接近。威嚇如東京對宋子文的國聯技術合作計畫的警告，利誘如長城各口的退出，如通車設關的引誘。最近財長宋子文辭職，西洋文的報紙的議論都說這是和中國外交政策的改變有關係的。他們自然疑心宋子文的辭職是日本的勝利。後來宋子文繼續担任全國經濟會議的常委，並且負責辦公了，此種猜疑稍稍減除了一點。然而華北外交的喧傳，岡村與有吉的往來，都還使國內外的人對於中國政府的外交方針不免有很大的疑慮。

我們深信今日當國的人沒有一個敢拋棄「不承認滿洲偽國」的主張的。但同時我們也感覺政府好像沒有何種積極的外交政策或方針，只有一種消極的招架應付。因為國內國外的人只看見枝枝節節的應付，而不看見什麼積極的政策，所以有種種揣測。這種現象只是一種飄泊，隨波逐流的混日子。在這個嚴重的世界局勢裏，這樣的飄泊是很危險的。詩人陸放翁曾有這樣的警告：

一年復一年，一日復一日，

胡適於《獨立評論》（第七十八期）上發表的文章〈世界新形勢裡的中國外交方針〉

同年六月五日章希呂的日記提到，「適兄今天開始為商務編高初中國語教科書，幫他抄寫《墨子》並標點。」該天胡適的日記缺。而六月七日胡適的日記則記載：「編《國文》中的『古詩歌』部分完，共選詩十五首。註釋完

後，請章希呂看看，他指出『風其順汝』的『其』字應加註，我大以為然。但註此字甚難，費了我一點多鐘。」

同年七月七日盧溝橋事變後，胡適十一日應邀到廬山出席談話會，之後他就滯留在南方。北平形勢緊張，章希呂也察知大戰必不可免，他急忙為胡適「理出緊要的文稿裝成一箱寄存浙江興業銀行保險庫」（見章希呂七月十八日的日記）。隨後又把胡適的書籍等物及「獨立評論社」的東西都收拾存放妥當之後，他才離開胡家返回績溪。而胡適則於九月底，以非正式的外交使命，赴美國、加拿大作國民外交。從此兩人分隔兩地，聚首無期。

綜觀章希呂在胡適家前前後後的三年多，可說是他一生最繁忙也是最愉快的歲月。胡適的淵博學識和才華、藹然祥和的儒雅風采，無處不讓章希呂為之折服。除此而外，由於章希呂喜歡遊覽名勝、愛聽戲，胡適在百忙之中多次陪他去遊覽名勝和聽戲，這可見之他們兩人一九三四年一月二日、四月十五日同天的日記。而一九三四年三月五日章希呂的日記這樣寫著：「吾因去年吾父六十大慶，吾既因店務來平，遙遙數千里，不能急歸，擬在平為吾父購一件皮統，留為吾父六十歲吾在平一種紀念。……前幾天我問適兄嫂皮貨店何家為最貨眞價實，……今天適兄嫂以四十五元去買了一件來送贈，推辭再三，而適兄嫂之意甚堅，只得收下。想我來平數月，適兄嫂相待之厚，已感不安。今天以貴重之物相贈，誠令我不知何以為謝。」到了同年八月二十九日章希呂工作任務階段完成，即將返回亞東之際，胡適告訴章希呂，如果亞東不可居，那就先回績溪老家後，再到他家幫他做事，每月送他酬勞八十元。章希呂在日記上說：「適兄美意非常可感，但我能幫他做的事並不

多，而送如此之厚的報酬，我意總過不去。」九月六日章希呂日記又說：「……原放信上又請適兄移借五十元給我。夜，適兄摸出一百元來，另五十元是留我在北平買點零物回去送人，我辭而未收。」十日日記云：「午後適兄又將洋一百元送來，他的意思要全數作送。我在此十月，已破費了他不少錢。前日辭五十不收，今日送一百來，又何能收？而適兄意甚堅，只得暫為收下，言明到上海後匯還，因我沒有百元盤費也不能動身。惟適兄這樣厚待，我眞不知將來何以為謝。……」而到了十六日，章希呂日記又記載：「夜，適兄又設宴餞行。客人除毛、鄭、江太太之外，有江澤涵先生夫婦。澤涵先生又送來阿膠二斤。」胡適待人之寬厚，可見一斑。

另據章希呂的近身觀察，胡適隨時都在關心國際大勢。章希呂一九三四年九月十日的日記就說：「夜飯後和適兄閒談世界大勢及中國將來政治的出路，足足談了兩個半鐘頭。這是到北平後和他一個最長的談話。」次年七月一日章希呂日記又說：「夜飯後和適兄閒談了兩個鐘頭。他對於二次世界大戰懷了一個不能倖免之懼，中國尤首當其衝，犧牲必大，那時人民的痛苦必比現在尤甚。但中國能否翻身，就在這個世界大混戰中。現在所以不爆發者，是各國的軍備此時都不曾預備充足，不敢發難。日本所以橫行東亞，就是洞悉各國軍備不充足不敢發難的一個弱點。」雖是書生論政，但無可否認的胡適確能洞若觀火。

一九三八年年九月十七日胡適正式接任駐美大使。四年後（一九四二年）的九月間辭職。卸任大使後居美國紐約東八十一街寓所，直至一九四六年六月五日離開紐約返回中國，共在美國八年又八個月。這期間章希呂因沒有胡適的通信地址，因此無法聯絡。直到一九四四年冬，因同鄉胡運中

給胡適寫信，章希呂乃於十二月三十日隨胡運中的信附了一封信，告知胡適分別八年的情景。胡適回國後在一九四六年九月十四日曾給章希呂一信說：「一別九年，還沒有寫信給你。你好嗎？在上海時，有人說你近年身體不大好，腳腿有點不便。不知近來見好了嗎？便中望你寫信給我，告訴我一點近況。我到北平已一個半月了，頗感覺做校長沒有做教授的舒服了。我和冬秀都常常想著你。祝你一家都好。」[23]

章希呂在接到胡適的信後，於十月八日寫了一長信給胡適，信中說：「九月十四日手書，於二十六日運中先生轉到，敬悉一一。弟今年來身體尚好，腳腿亦已痊癒，幸未成跛。只是鰥居六載，於飲食起居時感不便，遇到生病，尤感悶苦。父親是二十九年去世的。家庭中現尚存四男一女：老大老二已令外出自謀衣食，老三老四尚在中學讀書；小女現爲我燒飯，已經無法入學了。弟日下生活雖苦，家累卻稍稍減輕。承詢近況，故以奉告，並謝厚意。時局如此一團糟，交通還不如十五年前便利，我們也不知何日可以一晤，現在想到三事，先以奉告。

1. 你的書籍共裝成七十木箱，編有目錄一冊，目錄裡頁並黏有白紙一張，記了一些零碎。此外尚有皮箱四隻（是否四隻，現記不清，請一查目錄裡頁所記），存浙江興業。其中一軟胎皮箱全裝了你的稿子，其餘三隻都是裝了你書房中的東西。這三箱裝的很散亂，因那時謠言怪多，有說倭子已在按戶搜查，故匆匆之中遂先把你書房所有片紙隻字，不管有用無用，都塞入箱裡，其中一箱還祇裝成半箱就送出去了。

2. 獨立社存浙江興業祇有木箱一隻，風扇一架，並全部帳簿等等。存款約四千元之譜（確數現

亦記不清）。其餘十餘萬冊《獨立評論》，統爲當時僞公安局長潘毓桂掃數運走。留下桌櫈、書架等等，出賣也無人要，祇得託由老宋保管。現在事隔十年，想必那些物件也一無所有了。此事我二十六年回家後曾有信將經過情形報告南京竹先生（案：竹垚生），但未得他的回信。

3. 二十三年近仁先生曾在你處借有《績溪縣誌》三部，自他作古後，誌館負責無人，《萬曆誌》與《康熙續誌》竟不知被何人偷去，迄今尚查不出。《乾隆誌》兩函又於二十九年冬敵機轟炸績溪時，下函亦付劫灰，上函後來在泥土中挖出，尚無損壞，現存我處。一別忽忽十年，據上海來人談起你的身體康建如昔，聞之甚慰。」㉔

《胡適的日記》手稿本

「忽忽十年，不知何日可以一晤」，那知兩、三年後，大陸易幟，兩人天各一方，終無相見之期。章希呂在長期貧病交迫之下，於一九六一年二月十九去世，而一年後的二月二十四日，胡適也在台北南港中研院病逝。半世紀的情誼，雖終畫上句點，但往事歷歷，並不如煙！今天我們展讀《胡適文存》、《嘗試集》、《四十自述》、《神會和尚遺集》、《藏暉室劄記》（案：後來改名爲「胡適留學日記」），都有著章希呂收集整理之功。尤其是《藏暉室劄記》一書，「原抄稿抄得很草率，其中有許多未抄清楚，有些又整句未抄，紙小字密，添加頗費事，

必須重抄，所以從第六卷起都爲重行謄抄。其中還黏貼了一些剪報之類，錯誤不清楚的字很多，都必須一一校對改正。」㉕因此雖只有四十萬字的《箚記》，章希呂說：「帶整理、帶標點、帶擬標題、帶謄抄，足足弄了半年以上的工夫」，才編輯完成，他爲此常常工作到深夜才能休息。他在胡家三年多，有兩個年節忙得不能回家與妻子團聚。因此當他一九三七年元月回家過年時，胡適急得不可耐，寫信催他早回，可見他對胡適是須臾不可或離的。今天我們在閱讀胡適的精彩著作之餘，似乎不該忘記這位默默的幕後功臣呢！

注

①②④⑧⑪《胡適日記全集》，台北：聯經，二〇〇四年。
③⑤⑬⑭⑰《胡適全集》第廿三集，合肥：安徽教育，二〇〇三年。
⑥⑨⑩⑫⑮⑯㉔《胡適遺稿及祕藏書信》，合肥：黃山書社，一九九四年。
⑦⑱⑳㉕ 顏非〈胡適與章希呂〉，收入《胡適與他的朋友》第三集，紐約：天外，一九九七年。
⑲《章希呂日記》（摘錄），章秋宜、徐子超選註。收入顏振吾（顏非）編《胡適研究叢錄》，北京：三聯書店，一九八九年。
㉑《胡適來往書信選》，香港：中華書局，一九八三年。
㉒㉓ 見《胡適研究叢錄》，北京：三聯書店，一九八九年。

春風化雨・潤物無聲

從羅爾綱自傳及書信看胡適

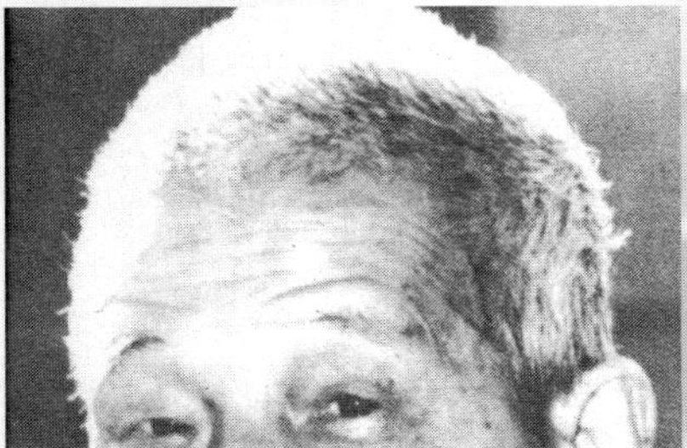

晚年的羅爾綱

一九三〇年五月四日上海中國公學的一位學生羅爾綱，在畢業前夕，「一方面是無家可歸，一方面是想再繼續研究」，於是他給校長胡適寫了一封信，請求幫助，讓他有機會「在國內的歷史研究院或者大圖書館中『半工半讀』」。① 胡適很快回信告訴他，「此間並無歷史研究院，中央研究院的歷史語言研究所又遠在北京。大圖書館此間亦甚少。」同時他問羅爾綱每月需要多少錢，期望多少，叫羅爾綱告訴他一個大致，當爲他想法子。② 羅爾綱閱信後大喜，馬上在五月十三日又寫了封信給胡適說：「如果北平方面事情不確定的，寧請校長爲學生在上海方面設法找事做」，「總之不致與學問脫離關係的地方都很願意」。③ 胡適接信後決定邀請羅爾綱到自己的家裡工作，獲知此消息後，羅爾綱特地以掛號信回覆感謝胡適的好意，他說：「學生能夠到校長的家去，在一個偉大的靈魂庇蔭與指導之下去工作念書，實在作夢也沒有想到。……學生是個立志向上的人，到校長家去，是要竭盡自己的所能，謹謹慎慎地跟著校長走，如果校長以爲學生是尚可以栽培的、教訓的，學生實願畢生服侍校長，就是到天涯海角也去。……」④ 於是在一九三〇年的六月，羅爾綱搬進了上海極司斐爾路的胡宅，開啓了他與胡適間更親密的師生情誼。

據《師門五年記》（原名：《師門辱教記》）說，「我在適之師家的工作，是輔助祖望、思杜兩弟讀書，和抄錄太老師鐵花（諱傳）先生（1841-1895）遺集。」「當我入適之師家時，他已經辭去中國公學校長。這年冬天，他就了中華教育文化基金董事會的編輯委員會事，十一月二十八日，全家

從上海遷往北平，我隨同前往。三十日，我們到了北平。我初到北平的工作，是整理適之師的藏書。適之師的藏書，一部分在上海，一部分存在北平。上海的運來了，北平的也要開箱。在書房前的大廳上，縱橫的陳列著約二十個書架，適之師指點我把那些書籍分類放在書架上。」而胡適在十二月二日的日記上也說：「……與爾綱整理北京存書，至深夜始已。」[5] 次年二月十六日胡適日記有「與羅爾綱談治學事」，兩天後更有「下午孟眞來談古史事，爾綱也參加。孟眞原文說，『每每舊的材料本是死的，而一加直接所得可信材料之若干點，則登時變成活的。』此意最重要。爾綱此時尚不能承受此說。」胡適或親身或藉著與好友的論學，處處都在點撥羅爾綱。

一九三〇年胡適四十歲與幼子思杜十歲生日。偕夫人攝於北平晨報社

羅爾綱晚年回憶說：「就在我初來胡適家時，他決定要考證《醒世姻緣傳》的作者『西周生』是誰。他根據所見的材料，提出『西周生』就是《聊齋誌異》的著者蒲松齡（案：蒲留仙）的假設。」[6] 一九三〇年七月二十六日，胡適日記記載：「志摩近讀《醒世姻緣》舊木刻本，頗嫌此書嚕嗦，不信此是蒲留仙的手筆，他竟不能終卷。下午我把亞東排印的清樣送給他看，他後來打電話來，說，此書描寫極細

膩，的是名家作品。此本標點分段，故易見書中精采。版本之重要有如此大！」[7]其實早在六月上旬胡適到北平時，就曾請專研古典小說掌故的孫楷第幫忙稽考《醒世姻緣傳》所記之地理、災祥和人物。兩個月後孫楷第寫了一封長達兩萬多字的信給胡適，向他全面系統地報告研究成果，十月初胡適再到北平，八日日記有云：「孫楷第、馬□□二君來，他們都注意蒲留仙的著作。今天孫君帶來聊齋俗文學幾種，子高又借來《聊齋文集》十二冊，大喜過望。」十月二十二日晚間，胡適整理《聊齋全集》中的材料，推算蒲松齡大概死於康熙乙未（一七一五），年七十六。他印證了孫楷第從《聊齋拾遺》所附張元的〈蒲松齡先生墓表〉「卒年七十六歲」的說法。

羅爾綱說：「一九三一年春，他又請來在他家重新校讀《醒世姻緣傳》標點本的亞東圖書館編輯胡鑒初，把其中的土話與《聊齋白話曲文》用歸納方法作比較研究。他要查《醒世姻緣傳》的主角狄希陳在蒲松齡的《聊齋全集》中有沒有影子。」[8]於是他「借了兩部《聊齋全集》的鈔本：一部是清華大學圖書館藏本；一部是淄川馬立勛先生藏本。叫我先把這兩種鈔本中的文、詩、詞的目錄來和上海中華圖書館出版的石印本《聊齋全集》對照，列一個對照表，然後就那兩種鈔本，校其異同，重新輯錄一部清華本與馬本的混合本《聊齋全集》。當我做完三種《聊齋全集》目錄對照表的時候，我將那個表送給適之師說：『石印本的文和詞，除了極少數之外，都是清華本和馬本所收的。最奇怪的是石印本的詩，共二百六十二首，沒有一首是清華本和馬本裡面見過的。』適之師本來已經很懷疑石印本的《聊齋詩集》，看了這個對照表，更加懷疑了。過了兩天，適之師就寫成一篇〈蒲松齡的生年考〉（後來改題作〈辨僞舉例〉）叫我看，說：『石印本的詩集全是假造的，所以沒有

一首詩和清華本或馬本相合。松齡本來活了七十六歲，張元撰〈蒲先生墓表〉，原沒有錯誤，但傳抄的墓表誤作八十六歲。這位假造的人，誤信了墓表鈔本的一個誤字，深信松齡活了八十六歲，所以假造那三首詩，一首〈八十述懷〉，一首〈己未除夕〉，一首〈戊寅仲夏〉。以坐實享年八十六之說。這個人眞了不得！他做了二百六十二首假詩來哄騙世人；許多詩是空泛的擬古之作，如〈擬陶靖節移居〉，如〈擬杜荀鶴宮怨〉，那是不相干的。但他又查出了松齡的一些朋友，捏造了松齡和他的朋友們唱和的詩若干首，又抄襲《聊齋誌異》的文字和註文，加上了許多詳細的註語，這些註語都好像有來歷的，所以許多讀者都被他瞞過了。』⑨同年十二月十三日胡適完成三萬餘字的《〈醒世姻緣傳〉考證》一文，他爲考證《醒世姻緣傳》拖欠六年多的一筆文債終得以償還，而該文除了讓胡適頗爲得意地說：「給將來教授思想方法的人添一個有趣味的例子」外，也引起相當大的回響。羅爾綱就讚佩地說：「他對《醒世姻緣傳》的考證，經過六、七年搜集材料的工夫，經過了幾許的波折，從假設到證明，其難度之大，歷時之久，不但遠遠在他寫〈水滸傳考證〉、〈紅樓夢考證〉之上，而且，在他一生做的考證工作中，不曾有過一篇運用過這樣多的研究方法，要過好幾個人來幫助，終於得到他滿意的證實。」⑩

一九三一年的秋天，羅爾綱因家中再度來信，告知嗣母生病，要他返家。於是在九月中旬他返家省親，臨行之前，他寫了一封長達十五頁的信，放在胡適的書桌上，信中敘述一年多身受師教良多，「總之，雨露深恩，施者雖無地不遍，而受者寸草之心實無時或已啊！」⑪而就在羅爾綱回鄉後的次年八月二日，他給胡適寫信，說「前月家父從佛山寄一些古書的零冊回來，內有一冊叫做《夢

羅爾綱新婚照之一。一九二七年攝於澳門

闌瑣筆》（案：楊復吉作），是《昭代叢書》的零冊，內載有關於《醒世姻緣》作者的話道：『蒲留仙《聊齋誌異》脫稿百年，無人任剞劂。乾隆乙酉丙戌楚中浙中同時授梓。楚本為王令君某，浙本為趙太守起杲所刊。鮑以文云，留仙尚有《醒世姻緣》小說，蓋實有所指；書成為其家所訐，至褫其衿。易簀時，自知其託生之所。後登乙榜而終。（留仙後身平陽徐昆，字後山，登鄉榜，撰有《柳崖外編》，亦以文云。）歲庚子，趙太守之子曾與留仙孫某遇於棘闈，備述其故，且言《誌異》有未刊者數百餘篇，尚藏諸家。』這段話，乃是給吾　師去年考證《醒世姻緣傳》的結論最有力的證明。學生讀了非常高興，因此把它抄在這裡呈給吾　師；並把《夢闌瑣筆》一書掛號寄上，以備檢查。」[12]胡適接到書和信時，很高興馬上回了封信給羅爾綱說：「謝謝你寄來的長信與《昭代叢書》一冊。你的發現最有用處，因為鄧文如（案：鄧之誠）說是聽繆筱珊（案：繆荃孫）說的，這是很晚近的人了。你尋出了他的娘家。楊復吉生於一七四七，死於一八二〇，與鮑廷博（案：鮑以文）正同時，又是朋友，這就把這一段話提到十八世紀晚年去了。楊、鮑相會，可考的是《瑣筆》所記的乾隆壬寅（一七八二）一次，其

時去蒲留仙死時（一七一五）不過六十多年，這就很可寶貴了。我寫了一篇〈後記〉，附在序文之後。現在我要特別謝謝你！你的兩段筆記都很好。（案：指羅爾綱前信中附上的李清照的〈金石錄後序〉中的〈書畫與胡椒無異考〉及袁枚〈祭妹文〉中的〈「強應曰，諾」一語標點質疑〉兩篇短文），讀書作文如此矜慎，最可有進步。你能繼續這種精神——不苟且的精神，無論在什麼地方，都可有大進步。古人所謂『子歸而求之，有余師。』眞可轉贈給你。」⑬

一九三四年三月二十四日胡適日記說：「晚上到東興樓吃飯。飯後到東站接羅爾綱。始知平浦車途中因兗州一帶有劉桂堂的戰事，誤點七個鐘頭。……爾綱直到五點才到我家中。」⑭這是羅爾綱離開胡宅兩年半後，又再度重入師門。這次胡適沒有給羅爾綱固定的工作，只是要他每天到北平圖書館去看書，在那藏書極富的偌大圖書館中，引發了羅爾綱對太平天國研究的興趣。羅爾綱說：「館中藏的太平天國史料，除了許多木刻本外，還有珍貴的未刊鈔本，和從德國國家圖書館攝影回來的太平天國官刻書多種。我看了這些資料，才知道我從前在家鄉所見的史料的貧乏，根據那些貧乏的史料寫成的《太平天國廣西起義史》算得什麼呢！本來那部稿本已經交汪原放先生由亞東圖書館印行的了，我趕快寫信去請原放先生取消前議，於是我就在北平圖書館中，銳意閱讀太平天國史料。」⑮也因此羅爾綱踏上了研究太平天國的學術之路。

羅爾綱晚年回憶說：「〈《賊情匯纂》訂誤〉和〈讀《太平天國詩文鈔》〉這兩篇辨僞文，是我最早的辨僞文章，也是太平天國史研究中最早的兩篇辨僞文章。我寫成這兩篇文章後，都先請胡適看過，經他認可後，才送去發表的。」⑯（案：前者發表於一九三四年八月《北平圖書館館刊》第八卷

第四期；後者發表於一九三四年十二月《圖書季刊》第一卷第四期。）羅爾綱又說：「在這一年裡，我開始學習做專題考證。我第一篇專題考證是〈水滸傳與天地會〉。……這篇論文，是在胡適指導下進行研究的，其中所引清朝康熙年間嚴禁異姓結拜兄弟的律例，爲證明天地會成立於康熙年間最有力的證據，近年台灣學者已加以證實，做出了定案。這條證據，便是胡適看了我的論文後，帶我到藏書的大廳書架上抽出一套《大清律例》，給我指出補充上去的。他指出這條證據，啓迪了我，使我以後做考證工作知道抓取何處才是求證最關鍵的地方。」[17] 後來羅爾綱又寫了一篇〈上太平軍書的黃畹考〉，斷定「黃畹」爲王韜的化名，他把初稿送呈胡適看，他說：「適之師看了，說證據不夠，叫我慢慢的補充證據，不要趕著發表。到了秋天，我逐漸的增添了幾條證據，重寫過一遍，再送呈適之師。適之師仍認爲證據不夠，但說已經比初稿站得住了。於是適之師幫我訪尋那些我還沒有見過的王韜著作，來和『黃畹』的上太平軍書作辭句上的比較研究，借北平圖書館收藏的王韜手跡，來和『黃畹』的上太平軍書作字跡上的對勘；寫信給蘇州顧廷龍先生，請代查王韜入學的名字，以考和『畹』字有沒有關聯。後來各種材料都收齊了，我動手寫成第三次草稿，送呈適之師。適之師才認爲證據充足，結論站得住。他把我這篇考證送到北京大學《國學季刊》去發表。這是我第一篇在國內外著名的學術刊物上發表的考證。」[18]

在羅爾綱重回師門時，他曾要求胡適幫忙介紹一份工作，胡適先要他到中華教育文化基金董事會去擔任文書，後來又要羅爾綱到清華大學讀英文，他願意每月送他一百元（案：見章希呂一九三四年八月二十九日日記）。但羅爾綱以「想到研究單位做事」，而婉拒了。因此直到同年十月，胡適

介紹他到北大文科研究所考古研究室當助理，主要整理繆荃孫藝風堂的金石拓本。羅爾綱晚年回憶說：「從一九三四年冬起做這工作，至一九三七年秋天抗日戰爭爆發北平淪陷後才離開。我今天仍道不盡對這工作的感謝。我從核對《金石萃編》所收的金石跋文中，天天在學習乾嘉學派的治學方法。我核讀錢大昕、王昶、武億等人的跋文，諸人常不免有失誤，獨錢大昕鞭辟入裡。錢氏的縝密嚴謹給我的影響尤深。這個工作教我研究金石文字要發現問題必須從校勘中得來，離開校勘，不可能提出問題；又教我解決問題必須憑證據，離開證據，不許說半句空話。這樣，在長期工作當中，使我深刻體會到考證方法最基本的一個從實際出發、依靠證據解決問題的實事求是的法則。」[19]

一九三五年一月羅爾綱因妻小來到北平，他就搬出胡家，在外賃屋。「爲了要賣稿補助生活，一大部文稿就不得不是急就章了。」「當我每次發表這種文章的時候，就得到適之師給我嚴切的教訓。」第一次是發表於天津《大公報》「圖書副刊」第七十二期的〈聊齋文集的稿本及其價值〉一文。胡適見了該文章，就教訓他說：「聊齋〈述劉氏行實〉一文固然是好文章，但他的文集裡面好的文章還有不少哩，你概括的說都要不得，你的話太武斷了。一個人的判斷代表他的見解。判斷的不易，正如考證不易下結論一樣。做文章要站得住。如何才站得住？就是，不要有罅隙給人家推翻。」[20]一九三六年五月二十一日羅爾綱在《中央日報・史學副刊》上發表〈清代士大夫好利風氣的由來〉一文，胡適見了，非常生氣，寫了一封信嚴厲地責備羅爾綱，信中最後還不忘勸誡他：「你常作文字，固然是好訓練，但文字不可輕作，太輕易了就流爲『滑』，流爲『苟且』。我近年教人，只有一句話：『有幾分證據，說幾分話。』有一分證據只可說一分話。有三分證據，然後可說三分

話。治史者可以作大膽的假設，然而絕不可作無證據的概論也。」[21] 羅爾綱說：「我讀了適之師此信，叫我十分感激他如此嚴厲的督責我，愛護我。我一連四個晚上伏在桌上回了一封幾十頁的長信，向他懇切的表白我的感激，報告我一年來的工作、研究和生活的經過。那時候，我正打算要研究清代軍制，因並將我那個『研究清代軍制計畫』寄呈適之師，請他指導。當我的信寄到適之師時，他方入協和醫院檢查身體。得了我的信，在一天裡面，回了兩封信給我。」[22] 胡適在六月二十九日早上的一封信中告訴羅爾綱：「……但我讀了你的計畫，微嫌它條理太好，系統太分明。此系統的中心是『湘軍以前，兵爲國有；湘軍以後，兵爲將有』。凡治史學，一切太整齊的系統，都是形跡可疑的，因爲人事從來不會如此容易被裝一個太整齊的系統去。前函所論『西漢重利，東漢重名，唐人務利，宋人務名』等等，與此同例。最好的手續是不要先編《湘軍志》，且把湘軍一段放下來，先去看看湘軍以前是否眞沒有『兵爲將有』的情形。我可以大膽告訴你：一定有的。你試看《羅壯勇公年譜》，便知打白蓮教時已是如此了。至於湘軍以前，是否『兵爲國有』，也須研討，不可僅僅依據制度條文即下結論。」晚上的信又再度強調他的看法，他說：「關於清代軍制事，鄙意研究制度應當排除主觀的見解，盡力去搜求材料來把制度重行構造起來，此與考古學家從一個牙齒構造一個原人一樣，這可稱爲再造Reconstruct工作。研究制度的目的是要知道那個制度，究竟是個什麼樣子；平時如何組成，用時如何行使；其上承襲什麼，其中含有何種新的成分，其後發生什麼。如此才是制度史。」[23] 他要羅爾綱暫時將這個計畫擱下，先搜集材料。羅爾綱晚年回憶道：「我讀了這兩封信，才懂得什麼才是制度史，怎樣去研究制度史，後來我寫的《湘軍兵志》（案：《湘軍新

志》的改寫本）和《綠營兵志》兩書，便是照他的指示去做的，否則就會寫成空泛的『史論』，而不是『史書』了。」羅爾綱又說：「胡適兩封對我很有影響的信，是正當炎炎的暑天，在協和醫院住院，整天進行檢查病體的時候，一早寫了一封，到晚又寫了一封，更加需要思考的討論研究方法與計畫的信。試問老師對學生這樣盡心盡力的能有幾人？」㉔

一九三七年二月二十一日胡適日記云：「讀羅爾綱《太平天國史綱》一冊。下午爾綱與吳春晗（案：吳晗）同來，我對他們說：『做書不可學時髦。此書的毛病在於不免時髦。』例如一三二頁說：『這種種的改革，都給後來的辛亥時代，以至五四運動時代的文化運動，以深重的影響。』我對他們說：『我們直到近幾年史料發現多了，始知道太平天國時代有一些社會改革。當初誰也不知道這些事，如何能有深重的影響呢！』但此書敘述很簡潔，是一部很可讀的小史。」㉕據羅爾綱事後回憶，他是當天早上七時三十分送書去胡家，中午下班回家就接到條子，要他到胡家，適逢吳晗來，於是他們吃了午飯就同去，胡適連午睡都沒睡，在書房等他，臉上是盛怒的。㉖羅爾綱說：「適之師教訓我常常如此的嚴切。他的嚴切，不同夏日那樣可怕，卻好比煦煦的春陽一樣，有一種使人啓迪自新的生意，教人感動，教人奮發。」㉗只可惜的是，這煦如春陽的師教，因中日戰起，胡適先南下廬山開談話會，後又赴美從事外交工作；而羅爾綱在北平淪陷後，得到江冬秀借助旅費，始得南歸，經好友湯象龍之介紹，入長沙中央研究院社會科學研究所，任助理員，研究清代兵制史。

一九三九年六月九日羅爾綱將兩年來的研究成果，向胡適作了報告，他在信中說：「……前年冬社所又從長沙遷廣西陽朔，於去年二月在朔開始工作，至七月完成《湘軍新志》一書，十月初又

成《捻軍的運動戰》一小書，兩書均先後交商務印書館刊行。（《新志》列入中央研究院叢刊，《運動戰》因過短，不合叢刊體例，孟和先生命歸爲私人著作。）是時社所播遷，居不寧處，生乃能在七個月內成此兩書，備蒙　孟和先生獎飾有加。生私衷竊以出自　師門，平日本以勤勉自首，丁此國難期間，更不趕不奮厲從公，致辱教訓也。此兩書既成，才開始作綠營制度之研究，而社所復從桂遷滇，因生婦懷妊不能遠行，先至宜山候產，至今春三月底始攜眷至昆明，現生繼續研究綠營制度，已見端倪，預計今秋可以起草，明夏可以脫稿。至於《湘軍新志》一書，茲已出版，今日商務將該書寄來，生特敬謹將該書一部掛號奉呈，乞吾　師在公餘賜加披閱，倘蒙　訓示，尤爲萬幸！憶二十五年夏，生將擬撰此書大綱呈　師賜教時，蒙　師一日之中，在協和醫院檢驗身體之時，連賜兩諭指導，吾　師愛護之忱，期望之殷，使生沒齒難忘。前年逃難離平時，書物拋棄殆盡，惟師此兩次手示，珍重攜歸。及至陽朔撰述此書，恭置案上，如親承訓誨，得以時惕苟且之戒，俾不致貽羞師門。今日書成刊行，雖仍嫌時間太促，史料或尚可有補充之處，然是書撰述之方法，乃先從事鈎稽索隱，重建湘軍本身之制度，然後溯其淵源，敘其運用，明其影響，此皆出自吾　師手示之教。而撰述時，旁推互證，專心不貳，似亦尚不敢有違苟且之戒。以之與昔年爲補助家計，在兩個月夜間，倉卒將未成熟見解寫成之《太平天國史綱》相較，殊不可同日而語。此書所以敢恭呈　尊前懇加賜閱者，實因此區區依戀之愚誠耳。」[28]

一九四三年二月羅爾綱應廣西桂林文化供應社總編輯錢實甫之約，寫了他在胡門從學五年的自敘，名爲《師門辱教記》。一九四四年六月由桂林建設書店出版，出書「不到多少天，桂林便緊急疏

散」，恐怕印數也不會多，因此羅爾綱在擬重印的序中說：「在那個短短的時光內，此書還不曾得與廣大的讀者見面。」㉙一九四五年二月羅爾綱在四川南溪縣李莊，「將此書再細細的修改」後，他寫信給昔日北大文學院祕書兼文科研究所祕書的舊友及同事盧逮曾，他現在是重慶獨立出版社總經理，羅並將謄正的稿本寄給他，盧逮曾收到稿件後，後來曾要胡適寫一篇短序，由於當時胡適人在美國，後來又人事倥傯，這篇不到兩千字的短序，竟拖了三年，直到一九四八年八月三日才寫成，但人移事變，此書已沒有重印的機會了。一九五二年胡適在台北，從盧逮曾處取得稿本，帶到美國，一九五八年十二月七日胡適在台灣自費印出，並改名爲《師門五年記》，「不作賣品，只作贈送朋友之用。」這是後話了。

一九四六年十一月十五日羅爾綱給胡適的信中說：「學生於去年寄上兩函，一寄趙元任先生轉，一寄紐約吾　師寓所，後又寄呈所撰《師門辱教記》一冊。今秋七月底在李莊航空掛號寄呈所撰《太平天國史叢考》、《綠營兵志》、《師門辱教記》三書至北京大學，未審都一一蒙賜　閱否？」㉚此時，胡適已爲北大校長，羅爾綱在信中表示他想要離開中研院，重返北大。他說：「學生很想得早日回北大追隨吾　師，俾得有寸長以自見，不致於沒世而名不立。去年曾函　孟眞先生自請回北大服務，承　孟眞先生答應，囑生向　師函請，並言他亦可代生向　師請求。學生竊思北大名教授輩出，生何足齒數。惟念生曾服務文科研究所，其中明清史料向爲孟心史先生主持，孟先生謝世後，主持無人，生對清史研究已十五年，似尚可試用。其考古室工作，生雖志不在此，而供職三年，尚幸未隕越，若命兼管，似亦可勝任。至學生回北大研究計畫，爲完成《太平天國全史》及

《胡適之先生考證學》兩書，自信以鍥而不捨的精神，十年的歲月，必可附吾　師大名得留微名於不朽。伏乞吾　師俯念生為人勤樸誠篤，為學孜孜不倦，尚有寸長足錄，准回北大研究，則不勝朝夕祈禱之至的了。」[31]但最後羅爾綱始終未能重返北大，其原因尚無從知曉。[32]其間雖有南昌中正大學的極力爭取，但後來羅爾綱還是聽取胡適的意見留在南京中央研究院。一九四八年四、五月間，胡適在南京中央研究院，曾兩度與羅爾綱見面，五月二十一日給胡適的信，就有「十一年長別離，這次在南京得叩　尊前，……」之句。然而「南京居，大不易」，於是他在該信上說：「學生很想到廣州嶺南大學或香港大學去教書。因為聞說這兩間大學，凡教職員的子女入學（自大學以至附屬的中小學）完全免費。這便可以把學生的問題解決了。學生本願終身做研究工作，不願教書，口才不好，教書也不適宜，但現在沒有方法不得不做。」[33]同年五月三十日羅爾綱寫信給胡適，告之《師門辱教記》擬在商務印書館重印，要胡適寫一封信給商務總經理也是胡適的老朋友朱經農推薦。六月四日胡適回信給羅爾綱告之已向嶺南大學校長陳序經（受頤）推薦，六月六日羅爾綱的回函說：「蒙吾　師向　陳受頤先生推薦學生入嶺南任教，曷勝感幸！學生謹在京等候嶺南聘書。《師門辱教記》改稿蒙　師擬賜閱一遍，聞訊懽忻莫已！當遵　命改為《胡適先生的教學方法》於昨夜航空雙掛號寄呈，想已收到。敬乞　師斧正錯誤，並乞　師榮賜序文一篇於卷端。」[34]六月十日胡適給羅爾綱一封長信詢問有關嶺南大學之聘有變之事，十四日羅爾綱回函說：「學生首先要敬稟吾　師的，就是此次事，學生祇當一場夢。不再想了。同時要敬稟　師的是決尊　師訓，再在社會所捱下去，直捱到沒有辦法的時候，寧請假回家，也不到別處去。……學生與陳先生談話的內容如此。因　師

下詢，不敢不奉告。據事實的經過來推論：陳先生最初確有誠意聘生入嶺南，但經過談話之後，便把初意改變，所以後來雖吾　師鼎力再三推薦也挽不回了。……總之，學生萬分感激吾　師，對學生此事關切到這地步，寫這樣長信，學生除了感激之外，還有什麼說呢！」[35]七月二十日羅爾綱給胡適的信中說：「中央大學史學系主任賀昌群兄昨日來約學生下半年到中大做兼任正教授，每周授太平天國史研究兩小時，學生已經很歡喜的答應了。」[36]八月三日胡適寫成羅爾綱多次請求的序寄交，羅爾綱在八月十日的回信中說：「蒙　師在百忙之中，賜給學生這篇師恩洋溢的垂愛之序，微名將藉賜序得列爲一代大師的門徒，這是一生最大的光榮，夢想不到的光榮！」[37]

一九四八年九月十七日胡適抵南京，參加中央研究院第一次院士會議，翌日他和羅爾綱見面，兩人竟談了一個多小時，羅爾綱感覺「春風桃李，說不盡的依慕！十年來難得有此種機會。」但沒想到這次南京一別，兩人各分東西，竟成參商。九月二十四日羅爾綱在給胡適信中，他向胡適報告在講授「太平天國史研究」課程之餘，擬撰寫《太平天國史考證學》一稿，稿分三部分：一、方法論，二、史料鑑定，三、史跡考證。「學生所用考證學方法，一點一滴都是敬遵　師教，……如果身體好，明年夏天，大約可寫成初稿奉呈　尊前。」[38]學者潘光哲認爲「胡適對他（羅爾綱）的計畫有什麼的意見，文獻難徵，不得而知。但是，胡適對羅爾綱的太平天國史研究工作，恐怕無法再提供正面的意見，卻是相當明顯的。畢竟，治學方面的歧異，不是靠師生情誼便可彌補的。」[39]

一九五四年十月毛澤東發動及領導對俞平伯《紅樓夢研究》的批判，事情的導火線是因爲李希凡和藍翎兩個青年合寫的〈關於《紅樓夢簡論》及其他〉和〈評《紅樓夢研究》〉兩篇文章而引起

的。十月十六日毛澤東給中央政治局的同志和其他有關同志寫了一封〈關於紅樓夢研究問題的信〉，文中指出，「看樣子，這個反對在古典文學領域毒害青年三十餘年的胡適派資產階級唯心論的鬥爭，也許可以開展起來了。」[40]十月底，批判的鋒芒開始從俞平伯轉向胡適。十月二十七日中宣部部長陸定一上報毛澤東及中共中央，他在報告中指出，這次討論（案：指二十四日作協古典文學部所召開的批判胡適派《紅樓夢》研究方法討論會）不應該僅停止在《紅樓夢》一本書和俞平伯一人，也不應僅限於古典文學研究的範圍內，而應該發表到其他部門去，從哲學、歷史學、教育學等方面徹底地批判胡適的資產階級唯心論的影響。毛澤東當天就將報告批給劉少奇、周恩來、陳雲、朱德、鄧小平傳閱，並告訴陸定一照辦。[41]十二月二日中科院院務會議和作協主席團舉行聯席擴大會議，討論通過了周揚根據毛澤東意見加以修改的關於批判計畫的報告，並推舉郭沫若等九人組成「胡適思想批判討論工作委員會」，將批判的內容分爲九個方面，展開全面批判。毛澤東看過報告後，第二天就批示「照此辦理」。[42]在中共中央的部署和不斷地推波助瀾之下，胡適思想批判運動終於全國展開了。

晚年的羅爾綱於宅院中小憩。攝於一九八五年

在一九五五年一月六日，羅爾綱在《光明日報》發表〈兩個人生〉一文，指控「胡適又教我學德國文學家歌德那樣，當拿破崙的

兵威進逼德國最厲害的時期裡，還在研究中國的文物。我就眞個聽了他的話，當一九四四年日本侵略軍進攻到了我的家鄉的時候，我還關著門來做〈忠王李秀成自傳原稿箋證〉的工作。」由於聽信胡適的話，因此前半生只有「灰冷、幻滅、悲哀、虛無的人生觀和宇宙觀」。[43]較之其他人的批判文章，或以浮躁的情緒，近乎粗暴的謾罵，動輒扣上諸如「買辦學者」、「數典忘祖的奴才」、「美帝國主義的走狗」、「御用文人」等不一而足的政治帽子，羅爾綱似乎還顧念昔日的師生情誼，在行文之中拿捏得還算客氣，頂多只加上「反動」一辭，這不難見出他厚道的本性。此時胡適在美國紐約的東八十一街寓所，他對他的晚輩學者唐德剛表示他有「同情的了解」，他知道羅爾綱，甚至他的好友朱光潛、顧頡剛等人，對他的批判，都不是出於他們的自由意志。因此這場批胡的運動，老實講，是政治運動，它對學術思想的討論，卻是一場災難。因此他對羅爾綱的批判，似乎沒有影響到他們的師生情誼。所以才有一九五八年自費印行《師門五年記》之舉。一九六一年七月二十三日胡適日記曾談到他與何勇仁見面，談到羅爾綱的情形，胡適讀過羅爾綱的〈兩個人生〉一文，只是他記爲〈兩個世界〉，但又不能確定，故日記上加了「？」號。同年八月十六日胡適給何勇仁的信上說：「上月二十三日蒙先生遠來看我，得暢談半個上午，至今感謝。……那天我們談及貴縣姓羅的學生，大概就是羅爾綱。先生讀了他的〈坦白狀〉，想必也是這樣猜想罷？」[44]羅爾綱晚年對此事辯解道：「我於一九六一年就已經有人假造我寫的什麼〈坦白狀〉來氣胡適哩！」[45]其實此處所指的〈坦白狀〉乃是〈兩個人生〉一文，羅爾綱一九六一年當然沒有寫，但他不能否認一九五五年有寫。史證歷歷，不容狡辯，即或有難言之隱，但做如此之辯解，實乃不智的。半年後胡適因心臟病發告

別人世，回首半年前他和何勇仁暢談之際，羅爾綱的身影，該是不斷地浮現在他的腦海！

只是此時的羅爾綱正身陷被點名批判之際，胡適的身影只能暫時擺在他心靈的陰暗角落，他不能提起，更不敢提起。直到一九八〇年代初期，《晉陽學刊》的主編高增德約他撰寫自傳，他在一九八二年一月三十一日給高主編的信中說：「至命撰自傳一事，因有師承問題，難於下筆，未能遵命，伏　維見諒爲幸。」㊻而據高增德說，到一九八八年六月及九月，他先後收到羅爾綱的兩封信，信中告訴他，「容待約得合適同志撰寫，當再奉聞。」「從『師承問題』到選擇傳記作者，時間已經過了七、八年，但先生的想法畢竟有了很大變化。」㊼一九九一年羅爾綱出版了他的自傳《生涯六記》㊽——一、童年記，二、學徒記，三、改造記，四、探索記，五、考證記，六、抗病記。（案：一九九七年高增德將一、二、四、五這四記編成《生涯再憶——羅爾綱自述》一書。）《生涯六記》中的〈學徒記〉的全部及〈考證記〉的第一小節，談的都是胡適對他有如「煦煦春陽的師教」，其回憶的源頭則是一九四三年的《師門辱教記》，只不過經過半個世紀的淘洗及政治風暴的株連與反正，或補充或修正，有些觀點已在微妙中起了變化。但胡適的身影在久違的羅爾綱心靈的陰暗角落，拂去了塵埃，再度走了出來。兩年後的一九九三年，羅爾綱又整理他對胡適的回憶短文共二十一篇，另成一書名爲《胡適瑣記》。一九九五年五月北京三聯書店將半個世紀前後的兩本書合爲《師門五年記．胡適瑣記》出版。這時九十五歲的耄耋老人仍筆耕不輟，他塵封數十年的記憶之紐，一旦開啓，是無法停筆的，他滿腦子浮現的都是胡適的身影，一直到一九九七年五月二十五日，他以九十七高齡離開人世。他的十四篇未竟之作，也成了羅爾綱生前的最後著作。同年北京三聯書店將這十四篇文章

連同作爲附錄的〈胡適自記〉、〈世人記述〉，併入《師門五年記‧胡適瑣記》，成爲增補本。

一個偶然的機緣，成就一生的師生情誼，雖然其間有過政治上的批判、株連，使得師生之間，成了胡適所說的「隔世」之人。但一個「春風化雨‧潤物無聲」，一個「虛心受教‧不辱師命」，他們彼此在「我心深處」都呵護著這份情感，只是因政治情勢而時隱時顯罷了。

最後讓我們將時光倒流七十年，看看這個學生怎麼描述那個「煦如春陽」的老師的歷史畫面：

第二年春（案：一九三六年），廷黻先生任駐蘇聯大使（案：據學者潘光哲考證當是南下任行政院政務處長㊾），他教授的中國近代史功課，吳晗就推薦我接任。清華文學院院長馮芝生（友蘭）先生到北大文學院適之師處，請我去清華教這門功課。適之師是很高興的，因爲他的一個無名的學生，已經給著名教授重視了，但他卻替我辭謝了清華聘請。這個消息，給朋友們知道，除了吳晗先生嘆氣不說話外，都不免憤激起來。他們以爲適之師在北大既不升我的級，又不放我到清華去，是看不起我。其中有一位激烈的朋友，他幾乎要去質問適之師。……我平常每到星期日早上，就到適之師家去看看思杜弟的功課。自從適之師給我辭謝清華聘諸的事情後，……一到了星期日上午，他們就拉我遊公園，不許我到適之師家去。如是有兩個月之久。朋友們替我活動，谷霽光先生把我向南開大學經濟研究所推薦，湯象龍、梁方仲兩位先生把我向中央研究院社會科學研究所推薦。到了五月底，兩處同時聘請我。朋友才放我到適之家去告知適之師。我懷著一種躊躇趑趄的心情，走進適之師家。師家的人，以爲我害病了，許久沒有來，但適之師

心裡明白。他等我把要說的話說了，就說：「爾綱你生氣了，不上我家，你要知道，我不讓你到清華去，爲的是替你著想，中國近代史包括的部分很廣，你現在只研究了太平天國一部分，如何去教人？何況蔣廷黻先生是個名教授，你初出教書如何就接到他的手？如果你在清華站不住，你還回得北大來嗎？」他停了一下，接著說：「我現在爲你著想，還是留北大好，兩處都不要去。你到別個機關去，恐怕人家很難賞識你。」我聽了適之師的話，一腔熱淚，湧上眉睫，他不以我的愚頑而遺棄我，仍然一樣的爲我的前途打算。我明白了，我完全明白了適之師對我的愛護。我要用我的淚珠洗滌我的罪過。等到辭別了適之師，一跳上洋車，眼淚就忍不住流出來了。[50]

羅爾綱伏案工作，修訂《太平天國史綱》。攝於一九八三年冬

「知生莫若師」，這也是羅爾綱終其一生，對胡適的敬仰之處。「春風桃李，說不盡的依慕！」是其來有自的。而做老師的在看完學生的自傳後，他說：「爾綱這本自傳。據我所知，好像是自傳裡沒有見過的創體。從來沒有人這樣坦白詳細的描寫他做學問的經驗，從來也沒有人留下這樣親切的一幅師友切磋樂趣的圖畫。」[51] 也因此胡適在一九五八年十二月七日將《師門五年記》自費印行，當作十天後他六十八歲

生日，賀壽人士的回贈禮物。後來更是用來贈送好友。一九六二年二月二十四日，召開中研院第五次院士會議的當天下午，對從國外回來的吳大猷、吳健雄、袁家騮、劉大中四位院士，胡適請祕書分別送他們每人一本《師門五年記》，幾個小時後，胡適在歡迎新院士的酒會上，心臟病發，與世長辭。在臨終前的數小時，他憶起《師門五年記》一書時，他的腦海無疑地浮現他所說的師友切磋樂趣的畫面，儘管現實裡是關山阻隔，青鳥難度，但那一剎那間是「美好時光」的定格，也是胡適對羅爾綱的最後回眸。

注

①《羅爾綱致胡適函（一九三〇年五月四日）》，收入《胡適遺稿及祕藏書信》，第四十一冊，頁三六八～三七一。
②《師門五年記．胡適瑣記》（增補本）羅爾綱著，頁九。北京：三聯書店，一九九八年。
③《羅爾綱致胡適函（一九三〇年五月十三日）》，收入《胡適遺稿及祕藏書信》，第四十一冊，頁三七〇～三七三。
④《羅爾綱致胡適函（一九三〇年五月廿日）》，收入《胡適遺稿及祕藏書信》，第四十一冊，頁三七四。
⑤《胡適日記全集》，第六冊，頁四〇四。台北：聯經，二〇〇四年。
⑥《生涯再憶——羅爾綱自述》，羅爾綱著，頁二十五，太原：山西人民，一九九七年。
⑦《胡適日記全集》，第六冊，頁二〇二～二〇三。
⑧《生涯再憶——羅爾綱自述》，羅爾綱著，頁二十五。
⑨《師門五年記．胡適瑣記》（增補本）羅爾綱著，頁一四～一五。

⑩《生涯再憶——羅爾綱自述》，羅爾綱著，頁二十八。
⑪〈羅爾綱致胡適函（一九三一年九月十五日）〉，收入《胡適遺稿及祕藏書信》，第四十一冊，頁三七九～三九三。
⑫〈羅爾綱致胡適函（一九三一年八月一日）〉，收入《胡適遺稿及祕藏書信》，第四十一冊，頁四一八～四二〇。
⑬《師門五年記．胡適瑣記》（增補本）羅爾綱著，頁一一～一二。
⑭《胡適日記全集》，第七冊，頁八五。
⑮《師門五年記．胡適瑣記》（增補本）羅爾綱著，頁一〇。
⑯《生涯再憶——羅爾綱自述》，羅爾綱著，頁三十五。
⑰《生涯再憶——羅爾綱自述》，羅爾綱著，頁三十六。
⑱《師門五年記．胡適瑣記》（增補本）羅爾綱著，頁三四～三五。
⑲《生涯再憶——羅爾綱自述》，羅爾綱著，頁一一一。
⑳《師門五年記．胡適瑣記》（增補本）羅爾綱著，頁四四。
㉑《師門五年記．胡適瑣記》（增補本）羅爾綱著，頁四五。
㉒《師門五年記．胡適瑣記》（增補本）羅爾綱著，頁四八。
㉓《師門五年記．胡適瑣記》（增補本）羅爾綱著，頁五〇～五一。
㉔《生涯再憶——羅爾綱自述》，羅爾綱著，頁四十五。
㉕《胡適日記全集》，第七冊，頁三八六。
㉖《師門五年記．胡適瑣記》（增補本）羅爾綱著，頁六三。
㉗《師門五年記．胡適瑣記》（增補本）羅爾綱著，頁五六。
㉘〈羅爾綱致胡適函（一九三九年六月九日）〉，收入《胡適遺稿及祕藏書信》，第四十一冊，頁四三一。

㉙《師門五年記・胡適瑣記》（增補本）羅爾綱著，頁七。

㉚〈羅爾綱致胡適函（一九四六年十一月十五日）〉，收入《胡適遺稿及祕藏書信》，第四十一冊，頁四三五。

㉛〈羅爾綱致胡適函（一九四六年十一月十五日）〉，收入《胡適遺稿及祕藏書信》，第四十一冊，頁四三八～四三九。

㉜潘光哲〈胡適與羅爾綱〉，初稿見台灣大學《文史哲學報》第四十二期，一九九五年三月。本文引用為期二〇〇三年修改手稿，頁二十三。

㉝〈羅爾綱致胡適函（一九四八年五月廿一日）〉，收入《胡適遺稿及祕藏書信》，第四十一冊，頁四六五～四六七。

㉞〈羅爾綱致胡適函（一九四八年六月六日）〉，收入《胡適遺稿及祕藏書信》，第四十一冊，頁四七三。

㉟〈羅爾綱致胡適函（一九四六年六月十四日）〉，收入《胡適遺稿及祕藏書信》，第四十一冊，頁四七七～四七九。

㊱〈羅爾綱致胡適函（一九四八年七月廿日）〉，收入《胡適遺稿及祕藏書信》，第四十一冊，頁四八六。

㊲〈羅爾綱致胡適函（一九四八年八月十日）〉，收入《胡適遺稿及祕藏書信》，第四十一冊，頁四八六～四九〇。

㊳〈羅爾綱致胡適函（一九四八年九月廿四日）〉，收入《胡適遺稿及祕藏書信》，第四十一冊，頁四九五。

㊴潘光哲〈胡適與羅爾綱〉，二〇〇三年修改手稿，頁二五。

㊵《毛澤東文集》第六卷，頁三五二。北京：人民，一九九九年。

㊶《毛澤東傳》（1949–1976）上卷，頁二九四。中共中央文獻研究室編，達先知，全沖及主編，北京：中央文獻，二〇〇三年。

㊷《毛澤東傳》（1949–1976）上卷，頁二九七。

㊸羅爾綱〈兩個人生〉，原刊《光明日報》，一九五五年一月四日，收入《胡適思想批判》第二輯，頁一八三～一八八。北京：三聯書店，一九五五年。

㊹《胡適之先生年譜長編初稿》，第十冊，頁三六九八。胡頌平編著，台北：聯經，一九八四年。

㊺《師門五年記．胡適瑣記》（增補本）羅爾綱著，頁一七九。
㊻《生涯再憶——羅爾綱自述》，高增德〈跋語〉，頁一四五。
㊼《生涯再憶——羅爾綱自述》，高增德〈跋語〉，頁一四五。
㊽《生涯六記》，貴州人民出版社，一九九一年。
㊾《潘光哲〈胡適與羅爾綱〉，二〇〇三年修改手稿，頁二三一。註一三三，有詳細的考證。
㊿《師門五年記．胡適瑣記》（增補本）羅爾綱著，頁五八。
(51)《師門五年記．胡適瑣記》（增補本）羅爾綱著，頁五。

如此風流一代無

胡適與丁文江

丁文江

一九三六年一月五日下午五時四十分，中國著名的地質學家丁文江，在長沙湘雅醫院逝世，年僅四十九歲。身爲丁文江的好友，胡適聞訊悲痛不已。一月九日在給周作人的信中說：「在君（案：丁文江）遺囑不發訃開弔，棺不得過百元，壙地不得過半畝，葬於身死之地域內。遺囑去年所立，我是證人之一，至今讀之，泫然神傷。」二月九日半夜，胡適寫了〈丁在君這個人〉的長文，讚揚丁文江的爲人處世。他說：「這樣一個朋友，這樣一個人，是不會死的。他的工作，他的影響，他的流風遺韻，是永遠留在許多後死的朋友的心裡的。」同時他寫下了兩首詩來紀念丁文江，詩云：「明知一死了百願，無奈餘哀欲絕難！高談看月聽濤坐，從此終生無此歡！」「愛憎能作青白眼，嫵媚不嫌虯怒鬚。捧出心肝待朋友，如此風流一代無！」

同年二月十六日出版的《獨立評論》第一八八期，胡適編輯了「紀念丁文江先生專號」，收入眾多好友、學生回憶的文章，共十八篇。胡適在〈編輯後記〉中說：「《獨立》出版之後，在君撰文最勤，原來的社員之中，我因編輯最久，故作文最多，其次就是在君的文字最多了。他的〈漫遊散記〉和〈蘇俄旅行記〉兩個長篇都是《獨立》裡最有永久價值的文字。就是在他最忙的時候，我的一封告急信去，他總會騰出工夫寫文字寄來。他每每自誇是我的最出力的投稿者！萬不料現在竟輪到我來編輯他的紀念專號！」

二十年後（一九五五年秋），胡適在異國他鄉的紐約，他放下手頭要做的其他文章，集中精力，

爲了實踐他二十年前所許下的心願。他把哥倫比亞大學所收藏的全份《獨立評論》、《科學與人生觀》論爭集，全部借到他在紐約東八十一街的狹小寓所，結合他自己的日記，他花了四個月的時間，寫成十萬字的《丁文江的傳記》，那是胡適繼《四十自述》後，又一部值得稱道的傑出傳記。

丁文江（前排左一）與胡適（後排右一），於一九二六年被聘為中英庚款諮詢委員會委員，雙方委員合影

回顧胡、丁兩人的締交，是在一九一九年，經由北大教授陶孟和之介紹。兩人一見如故，終成莫逆。學者雷頤指出，「一個是人文學者，卻竭力爲科學而吶喊宣傳，熱情辯護；一個是科學家，卻熱衷於人文學科，爲人文學科的科學化而殫思竭慮，煞費苦心。」[1]從一九二一到二五的五年間，胡適說：「在君的生活有兩件事是值得記載的：一件是他和我們發起一個評論政治的週報——《努力週報》——這份報其實是他最熱心發起的，這件事最可以表現在君對於政治的興趣；一件是他在《努力週報》上開始『科學與人生觀』的討論，展開了中國現代思想史上的一個大論戰。」[2]

丁文江雖是致力於自然科學研究的，但他富有組織才幹，對政治更是極具興趣。胡適受其策動，在一九二一年，他與丁文江等幾個朋友，先是成立祕密性質的

「努力會」，後又接受丁文江的提議，與高一涵、王寵惠、羅文幹、朱經農、張慰慈、王徵等一班朋友，商討辦一份週報，建立自己的輿論陣地。胡適爲之取名「努力」，在一九二二年五月七日創刊。

在五月十四日《努力週報》第二期，胡、丁等人就提出〈我們的政治主張〉，也就是一般所說的「好政府主義」的宣言。它概要闡述了「好政府主義」的基本涵義，要大家追求「好政府」，作爲改革中國政治的最低限度的目標要求。該文章一發表後，曾引起國內輿論的矚目，胡、丁都忙著寫文章闡明鼓吹。同年九月「好政府」宣言中的三位簽名人，王寵惠、羅文幹、湯爾和，在直系軍閥吳佩孚的支持下，分別當上了國務總理、財政總長、教育總長，「好人內閣」終於出台了。但無情的現實很快就粉碎他們的一廂情願。被軍閥玩弄於股掌之上的「好人內閣」，只維持兩個月，就被迫解散了。

湯爾和在下台後，還不無感慨的忠告胡適說：「我勸你不要談政治了罷。從前我讀了你們的時評，也未嘗不覺得有點道理，及至我到政府裡面去看看，原來全不是那麼一回事！你們說的話，幾乎沒有一句搔著癢處的。你們說的是一個世界，我們去的又是另一個世界。」但對於這些論調，丁文江卻自有他自己的看法。他在一九二三年的《努力週報》第六十七期，發表〈少數人的責任〉一文，他說：「我們中國政治的混亂，不是因爲國民程度幼稚，不是因爲政客官僚腐敗，不是因爲武人軍閥專橫；是因爲『少數人』沒有責任心，而且沒有負責任的能力。」他苦口婆心地激勵當時的知識分子，他說：「我們不是少數的優秀分子，誰是少數的優秀分子？我們沒有責任心，誰有責任心？我們沒有負責任的能力，誰有負責任的能力？」他又說：「只要有幾個人，有不折不回的決心，拔山蹈海的勇氣，不但有知識而且有能力，不但有道德而且要做事業，風氣一開，精神就要一變。」

對於「好政府主義」的評價，大部分學者多持否定的態度。許紀霖就說：「畢竟是中國第一代知識分子，畢竟是從小背誦四書五經出身，丁文江、胡適縱然啃了多年的洋麵包，他們的知識結構仍然是中西摻雜、新舊並存。在他們的內心深處，在五四知識分子的『集體潛意識』中，始終飄飄盪盪、若隱若現地遊走著一個傳統的幽魂，這就是儒家政治哲學中的道德理想主義——聖王精神。」③但學者何善川在指出其侷限性的同時，也肯定了它對社會進步的積極作用，認為它在一定程度上反映了人民的呼聲，具有一定的進步作用和歷史的合理性。④

一九二三年二月七日，張君勱在清華大學作了題為「人生觀」的演講，他認為人生觀有不同於科學的特點，所以人生觀問題的根本解決，「絕非科學所能為力，惟賴諸人類之自身而已」。張君勱聲稱科學是「不能」支配人生觀的，但卻同時把歐洲的工業文明與各種複雜的社會現象聯繫起來，認為科學的產生創造了一種機械論的宇宙學，認為是它使得社會在其引導之下，難免感染上表現得像惡魔一般的，社會達爾文主義的那種自私、貪婪和暴力手段，張君勱認為科學必須對此負全部責任。張君勱的最後結論是：只有依賴自由的、直覺的、人之本性中「內在」的一面，人才能掌握導向精神文化的自我修養的原理。同年四月，丁文江針對張君勱的演講稿，在《努力週報》提出〈玄學與科學〉一文，批評張氏的論點，他認為無論如何，人生觀都要受到論理學的公例、定義及方法的支配。丁文江認為正是沒有把科學精神，延伸到社會、教育、政治的領域中去，才導致了歐洲引起的那場全世界的災難。因此丁文江在反駁的同時，更論述了科學方法和科學精神，對人生觀的極大好處。他認為「科學不但無所謂向外，而且是教育同修養的最好的工具」：科學的方法與精神，

可以使人有求眞理的能力與愛眞理的誠心，使人能夠心平氣和地處事，使人了然於宇宙、生物、心理的種種關係，從而眞正知道生活的樂趣。

雙方爭持不下，於是爭論遂起，學界名流如梁啓超、王星拱、張東蓀、吳稚暉、范壽康、林宰平等人都加入討論。進而引發持續半年多的「科玄論戰」。其實在丁、張兩人正式交火之前，他們曾多次私下辯論過，丁文江在一九二三年三月二十六日給胡適的信，就把二十四日的一次辯論，不厭其煩地告訴胡適。這信具體而微地呈現丁、張兩人的論點，後來兩人的辯駁文章，只不過在此基礎上的細論與放大而已。而在科玄兩軍酣戰的半年多裡，胡適正在杭州的煙霞洞養病，除寫了一篇「很不莊重」的〈孫行者與張君勱〉，嘲笑張君勱跳不出「邏輯」這個如來佛的手掌之外，在整個論爭過程中，「竟不曾加入一拳一腳」，大概此時他正在享受他的「煙霞山月，神仙生活」，而忙得沒有時間了。直到論戰已落幕了，他才在同年十一月二十九日爲亞東圖書館的《科學與人生觀》寫了長序，全面評述各派的觀點，總結這場「科玄論戰」的成果。

胡適在這篇序文中，他較爲系統地批評了張君勱的論點，但同時又認爲除了吳稚暉外，丁文江等「科學派」都有一個共同的錯誤，就是不曾具體地說明科學的人生觀是什麼，卻去抽象地力爭科學可以解決人生觀的問題。而之所以會有這樣的錯誤，其原因在於，「一班擁護科學的人，雖然抽象地承認科學可以解決人生問題，卻終不願公然承認那具體的『純物質，純機械的人生觀』，爲科學的人生觀。」胡適以稱讚吳稚暉「寧可冒『玄學鬼』的惡名，偏要衝到那『不可知的區域』裡，去打一陣」，來表示對丁文江這種謹愼態度的不以爲然。學者雷頤指出，作爲人文學者的胡適，比科學

家的丁文江，對科學的判斷更加武斷、絕對。胡適極爲大膽勇敢地以科學之名，建構了一個完整的體系。他實際上把這個體系做爲一種價値終端，因而它是一個封閉的體系。儘管其中有不少論點，是牽強附會、難以成立的；但正是這種大膽果決的精神，才能使新文化在與文化保守主義論戰中具有優勢，使科學得到廣泛的傳播，因而有著積極的意義。⑤

在這場論戰中，雖然參戰者很多，文章也寫了不少，但是有系統的或成體系的表述，幾乎沒有。「雖然某些重要的東西被討論了，但在個人的著述中都缺乏一個中心結構」⑥。學者周策縱就說：「爭論的雙方在許多方面看來是膚淺和混亂的，它們更像大眾的辯論而不是學術的探討。」⑦綜觀丁文江在論戰中的表述，可以看出在他眼中，科學的最基本的方法就是邏輯歸納。他與胡適等非自然科學的學者，幾乎完全一致的對於科學的解釋與表達：注重科學的「精神與方法」。學者周青豐認爲這次「科玄論戰」，它在某種程度上，也反映了科學、儒學在五四新文化運動中，潛在的話語爭奪戰。在某種程度上說，在論戰之前，科學觀念在國人心目中的地位還是很低，科學遠沒有胡適所標榜的那樣強大的話語權勢。相反的，在國人心目中，作爲傳統的講究自我修養的儒學，仍舊是當時心靈安頓的重要皈依。⑧論戰的最後，一般都認爲是「科學派」取得勝利。這在當時社會普遍要求「救國」與「強國」的潮流下，是有其必然性的。周青豐就指出，「在這樣一個情境裡，在現代社會要求客觀性、精準性以及效率性的標準面前，只注重冥想與『內省』的玄學家，是無法給當時危難的中國，任何光明未來的指示的；而科學以其客觀性，注重行動起來的努力——科學家丁文江『只拚命做工』的名言，以及他不折不回的實踐，爲科學精神和方法作了最好的註腳——才是當時的

中國的民眾，尤其是熱血的青年，所願意得到的答案。」⑨

一九二六年，丁文江應軍閥孫傳芳之邀，出任淞滬商埠督辦公署總辦一職。此事長時間成爲丁文江最惹爭議的地方，甚至影響到日後人們對他的評價。但晚近的學者認爲丁之出任總辦，既包容著「好人政府」實行改革、推進社會進步的積極因素，又內含著愛鄉愛土、造福鄉梓的意識，不能一概否定。⑩丁文江任總辦雖只有短短的八個月，但政績是有目共睹的。最主要的有兩方面：其一就是制訂「大上海」計畫，這個計畫後因孫傳芳的垮台而未能實現，但卻爲日後南京國民政府時期的上海市政建設，提供了藍本。其二就是簽訂〈收回上海會審公廨暫行章程〉。論者認爲，「這無疑是鴉片戰爭以來對外關係上的一次重大收穫，於此丁氏居功厥偉。」⑪胡適在《丁文江的傳記》中就說，丁文江之所以出任此職，「確是因爲他自己曾經仔細想過這個『大上海』的問題，曾經用自己的意見修改了軍人政客們的原來的簡陋計畫，所以他的愛國心使他相信這個新改定的『大上海』的理想，是值得努力使它實現的，也是可以逐漸實現，逐漸成爲收回外國租借的基礎的。」除此而外，丁文江對上海的財政、公共衛生、教育、警察等方面都做了一些改革，取得了一定的成效。因此，胡適在〈丁在君這個人〉文中說：「（他）所辦的事，無一事不能辦的頂好。……他做了不到一年的上海總辦，就能建立起一個大上海市的政治、財政、公共衛生的現代式基礎。」

丁文江在一九二六年八月十六日給胡適的信中這麼說：「大體講起來，事體總算順手，會審公廨的積案，居然可以解決了。唱高調的人固然攻擊我，然而我細細考察上海的眞正輿論，對於此事的確十分贊成。市政的計畫如果一時無戰事，可以有相當的辦法。我總相信天下事誠能動人，拙能

勝巧，堅忍能治油滑。我只好用我所長，藏我所短，一步一步做去。」⑫「案無留牘」，極度講求效率，這就是丁文江的成功之處。

一九三二年，丁文江、胡適在一批朋友的慫恿之下，又創辦了《獨立評論》。當時中國處於內憂外患之中，中國往何處去？再度成爲知識分子關注的焦點。在這種背景下，爆發了「民主與獨裁」之爭。一九三四年十二月九日，胡適爲批評錢端升的〈民主政治乎？極權國家乎？〉⑬中的主張獨裁說，他寫了〈中國無獨裁的必要與可能〉⑭一文。這引發了丁文江於十二月十八日發表於《大公報》的〈民主政治與獨裁政治〉，丁文江認爲「在今日的中國，獨裁政治與民主政治都是不可能的，但是民主政治不可能的程度比獨裁政治更大」，因此他提出「新」式獨裁，做爲現實政治的改進方向。所謂「新」式，丁文江擬定四個標準來界定：一、獨裁的首領要完全以國家的利害爲利害。二、獨裁的首領要徹底了解現代化國家的性質。三、獨裁的首領要能夠利用全國的專門人材。四、獨裁的首領要利用目前的國難問題，來號召全國有參與政治資格的人的情緒與理智，使他們站在一個旗幟之下。學者雷頤認爲「對『新式獨裁』的盼望，說明了丁文江的思想，仍停留在『好人政府』階段。更重

一九二六年，胡適（左一）與丁文江（左五）陪同英方庚款諮詢委員會委員到各地學術、教育機構訪問調查

要的是，它折射出『聖主明君』這種傳統政治文化，在新一代知識分子中的殘餘，亦適足反映了他們軟弱無力、只能幻想一個政治強人，來代表自己利益的境地」。[15]

胡適在極度不滿丁文江的言論下，將丁文轉載於十二月三十日出版的《獨立評論》一三三期，並同時於該期刊登〈答丁在君先生論民主與獨裁〉一文，予以回應。胡適說：「民治國家的阿斗不用天天干政，然而逢時逢節他們干政的時候，可以畫『諾』，也可以畫『No』。獨裁政治之下的阿斗，天天自以爲專政，然而他們只能畫『諾』，而不能畫『No』。所以民主國家的阿斗易學，而獨裁國家的阿斗難爲。民主國家有失政時，還有挽救的法子，法子也很簡單，只消把『諾』字改作『No』字就行了。獨裁國家無權說一個『No』字，所以丁在君先生也只能焚書告天，盼望那個獨裁的首領要全知全德，『要完全以國家的利害爲利害，要徹底了解現代化國家的性質，要利用全國的專門人才』。萬一不如此，就糟糕了。」胡適又以很嚴厲的語氣警告丁文江說：「學者立言，爲國家謀福，爲生民立命，在這種緊要關頭，是可以一言興邦，一言喪邦的。豈可以用『實行獨裁政治所需的條件或不至於如此的苛刻』一類模稜論調輕輕放過呢？」胡適再三強調「今日提倡獨裁的危險，豈但是『教猱升木』而已，簡直是教三歲孩子放火」，「今日若眞走上獨裁的政治，所得的絕不會是新式的獨裁，而一定是那殘民以逞的舊式專制」。而在寫這篇長文時，據胡適的日記說，他還寫了一封短信給丁文江，表示出他個人的強烈不滿。信上說：「你們這班教猱升木的學者們，將來總有一天要回想我的話。那時我也許早已被『少壯幹部』幹掉了，可是國家必定也弄到不可收拾的地步。那時你們要懺悔自己誤國之罪，也來不及了！」

胡適的拳拳之心，溢於言表；但丁文江仍堅持己見，他在一九三五年一月二十日又發表〈再論民治與獨裁〉一文，於天津《大公報》的「星期論文」上。丁文江說，中國式的專制素來是不徹底的，所以國人備嚐舊專制的苦，而不能享受新獨裁的利；因此胡適所謂的「教猱升木」就當前政治的實況言，倒應當說是「補偏救弊」，至少也可部分履行知識階層的責任，「使這種火少燒幾間有用的建築，多燒幾間腐朽的廟堂。尤其是如何利用這把火，使得要吞噬我們的毒蛇猛獸，一時不能近前！」他說：「中國今日的政治原來是『舊式專制』……若是國家沒有外患的壓迫，我們可以主張革命，可以主張——如吳景超先生所說的——用教育的方式和平的走上民主政治的路。現在這兩種方法都是不能實現的，都是緩不濟急的。唯一的希望是知識階級聯合起來，把變相的舊式專制改爲比較新式的獨裁。」此外，丁文江還舉了一些實際的例子，證明中國的專制是不徹底的，國民黨的專政是假的。他說：「我們飽嚐專政的痛苦，而不能得到獨裁的利益。新式的獨裁如果能夠發生，也許我們還可以保存我們的獨立。要不然只好自殺或是做日本帝國的順民了。」

當時對丁持論極爲不滿的胡適，在二十年後，平心靜氣地通讀摯友這一時期的所有文字，豁然體悟到了「他的愛國苦心，他的科學態度，他的細密思考」。政治的菁英論，碰到現實政治的腐敗，更激起他們匡世濟民之心，這在胡適與丁文江的身上都隨時可見的，只是在表達和看法上有所不同罷了。胡適說：「在君主張他所謂『新式的獨裁』，我是反對的。但這種激烈的爭論，從不妨礙我們的友誼，也從不違反我們互相戒約的『負責任』的敬慎態度。」[16]

是的，儘管他們的政治立場有異，但他們的友誼是歷久而彌堅的。胡適說：「有一次他看見了

我喝醉了酒，他十分不放心，不但勸我戒酒，還從《嘗試集》裡挑出了我的幾句戒酒詩，請梁任公先生寫在扇子上送給我。」[17] 該詩是胡適在一九一七年反省自己在上海時喝酒胡鬧，而呈謝好友許怡蓀及時勸戒所寫的〈朋友篇〉，丁文江摘出其中的相關段落，云：「少年恨污俗，反與污俗偶。自視六尺軀，吾醉死已久。……清夜每自思，此身非吾有：一半屬父母，一半屬朋友。即便此一念，足鞭策吾後。」而勸「戒酒」的事，並不只一次，胡適在一九三〇年十一月十五日的日記上就說：「在君來兩信，勸我戒酒，良言可感。」其中十一月九日的信中說：「……但是屈指你將要離開上海了。在這兩個星期中，送行的一定很多，惟恐怕你又要喝酒。特地寫兩句給你，勸你不要拚命，——一個人的身體不值得爲幾口黃湯犧牲了的，尤其不值得拿身體來敷衍人！」[18] 而三天後，丁文江更是拿古人的「權威」來勸誡胡適，信中寫道：「適之：前天的信想不久可以收到了。今晚看《宛陵集》，其中有題云〈樊推官勸予止酒〉，特抄寄給你看看：『少年好飲酒，飲酒人少過。今既齒髮衰，好飲飲不多。每飲輒嘔泄，安得六府和？朝醒頭不舉，屋室如盤渦！取樂反得病，衛生理則那！予欲從此止，但畏人譏訶。樊子亦能勸，苦口無所阿。乃知止爲是，不止將如何？』勸你不要『畏人譏訶』，毅然止酒。」[19]

除了勸胡適戒酒外，胡適還說：「十多年前，我病了兩年，他說我的家庭生活太不舒適，硬逼我們搬家；他自己替我們看定了一所房子，我的夫人嫌每月八十元的房租太貴，那時我不在北京，在君和房主說妥，每月向我的夫人收七十元，他自己代我墊付十元！這樣熱心愛管閒事的朋友是世間很少見的。」[20] 其實早在胡適南下養病，離杭到滬時（一九二三年十一月一日），丁文江就給胡適

找過房子以便養病，他信中說：「所以我的意思勸你趕緊回來，再遲天氣更冷，路上固然不方便，而且要到西山去布置，也不如現在的妥當。西山的房子，仍舊是祕魔岩劉宅（案：劉厚生）最爲合宜，因爲不但房間較多、較大，於帶書、帶家眷方便，而且離黃村車站很近，來往不必定要汽車。」㉑胡適接受了這個建議，就在十二月二十二日住進劉宅，當晚恰是陰曆十五，月色絕佳，胡適寫下有名的〈祕魔崖月夜〉的詩，其中有「山風吹亂了窗紙上的松痕，吹不散我心頭的人影」，那是回想不久之前在杭州西湖和戀人曹珮聲共賞秋月的情景。

除了日常生活的關懷外，丁文江更關心胡適學術論著的寫作，他在一九二五年四月三日給胡適的信中說：「……你最好還是著你的書。我們想你出洋，正是要想你工作；你若果然能工作，我們何必攆你走呢？你的朋友雖然也愛你的人，然而我個人尤其愛你的工作。這一年來你好像是一隻不生牛奶的瘦牛，所以我要給你找一塊新的草地，希望你擠出一點奶來，並無旁的惡意。」㉒

丁文江、史永元夫婦

胡適在一九二九年一月十九日從上海到北京，在北京住了三十六天，其中他三星期住在陳衡哲、任鴻雋家，兩星期就住在丁文江家。可惜的是胡適日記沒留下精彩的畫面，因爲

「此行有許多可以紀念的事，可惜太忙，日記不能繼續，這兩個月的日記遂成我最殘缺的日記。」但一九三一年八月五日，胡適的日記就留下丁文江的姪女史濟瀛（案：江冬秀認其爲乾女兒），來信催他去秦皇島度假的事。胡適說丁文江「最注重生活的舒適和休息的重要：差不多每年總要尋一個歇夏的地方，很費事的布置他全家去避暑；這是大半爲他的多病的夫人安排的，但自己也必須去住一個月以上；他的弟弟、姪兒、內姪女，都往往同去，有時還邀朋友去同住。」㉓

八月六日到十六日的十天秦皇島之遊，胡適日記留下完整的記錄。其中八月十二日記載，當天丁文江的帽子壞了，他又最怕禿頭，於是急著買帽，胡適寫下〈丁先生買帽〉的打油詩道：「買到東來買到西，偏偏大小不相宜。先生只好回家去，曬壞當頭一片皮！」又因丁文江早年有腳癢病，醫生告訴他赤腳最有效，因此他終生穿有多孔的皮鞋，在家則常赤腳，在熟朋友家中也常脫襪子，光著腳談天，自稱「赤腳大仙」。同天，胡適又寫了〈恭頌「赤腳大仙」〉的打油詩給他，詩云：「欲上先生號，『神仙未入流』。地行專赤腳，日下怕光頭。吐納哼哼響，靈丹處處丟（案：據胡適的註解，靈丹在此指狗屎）。看他施法寶，嘴裡雪茄抽。」

胡適說：「在君是個科學家，但他很有文學天才；他寫古文白話文都是很好的。……他早年喜歡寫中國律詩，近年聽了我的勸告，他不作律詩了，有時還作絕句小詩，也都清麗可喜。……民國二十年，他在秦皇島避暑，有一天去遊北戴河，作了兩首懷我的詩，其中一首云：『峰頭各採山花戴，海上同看明月生；此樂如今七寒暑，問君何日踐新盟。』後來我去秦皇島住了十天，臨別時在君用元微之送白樂天的詩韻做了兩首詩送我：『留君至再君休怪，十日流連別更難。從此聽濤深夜

坐，海天漠漠不成歡！』『逢君每覺青來眼，顧我而今白到鬚。此別原知旬日事，小兒女態未能無。』這三首詩都可以表現他待朋友的情誼之厚。」㉔而也就在七天後，胡適用同韻寫了兩首詩，戲答丁文江，詩云：「亂世偷閒非易事，良朋久聚更艱難。高談低唱聽濤坐，六七年來無此歡。」「無多餘勇堪浮海，應有仙方可黑鬚。別後至今將七日，靈丹添得幾丸無?」從往來的詩中，我們在在可以看出他們相知之深、相惜之重。

由於彼此的相知相惜，因此當一九三五年丁文江因任鴻雋堅持將原爲中基會自辦的事業之一的社會調查所，併入中央研究院的社會科學研究所，而引起極大的不滿，他寫信給胡適，對中基會做出嚴厲指責時，同爲董事的胡適並不以爲然，他也毫不客氣地告誡丁文江說他的看法是偏激的。六月十一日胡適給丁文江信㉕上中說：「兩封信都收到了。果然丁在君先生是個very impulsive（非常易於衝動的）的人，他的『不假思索』是他自己也承認的。」信中分四點駁斥丁文江，一是，對於丁文江指責幹事處用錢太凶，胡適認爲以一個如中等銀行規模的中基會而言，它的經常支出，不能算多；而對於幹事長住宅的爭論，更讓他感到詫異。胡適說：「你是一個講行政效率的人，對於此點之斤斤爭議，實在成見，而非公心的判斷。（英庚款花幾十萬造房子，我也不認爲失策。）」二是，中基會正需要能獨立主張的董事，「你若走了，換上葉企孫一類的『聖人』，中基會的損失就更大了。」三是，「中基會不是完全無疵，但它的多數董事是很可敬愛信任的。我們大家應該平心靜氣的和衷共濟，不可偶因個人意見不合，即忿然求去。你的信上不但自己求去，還要你的朋友『學你的榜樣』，這是不足爲訓的。『新血』故是要緊，但『持續性』也很重要，『和衷共濟』也很重要。」

四是，「但自信爲公家謀最大效用，即此便是無私。悠悠之口，都不足計較，更不足憑信。即如積基金一案，你自信是爲公益，難道我們都是謀私利？如廈門大學一案，難道今天不給錢便是偏私？在一個合議機關裡，總得有調和折衷的態度。即使有個人不能完全滿意之處，也當爲公益而犧牲其己見的一部分。八、九個人尚互譏爲偏私，爲partiality（不公平），何期望天下人承認一種『透亮的公道』呢？」。胡適在事情的分析上，無疑地更透露出他的冷靜客觀與有條不紊。對於好友的苦心勸誡，丁文江是由衷地佩服的。

一九三五年十二月二日，身爲中央研究院總幹事的丁文江，受鐵道部部長顧孟餘的委託，到湖南爲粵漢鐵路調查煤礦開採的情況。同時教育部長王世杰也請丁在長沙附近覆勘清華大學校址。八日丁文江到衡陽，因先前已染風寒，當晚九時，他服了安眠藥（案：他有失眠病，爲了第二天要趕路勘礦，需有充足睡眠），因房中壁爐使用不當，加上他原本鼻子不靈，於是導致煤氣中毒而不自知。第二天被發現送醫，卻又因做六小時的人工呼吸，用力過猛，導致左胸第五根肋骨折斷而醫生並未發覺。十日晚，胡適接到翁文灝電說，他明晨與戚醫生同飛去救援。胡適得電時，手足都冷了。馬上打電話給協和醫院王錫熾院長，王院長告訴他，戚醫生最可信賴。

十二日胡適日記又云：「今天得詠霓、巽甫、經農從衡陽來電，說在君已清醒，記憶力已恢復，三日內可遷到長沙休息。」[26]十七日，胡適接到朱經農來電，謂丁文江甦醒後要胡適或傅斯年抽空到長沙見面談談。而此時正值「一二·九」學潮，胡適和北大校長蔣夢麟，正忙著勸阻愛國學生停止罷課和南下宣傳之事。於是經過商議後，就由傅斯年前往長沙，胡適則留在北平運籌治療之

事。廿四日下午一點，胡適接到傅斯年從長沙來的急電說：「在君病轉劇，燒三九餘，氣促，醫疑胸肺有膿，乞請協和派胸部手術醫生飛京轉湘，並帶用具及氧氣桶。」胡適拿了電報，趕緊找到王院長，王馬上與長沙湘雅醫院主治醫師楊濟時聯繫，並推薦該院外科主任顧仁（Greene）醫師參與治療，協和則「極願協助」。二十七日，傅斯年又打電報給胡適，堅請協和外科主任婁克思（Loucks）去長沙。胡適一面與協和商量，一面打電報給南京的翁文灝（案：翁當時任行政院祕書長），請其準備送婁克思去長沙的專機。

一九三六年元旦，胡適接到王院長電話，得知丁的病情稍有好轉，他覺得這是新年的第一個好消息。豈料四日下午一點到晚上九點，他接連收到三封丁「病危」的告急電。晚上九點半，他與王院長趕到北京西站，把剛從長沙回轉的婁克思、傅斯年接到王家。會同腦外科、內科、神經科主任會商，到半夜得出結果，由胡適打電報給楊濟時醫生，告知丁文江的病不是煤氣毒，而是腦充血。胡適在當天日記上寫著：「今日心緒最惡。念人生到三十歲始能做事業，而時時可遇夭折之險，如詠霓去年死而生，今在君又瀕危境！倘在君不幸病死，眞是一大損失！」[21]一月五日中午，胡適在湯爾和家吃飯，飯後得王院長電話告訴他說：連得兩電，第一電邀協和速派醫生飛去，第二電（十二點廿五分發）說，'Ting expiring'！於是胡適急忙趕到協和，「與Loucks、Lyman、Dienaide、Kuan五人會商，覆一電云，明早特別快車來。我始終盼望病尚可好轉！晚在王子文家，得王院長電話，說在君下午死了！我趕回家，得電云：『在君昨日轉危，於今日下午五時四十分逝世。農、曼。』……在君是最愛我的一個朋友。他待我眞熱心！我前年得盲腸炎，他救護最力。他在病中還談到我的身

體不強、財政太窮！他此次之病，我毫不能爲他出力，眞有愧死友。在君之死，是學術界一大損失，無法彌補的一大損失！」㉘

丁文江是位博學多才而史上少見的人物。他是地質學家，對於中國地質事業的開創有著卓越的貢獻。除此而外，對動物學、古生物學、人種學、地理學、地圖學的成就，也是馳名中外的。他發表許多關於經濟、政治、外交甚至軍事的文章。他重印中國十七世紀宋應星的偉大著作——《天工開物》一書，他認爲「三百年前言農工業書，如此詳而備者，舉世界無之，蓋亦絕作也。」該書當時中國早已沒有傳本，丁文江找來了日本明和八年（一七七一年）的翻刻本加以重印，並參考江西《奉新縣誌》等書，爲宋應星作傳。同時，他由於對《徐霞客遊記》嗜讀不已，於是他重編《遊記》，除本文外，還編入散見於他書的徐霞客詩文及生平資料，其內容之豐富，遠超越其他版本。他還請人協助依徐霞客遊踪，畫出地圖，「使讀者可以按圖證書，無盲人瞎馬之感」。而爲了使讀者「讀其書而識其人」，他又作了《徐霞客先生年譜》。而因爲對梁啓超的崇敬（一九二九年八月十三日致胡適信，有「最愛任公『熱心，富於責任的觀念』。」之語），他和趙豐田合編《梁任公先生年譜長編初稿》，全稿六十七萬字，其資料主要是來自梁氏與師友的七百多件來往信函。該書完成後，被譽爲年譜類書中的佼佼者。

胡適在爲丁文江作傳時說：「二十年前天翻地覆的大變動，更使我追念這一個最有光影又最有能力的好人，這一個天生能辦事能領導人，能訓練人才，能建立學術的大人物。」㉙ 胡適的話語，如今又經過了半個世紀！丁文江這個人，似乎早被遺忘了。一個「應當在國人心目中留個深刻的印

象」（傅斯年語）的人，是應該有更多的研究者，從他在政治、學術諸多非凡的成就裡，重現他宛如彗星般閃亮而多彩的一生。「如此風流一代無」，是胡適對丁文江的讚賞；而丁文江眼中的胡適，又何嘗不是「一代無」的風流人物！

注

①⑤⑮ 雷頤〈試論胡適與丁文江思想的異與同〉收入李又寧編《胡適與他的朋友》第二集，紐約：天外，一九九一年。

②⑯㉙ 胡適《丁文江的傳記》，載《中央研究院院刊》第三輯，一九五六年十一月。台北：遠流，一九八六年收入「胡適作品集」之廿三。

③ 許紀霖〈出山不比在山清〉，載《讀書》，一九九六年第十期。

④ 何善川〈評胡適的「好政府主義」〉，《徐州師範大學學報（哲社版）》，一九九七年第四期。

⑥ 郭穎頤《中國現代思想中的唯科學主義》，雷頤譯，南京：江蘇人民，一九九八年。

⑦ 周策縱《五四運動：現代中國的思想革命》，周子平譯，南京：江蘇人民，一九九六年。

⑧⑨ 周青豐〈科玄論戰性質新論——以科玄論戰中的丁文江為中心的考察〉，《江西師範大學學報（哲社版）》，二〇〇三年第三期。

⑩ 吳健熙〈丁文江和淞滬商埠督辦公署〉，《史林》，一九九二第一期。

⑪ 蘇文雄〈現代史上的上海〉，《歷史月刊》，一九九一年第四十一期。

⑫㉑㉒㉕《胡適來往書信選》，香港：中華書局，一九八三年。
⑬錢端升〈民主政治乎？極權國家乎？〉，《東方雜誌》三十一卷一號，一九三四年一月一日。
⑭胡適〈中國無獨裁的必要與可能〉，《獨立評論》第一三〇期，一九三四年十二月九日。
⑰⑳㉓㉔胡適〈丁在君這個人〉，《獨立評論》第一八八期，一九三六年二月十六日。
⑱⑲㉖㉗㉘《胡適日記全集》，台北：聯經，二〇〇四年。

殊途同致終有別

胡適與顧頡剛

一九五四年四月廿五日，顧頡剛攝於上海

一、從一對北大的知心師生開始

一九一七年七月胡適自美學成返國，同年九月被聘爲北京大學文科教授，而此時在北大文科哲學門（系）讀書的顧頡剛，回憶當時胡適上他們的「中國哲學史」課程的情景，顧頡剛說：「他（案：胡適）也不管以前的課業，重編講義，闢頭一章是〈中國哲學結胎的時代〉，用《詩經》作時代的說明，丟開唐、虞、夏、商，逕從周宣王以後講起。這一改，把我們一班人充滿三皇、五帝的腦筋，驟然作一個重大的打擊，駭得一堂中舌撟而不能下。許多同學都不以爲然；只因班中沒有激烈分子，還沒有鬧風潮。我聽了幾堂，聽出一個道理來了，對同學說：『他雖然沒有伯弢先生（案：上一年講授該課的陳漢章）讀書多，但在裁斷上是足以自立的。』那時傅孟眞（斯年）先生正和我同住一間屋內，他是最敢放言高論的，……我對他說：『胡先生講得的確不差，他有眼光，有膽量，有斷制，確是一個有能力的歷史家。他的議論處處合於我的理性，都是我想說而不知道怎麼說纔好的。你雖然不是哲學系（案：當時傅斯年爲北大國文門的學生），何妨去聽一聽呢？』他去旁聽了，也是滿意。從此以後，我們對於胡適先生非常信服；我的上古史靠不住的觀念在讀了《改制考》（案：康有爲的《孔子改制考》）之後，又經過這樣地一溫。但如何可以推翻靠不住的上古史，這個問題在當時絕沒有想到。」[1] 這一場歷史的師生會，經過三十五年後，胡適對於當年沒被學生拆台的事，還記憶猶新地說：「我這個二十幾歲的留學生，在北京大學教書，面對著一班思想成熟

的學生（案：指顧頡剛、傅斯年等人），沒有引起風波；過了十幾年以後才曉得是孟眞暗地裡做了我的保護人。」②

而就在這一年冬天，顧頡剛又讀了胡適爲駁章太炎而寫的〈諸子不出於王官論〉，讓他對先秦諸子的看法，有了根本的轉變。胡適的這篇文章在當時影響極大，其後收在《古史辨》第四冊的四十萬字的討論，可說是大部分圍繞在這篇文章和梁啓超的〈漢志諸子略各書存佚眞僞表〉而引起的。而其後的羅根澤、錢穆、馮友蘭等人，都先後接受了胡適的看法。學者王汎森認爲它造成解釋先秦學術史的重大革命。③而當時的顧頡剛說：「自讀此篇，彷彿把我的頭腦洗刷了一下，使我認到了一條光明之路。從此我不信有九流，更不信九流之出於王官，而承認諸子的興趣各有其背景，其立說在各求其所需要。……再與《孔子改制考》合讀，整部的諸子的歷史似乎已被我鳥瞰過了。……到民國十一年春天，梁任公先生發表其《老子》書作於戰國之末的意見，始把我的頭腦又洗了一下。凡古人所噴的厚霧，所建著的障壁，得此兩回提示，覺得有肅清的可能了。這眞是學術史應當紀念的大事！」④

胡適對顧頡剛的影響是在歷史進化論及研究歷史的方法上，對此顧頡剛是頗有自覺的。他說：「那數年中，適之先生發表的論文很多，在這些論文中他時常給我以研究歷史的方法，我都能深摯地了解而承受；並使我發生一種自覺心，知道最合我的性情的學問乃是史學。……研究古史也盡可以應用研究故事的方法。……我們只要用了角色的眼光去看古史中的人物，便可明白堯、舜們和桀、紂們所以成了兩極端的品性，做出兩極端的行爲的緣故，也就可以領略他們所受的頌譽和詆毀的積累

層次。只因我觸了這一個機，所以驟然得到一種新的眼光，對於古史有了特殊的了解。但是那時……對於此事，只是一個空浮的想像而已。」⑤因此後來顧頡剛對古史有了特殊的了解，他從胡適的西洋史學方法，明白「不但要去研究僞史的背景，而且要去尋出漸漸演變的線索，就從演變的線索上去研究，這比了長素先生（案：康有爲）的方法又深進了一層了。」一九一九年一月十二日顧頡剛的日記就說：「下午讀《新青年》……論世界語一篇，胡先生評他根本論點，只是一個歷史進化觀念；並謂語言文字的問題，是不能脫離歷史進化的觀念可以討論的。此意非常佩服。吾意無論何學何事，要去論他，總在一個歷史進化觀念，以事物不能離因果也。」十七日日記又云：「下午讀胡適之先生之〈周秦諸子進化論〉，我佩服極了。我方知我年來研究先儒言命的東西，就是中國的進化學說。」⑥

一九一九年十一月，胡適發表〈新思潮的意義〉，列出「研究問題，輸入學理，整理國故，再造文明」四項綱領。其中「整理國故」，胡適的本意，是「就是從亂七八糟裡面尋出一個條理脈絡來；從無頭無腦裡面尋出一個前因後果來；從胡說謬解裡面尋出一個眞意義來；從武斷迷信裡面尋出一個眞價值來。」在胡適看來，「整理國故」是一件嚴肅的科學工作。當然更是一項空前浩大的工程。一九二〇年胡適曾有出版《國故叢書》的計畫，但這計畫除顧頡剛等少數人積極響應外，似乎沒有引出太多實際的結果。

一九二〇年夏天，顧頡剛自北大畢業，畢業前好友羅家倫（志希）向胡適推薦顧頡剛到北大圖書館謀得編目員一職。又因顧頡剛要承擔蘇州和北京兩處家用，每月薪資五十元，遠不敷用，胡適

顧頡剛

允諾每月資助顧頡剛三十元，其實當時兩人並無深交，胡適只是為了愛才之故。顧頡剛在八月十一日給胡適的信說：「我的職事，承先生安排，使我求學與奉職，融合為一，感不可言。薪水一事，承志希說及先生厚意，更是感激。但這三十元，借是必要的，送是必不要的。」⑦胡適不但解決顧頡剛的後顧之憂，更讓他能走上學術研究之路，這種知遇之恩，連七十多年後顧氏的女兒顧潮都說：「他的機遇的確是好，假如當其風華正茂的歲月，未逢蔡元培、胡適和北大的扶助，他哪裡會有日後那麼大的成就呢？」⑧洵非虛言。

一九二〇年秋天，顧頡剛讀亞東圖書館所出版的新式標點本《水滸傳》中，附有胡適的〈《水滸傳》考證〉一文，他深受啓發。他明白了《水滸》故事在傳說、雜劇、小說裡原有種種的不同，始知一部小說的版本竟會如此複雜，而其故事的來歷和演變竟有如此多的層次。他恍然於昔日做為一個戲迷，苦於無法比較正史、小說和戲裡故事而苦惱的景況。他覺得用胡適的考證方法，「可以探究的故事眞不知有多少」。同時又想起這年春間，胡適在《建設雜誌》上發表的辯論「井田」的文章，方法正和《水滸》的考證一樣，「可見研究古史，也儘可以應用研究故事的方法。」⑨

同年秋天，顧頡剛把他早在四年前就草成的《清代著述考》稿本，送給胡適參閱。胡適看後很

欣賞，除將該稿本長期借在手邊隨時查考外，並認爲顧頡剛該書能抓住有清三百年的學術研究的中心思想。十一月，胡適來信詢姚際恆之著述，他認爲姚氏能作《九經通論》，是一個很大膽的人，而顧頡剛的《清代著述考》不應將其遺漏。顧頡剛當時之所以未將姚際恆列入之故，乃是因爲找不到他的傳狀。當時姚際恆的著述，除一冊《古今僞書考》外，亦未見其他。十一月二十三日，顧頡剛將他以前所知及近兩星期所查得的，寫信告訴胡適。他提到姚際恆記起兩件事：「(一)、他的《古今僞書考》，刻在《知不足齋叢書》裡，知不足齋的鮑廷博，是徽州人而常在浙江的，與他（案：指姚際恆）的行踪差不多，所以得了他的書。(二)、刻他《書畫記》的顧菉厓，是和鮑廷博交好的。《讀畫齋叢書》裡有許多書，都是從鮑氏那裡取來的。這本書雖未說明，大概也是鮑氏所藏。姚君之文質樸至極，看他《書畫記》及《僞書考》兩序可知；由此可以推定他的性情。」⑩次日胡適來信，囑其標點《古今僞書考》，並以所藏的「知不足齊本」見借。顧頡剛感到「這一來是順從我的興趣，二來也是知道我的生計不寬裕，希望我標點書籍出版，得到一點報酬。」⑪胡適又在同一天批了顧頡剛的回信所附的舊作〈《古今僞書考》跋〉一文，說道：「我主張，寧可疑而過，不可信而過。」⑫胡適的批語表達了他疑古的態度。顧頡剛得信後，即著手標點《古今僞書考》，薄薄的一本書，原本費一、二天工夫即可完工，但爲附註詳細起見，顧頡剛對原書所徵引的書籍，都註明了卷帙、版本；徵引的人名都註明了生卒、地域。「不料一經著手，便發生了許多問題，有的是查不到，有的雖是查到了，然而根上還有根，不容易追出一個究竟來。到了這時候，一本薄極的書，就牽引到無數書上，不但我自己的書不夠用，連北京大學圖書館的書也不夠用了，我就天天上京師圖

書館去。做了一、二個月，註解依然沒有做成，但古今來造僞和辨僞的人物事蹟，倒弄得很清楚了，知道在現代以前，學術界上已經斷斷續續地起了多少次攻擊僞書的運動，只因從前人的信古觀念太強，不是置之不理，便是用了強力去壓服它，因此若無其事而已。現在我們既知道辨僞的必要，正可接收了他們的遺產，就他們的腳步所終止的地方，再走下去。」⑬於是顧頡剛不滿足於只註解《僞書考》，他更想把前人的辨僞成績算一個總帳，他於是發起編輯《辨僞叢刊》。

二、「疑古辨僞」成了他們的最大公約數

一九二一年一月顧頡剛點《四部正訛》、《古今僞書考》畢，並鈔錄《諸子辨》。然後將此三書作爲《辨僞叢刊》第一集。並在此時和疑古錢玄同相識，顧頡剛說：「自與適之先生計畫《辨僞叢刊》之後，始因他（錢玄同）的表示贊同而相見面。」⑭一月二十四日，胡適給顧頡剛信中說：「近日得崔述的《東壁遺書》（還不是全書，乃是《畿輔叢書》本，只有十四種，但《考信錄》已全），覺得他的《考信錄》有全部翻刻的價值，故我決計將此書單行，作爲《國故叢書》的一種。此書我一、二日內可看完。今先送上《提要》一冊。此爲全書最精彩之部分，你看了便知他的書正合你的《僞史考》之用。但他太信經，仍不徹底。我們還需進一步努力。」⑮顧頡剛讀了《提要》後，大感痛快，他說：「我弄了幾時辨僞的工作，很有許多是自以爲創獲的，但他的書裡已經辯證得明明白白了，我眞想不到有這樣一部規模弘大而議論精銳的辨僞的大著作，已先我而存在！我高興極了，

立志把它標點印行。可是我們對於崔述，見了他的偉大，同時也見到他的缺陷。他信仰經書和孔孟的氣味都嫌太重，糅雜了許多先入為主的成見。這也難怪他，他生長在理學的家庭裡，他的著書的目的在於驅除妨礙聖道的東西，辨偽也只是他的手段。但我們現在要比他進一步，推翻他的目的，作徹底的整理。」⑯胡適除送上《考信錄》給顧頡剛看，對於顧頡剛要標點此書，亦表贊同。一月二十八日在給顧頡剛的信中，更提出他的古史觀說：「現在先把古史縮短二三千年，從《詩三百篇》做起。將來等到金石學、考古學發達，上了科學軌道以後，然後用地底下掘出的史料，慢慢地拉長東周以前的古史。至於東周以下的史料，亦需嚴密評判，『寧疑古而失之，不可信古而失之。』」⑰

這期間顧頡剛又和錢玄同討論起辨偽事，錢玄同主張將辨「偽書」的範圍擴大，而及於辨「偽事」。他認為「辨『偽事』比辨『偽書』尤為重要」。一月二十九日，顧頡剛回錢玄同信說：「這『辨偽』的一個意思，竟與先生宗旨不謀而同，快極。我們辨偽，比從前人有一個好處：從前人必要拿自己放在一個家族裡纔敢說話，我們則可把自己的意思盡量發出，別人的長處擇善而從，不受家派的節制。」⑱顧頡剛並認為辨偽最要緊的事，乃是「考書裡的文法」。顧頡剛此時和胡適、錢玄同兩人的目標一致，都不期而然地聚焦於「偽史」上。因此他在《偽史例》第一冊〈序〉中說：「以胡、錢兩先生的大膽，我亦追隨其間，恐怕中國偽史的命運，就要壽終在這幾年了。數千年欺人的塵霧，廓清有日，不禁大快！」接著他又說：「自從讀了《孔子改制考》的第一篇之後，經過了五、六年的醞釀，到這時始有推翻古史的明瞭的意識和清楚的計畫。……第一，要一件一件地去考偽史中的事實，這人偽史中的事實是從哪裡起來的，又是怎樣地變遷的。第二，要一件一件地去考偽史中的事實，這人

怎麼說，那人又怎麼說，把他們的話條列出來，比較看看，同審官司一樣，使得他們的謊話無可逃遁。第三，造僞的人雖彼此說得不同，但終有他們共同遵守的方式，……我們也可以尋出他們的造僞的義例來。」[19]學者王汎森指出，後來錢玄同更直指經書裡也有許多應辨的地方，而導致顧頡剛把辨僞工作逼到經部。而在面對當時的今古文之爭，錢玄同則教他要「把今古文的黑幕一起揭破」。因此在超越今古文家派意識上，錢玄同對顧頡剛影響極大。[20]

一九二一年四月二日胡適給顧頡剛信上說：「近作《紅樓夢考證》，甚盼你爲我一校讀。如有遺漏的材料，請爲我箋出。你若到館中去，請爲我借出：昆一，《南巡盛典》中的關於康熙帝四次南巡的一部分。潛三，《船山詩草》八本。」[21]顧頡剛同天覆胡適的信說：「《紅樓夢考證》，蕩滌瑕穢，爲之一快。頃到校，《南巡盛典》係乾隆朝的，檢查一過，與隨園一點沒有關係。《船山詩草》檢覓不得，想已爲人借去了。明日有人約我到京師圖書館看書，乘便就可一翻。……」[22]四月十二日，顧頡剛在給胡適的信中，坦誠地指出胡適《紅樓夢考證》一文，關於康熙南巡的論述，「稍有誤處」。四月十九日胡適回覆顧頡剛信說：「昨晚接到上海寄來《考證》清樣，我就把你指出的錯誤用朱筆改正了。有不能改正的，另作〈後記〉，附上

錢玄同

請一觀。請即還我，以便寄出付印。如有應修改之處，請你修改。」胡適引用顧頡剛的成果，都不忘註出，以示不敢「掠美之意」。他們如此往來不斷地討論起《紅樓夢》來，相互之間，共有二十七封的通信。其中的內容，可謂「態度認眞，互有啓發」。顧頡剛說：「《紅樓夢》這部書雖是近代的作品，只因讀者不明悉曹家的事實，兼以書中描寫得太侈麗了，常有過分的揣測，彷彿這書眞是敘述帝王家的祕聞似的。但也因各說各的，考索出來的本事，終至互相牴牾。適之先生第一個從曹家的事實上斷定這書是作者的自述，使人把祕奇的觀念變成了平凡，又從版本上考定這書是未完之作而經後人補綴的，使人把向來看作一貫的東西，忽地打成了兩橛。我讀完之後，又深切地領受研究歷史的方法。他感到搜集的史實的不足，囑我補充一點。那時正在無期的罷課之中，我便天天上京師圖書館，從各種志書及清人詩文集裡尋覓曹家的故實。果然，從我的設計之下檢得了許多材料。把這許多材料聯貫起來，曹家的情形更清楚了。」㉓

這時顧頡剛的同學俞平伯正在北京閒著，也感染這個風氣，也開始精心研讀《紅樓夢》，三人不斷地討論辯駁，「這件事弄了半年多，成就了適之先生的《紅樓夢考證（改定稿）》和平伯的《紅樓夢辨》。」㉔顧頡剛在俞平伯的《紅樓夢辨》〈序〉中就說：「……適之先生常有新的材料發現，但我和平伯都沒找著歷史上的材料，所以專在《紅樓夢》的本文上用力，尤其注意的是高鶚的續書。平伯來信，屢屢對於高鶚不得曹雪芹原意之處痛加攻擊，我因爲受了閻若璩辨《古文尚書》的暗示，專想尋出高鶚續作的根據，看後四十回與前八十回如何的聯絡。我的結論是：高氏……因誤會而弄錯固是不免，但他絕不敢自出主張，把曹雪芹的意思變換。平伯對於這點，很反對我，說我做

高鶚的辯護士。」㉕顧頡剛的「都沒找著歷史上的材料」，是他自己的謙詞。其實，胡適是在顧頡剛的協助下，通過種種的考證，才肯定《紅樓夢》的作者是曹雪芹的。胡適就此再認爲《紅樓夢》是曹雪芹的「自敘傳」，從而推翻了「舊紅學」，而產生了「新紅學」。胡適成了「新紅學」的領銜人物，這其中有著顧頡剛的一份功勞。顧頡剛說，「我從曹家的故實和《紅樓夢》的本子裡，又深感到史實與傳說的變遷情狀的複雜。」㉖他在這繁瑣的考證與往返的論辯中，是該有深深的體會的。

一九二一年六月二十八日，顧頡剛寫信給胡適討論《辨僞叢刊》之事。他說：「《辨僞叢刊》事，現在固是做得不少，但沒有善本校正，終不宜付刊。我想秋間入京後（案：四月底，顧頡剛返回蘇州故鄉），修補完全，再請先生交商務印書館印刷。那時我可交上兩集：一集是《柳宗元集》至《周氏涉筆》；一集即照原訂計畫，從《諸子辨》至《僞書考》。」㉗胡適在七月一日日記中說，他答覆頡剛的信說，「《辨僞叢刊》可用兩種辨法：（一）翻印古人辨僞的書，依年代爲序，如他現輯的兩集。（二）有些發生大問題的僞書——如《尚書》、《周禮》之類，每一部書可自爲一集，彙集前人關於這書的辨論，依年代爲序。例如《尚書辨僞》、《周禮辨僞》等。還可以提出更大的問題，如『今古文的公案』、『古史料的問題』等」。㉘

一九二一年七月十五日，胡適離京南下，次日抵上海，他是應上海商務印書館之邀，到館中考察三個月，以暫緩就聘編譯所所長之職。顧頡剛在七月十八日寫信給胡適說：「接到來片，極願意到上海來，無如近日新買了幾部書，手頭窘迫極了，不能使它成事實。好在先生在上海可以多住幾天，我總有來的願望。若是先生能得閒到蘇州一遊，那更好了！不知先生何日可來？」㉙七月二十

五日胡適日記云：「作書與頡剛，請他（一）答應編《中國歷史》，體例略同雲五先生的《西洋史》；（二）先把他已編成的《辨僞叢刊》兩集付印。」[30]七月二十九日，胡適應蘇州第一師範學校王飲鶴邀請蒞校講演，當天下午三時三十分顧頡剛、王伯祥、葉聖陶、郭紹虞、潘家洵等同至車站迎接。之後諸人同遊留園。次日，顧頡剛又陪胡適到江蘇第一圖書館、江蘇書局、護龍街舊書肆參觀，並至吳苑遊覽。當天晚上胡適方離開蘇州。對於此次不周的招待，顧頡剛頗覺遺憾地說：「此次適之先生來，我頗想請他多遊花園以見蘇州人的美術，多進茶館以見蘇州人的生活，而匆匆一宿，花園只到留園，茶館只到吳苑——或兩處已可代表耳。」[31]過沒幾天後，顧頡剛也到了上海。八月十三日胡適日記云：「頡剛早來，我們談了一會，同去編譯所，……我又與頡剛略談編《中國歷史》的事。做歷史有兩方面，一方面是科學——嚴格的評判史料；一方面是藝術——大膽的想像力。史料總不會齊全的，往往有一段，無一段，又有一段。那沒有史料的一段空缺，就不得不靠史家的想像力來填補了。有時史料雖可靠，而史料所含的意義往往不顯露，這時也須靠史家的想像力來解釋。整理史料固重要，解釋（interpret）史料也極爲重要。中國只有史料——無數史料，——而無有歷史，正因爲史家缺欠解釋的能力。」[32]

此時顧頡剛因胡適的推介，到商務印書館去見李石岑等人，接洽編歷史教科書之事。然後，顧頡剛又到杭州省親。八月十七日胡適日記，有「頡剛爲我在杭州買的商盤的《質園詩集》三十二卷寄給我」之句。八月二十六日，胡適日記又說：「……六時半，到大行台看頡剛，寫一信給他帶給冬秀。」這是因爲再過幾天後，顧頡剛將要返回北京，而胡適尚得停留在上海之故。二十八日，顧

頡剛再到上海，準備由海道回京。臨行前，他把他買的《汪梅村（士鐸）集》和《唐氏遺書》送給胡適看。

同年十一月初，北大研究所國學門開辦，沈兼士爲主任，顧頡剛任助教，並兼北大圖書館事。他認爲在「研究所」的工作是很有興味的，尤其是四壁排滿了書架，看書比圖書館還要方便；校中舊存的古物和新集的歌謠，也都彙集到一處來了。他可以盡情地翻弄，「在這翻弄之中，最得到益處的是羅叔蘊（振玉）先生和王靜安（國維）的著述。……研究所中備齊了他們的著述的全份，我始見到商代的甲骨文字和他們的考釋，我始見到這二十年中新發現的北邙明器、敦煌佚籍、新疆木簡的圖像，我始知道他們對於古史已在實物上作過種種的研究。我的眼界從此又得一廣，更明白自己知識的淺陋。我知道要建設眞實的古史，只有從實物上著手的一條路是大路。我的現在的研究，僅僅在破壞僞古史的系統上面致力罷了。我很願意向這一方面做些工作，使得破壞之後得有新建設，同時也可以用了建設的材料做破壞的工具。我讀了他們的書，固然不滿意於他們的不能大膽辨僞，以致眞史中雜有僞史。……但我原諒他們比我們長了二、三十年，受這一點傳統學說的包圍是不應苛責的，至於他們的求眞的精神、客觀的態度、豐富的材料、博洽的論辨——這是以前的史學家所夢想不到的。他們正爲我們開出一條研究的大路，我們只應對於他們表示尊敬和感謝。」[33]這是顧頡剛體會到地下考古實物的重要性，但他始終未能在考古學上更進一步，顧頡剛不無感慨地說，由於「境遇的困阨，使得我只有摩挲了這些圖籍（案：指羅振玉、王國維的著作）而惆悵而已」。

一九二二年三月下旬，顧頡剛離京返回蘇州。歸家後，爲商務印書館編纂《現代中學本國史教

科書》，他寫了〈中學校本國史教科書編纂法的商榷〉一文，寄給李石岑。文中談到「在剪裁上，我們的宗旨，總是：寧可使歷史系統不完備，卻不可使擇取的材料不眞確、不扼要。」他提出「自商代以後，始有可以徵信的史料」，如《尙書．商書》、《詩經．商頌》及甲骨文。「至於自太古以至夏代的傳說，亦可擇錄在『附文』中間，使學生知道相傳的史書，曾經有過如此這般的記載。」這篇文章後來發表於同年四月二十日的《教育雜誌》第十四卷第四號。但胡適卻早在發表前，就已先看過了，他在四月六日的日記中說：「讀頡剛作的〈中學歷史編纂法的商榷〉一文，此文甚好，中多創見。」㉞

胡適對顧頡剛更進一步的肯定，是在四月十二日的日記中云：「……讀頡剛作的《鄭樵傳》。鄭樵的事略，向來的人不甚注意。頡剛初爲我輯《詩辨妄》（案：鄭樵著），後來材料越出越多，遂於《詩辨妄》之外，成《鄭樵傳》一卷、《鄭樵著述考》一卷。頡剛近年的成績最大。他每做一件事，總盡心力做去；這樣做的結果，不但把那件事做得滿意，往往還能在那件事之外，得著很多的成績。同輩之中，沒有一人能比他。《詩辨妄》一事，便是最好的例子。」㉟顧頡剛說，他最早從周孚的《非詩辨妄》裡，見到他所引的碎語，而驚訝於鄭樵立論的勇敢。顧頡剛在〈鄭樵著述考〉中說：「鄭樵的學問，鄭樵的著作，綜括一切，是富於科學的精神。他最恨的是『空言著書』，……他覺得學問是必須『會通』的，……」「他以爲《詩經》主在樂章，……《毛傳》、《衛序》、《鄭箋》都是有力的附會，把經上的話，盡說成褒貶、美刺，……所以他做《詩辨妄》，尋出他們附會的痕跡，把《詩序》根本推翻，把《傳》、《箋》大加刪削，使得他們不能再來欺人。……有了《詩辨

妄》，然後《詩經》的眞面目露出來了，原來是民間傳唱的歌和士大夫的詩，正和後世的樂府一樣。」他在《鄭樵傳》就贊佩鄭樵說：「他的心思裡，只有通盤籌算的學問，只有歸納事實而成的學問，但沒有『天經地義』、『專己守殘』的經書和註疏。他只看得書籍是學問由以表現的東西，而不是學問由以出發的東西。……他看古人與今人只是先後的分別，應該同在學問上努力，一層層的走上去，……絕沒有古書神聖不可侵犯的觀念。……吾敢說全部的中國史裡沒有像他見的眞確，做的勇敢的人。」

三、「古史辨」源頭的興起

這期間，顧頡剛在擬定教科書目錄及收集編書材料中，他發現了古史是「層累地造成的」。他說：「在我的意想中覺得禹是西周時就有的，堯舜是到春秋末年纔起來的。越是起得後，越是排在前面。等到有了伏羲、神農之後，堯舜又成了晚輩，更不必說禹了。我就建立了一個假設：古史是層累地造成的，發生的次序和排列的系統恰是一個反背。」[36]

一九二二年七月十六日，顧頡剛的祖母去世，他「心中既極悲痛，辦理喪事又甚煩忙，逼發了失眠的舊病」[37]，連爲商務印書館編教科書的事都告中斷。七月二十二日，胡適接獲顧頡剛來信，知其祖母過世，於是趕緊寫信弔慰他。七月下旬，商務印書館史地部主任朱經農，邀顧頡剛入該館任職，但顧並沒有應允，倒是好友王伯祥到了商務印書館。顧頡剛則仍留在蘇州編教科書。此時在北

京的胡適，則是頗爲懷念與顧頡剛同在北京整理舊書的情景。他在八月廿八日日記中說：「與玄同在春華樓吃飯，談《詩經》甚久。玄同贊成我整理舊書的計畫，但我們都覺得此事不易做。現今能做此事者，大概只有玄同、頡剛和我三人，玄同懶於動手，頡剛近來編書，我又太忙了，此種事正不知何時方才有人來做！現今的中國學術界眞凋敝零落極了。舊式學者只剩王國維、羅振玉、葉德輝、章炳麟四人；其次則半新半舊的過渡學者，也只有梁啓超和我們幾個人。內中章炳麟是在學術上已半僵了，羅與葉沒有條理系統，只有王國維最有希望。」[38]胡適推崇王國維，對顧頡剛而言正是「英雄所見略同」。（案：因爲在四個月前的四月十八日，顧頡剛在上海拜訪過王國維，顧的日記中記載：「彼極誠樸，靄然可親」。而五月間，顧頡剛爲蒐集教科書材料，將《尚書》中的〈盤庚〉、〈顧命〉等譯爲白話，他並因此與王國維通信討論〈顧命〉。）十二月三日，顧頡剛又到上海，任商務印書館編譯所史地部專任編輯，與王伯祥合編歷史教科書，又編《新學制初中國語教科書》，與王伯祥同住在永興路華英公學弄內，王亦喜歡歷史，「談論間常常說到古史，頗有商榷之樂。」

一九二三年三月二十三日，顧頡剛給胡適信中說：「兩信接讀。《鄭樵著述考》承先生刪改，至爲快幸。我前做《通志》案語時，自知繁文太多而沒有主幹，自己極不滿意而想不出如何改法。現在經先生改去這一節，並指出《通志》是一部注重學術的通史，此心就安定了。」[39]四月底，胡適南下養病，到上海時，囑顧頡剛爲其所辨之《努力週報．讀書雜誌》趕寫一文，並要他主持該刊編務。顧頡剛乃將兩個月前，與錢玄同論古史書鈔出，並加按語及附啓，寄該週報於五月六日第九

期刊出。他沒想到「這一個概要，就成了後來種種討論的骨幹！」[40] 它不但引發錢玄同的回應（案：見《讀書雜誌》第十期，一九二三年六月十日錢玄同〈答顧頡剛先生書〉）；也引來劉掞藜、胡堇人的來信痛駁，其中胡堇人（近仁）還是胡適的本家叔父。顧頡剛在六月二十日給胡適的信就說：「令叔堇人先生一文甚好，擬與劉君一文並登入《讀書雜誌》。我最歡喜有人駁我，因爲駁了我才可逼得我一層層的剝進，有更堅強的理由可得。……有古史的問題討論，以後《讀書雜誌》的稿子不會少，只會多了。我對於先生有一要求，凡我的文字發表後，先生看了都給我一個批評：那處必對，那處應商榷，那處必不對，繼續進行的方法應當怎樣，都於批評內說著，使得我不至於走錯了路。我對於古史的懷疑，實承先生的啓發；得先生的批評，使我更可以氣壯也。」[41]

這次在《讀書雜誌》的古史討論，歷時九個月，雙方可謂旗鼓相當，陣勢整嚴，討論得相當精彩。胡適在一九二四年二月八日，在《讀書雜誌》第十八期上，發表一篇對古史帶有總結性，而明顯袒護顧頡剛的文章——〈古史討論的讀後感〉，他首先說：「……這幾個月以來，北京很有幾位老先生深怪顧先生『忍心害理』，所以我不能不替他伸辯一句，這回論爭是一個眞僞問題；去僞存眞，絕不會有害於人心。」然後對顧頡剛的觀點和所用的研究方法，給予了極爲高度的評價。他一再地指出：「顧先生的『層累地造成的古史』的見解，眞是今日學界的一大貢獻，我們應該虛心地仔細研究它，虛心地試驗它，不應該叫我們的成見阻礙這個重要觀念的承受。」他認爲顧頡剛的這個見解「起於崔述；……崔述剝古史的皮，僅剝到『經』爲止，……顧先生還要進一步，不但剝的更深，並且還要研究那一層層的皮是怎樣堆砌起來的。他說：『我們看史跡的整理還輕，而看傳說的

經歷卻重。凡是一件史事，應看它最先是怎樣，以後逐步的變遷是怎樣。』……這是用歷史演進的見解，來觀察歷史上的傳說。這是顧先生這一次討論古史的根本見解，也就是他根本方法。他初次應用這個方法，在百忙中批評古史的全部，也許不免有些微細的錯誤，但他這個根本觀念是顛撲不破的，他這個根本方法是愈用愈見功效的。」胡適此文把反對者駁得瞠目結舌，也爲顧頡剛的「層累地造成」的史觀，作再次的背書，讓「古史辨」學派站穩了腳跟。㊷

一九二四年，清華學校欲「改辦大學」，同時設立研究院。校長曹雲祥在二月二十二日致函胡適，要聘請他當籌備大學顧問，同時出任籌備中的研究院院長。胡適推辭不就，但他向曹雲祥建議，研究院應採宋、元書院的導師制，並吸取外國大學的研究生院的學位論文的專題研究法。胡適並向曹校長推薦「四大導師」的人選爲：梁啓超、王國維、章太炎、趙元任。（案：後因章太炎不就，經吳宓推薦改聘陳寅恪。）而胡適之所以推薦王國維，除了對其學問的景仰、佩服外，顧頡剛的建議，亦起了重大的效用。顧氏和胡適一樣，都認爲王國維是「我學問上最佩服之人」。因此以「南書方行走」名義教溥儀讀書的王國維，當「溥儀出宮，這個差使當然消失；同時他又早辭去了北大研究所導師的職務，兩隻飯碗都砸破，生計當然無法維持。我一聽到這個消息，便於這年（一九二四）十二月初寫信給胡適，請他去見清華大學校長曹某，延聘

王國維

王國維到國學研究院任教。胡適跟這個校長都是留學生，王國維又有實在本領，當然一說便成。」㊸沒想到僅短短三年不到，一九二七年六月二日，王國維自沉於昆明湖。顧頡剛感到十分震驚，六月十二日寫成〈悼王靜安先生〉一文，說：「我對於他雖少往來，但戀慕之情十年來如一日。」他認爲王國維是「中國學術界中惟一的重鎮」。他對學術界的最大功績，就是「經書不當作經書（聖道）看而當作史料看，聖賢不當作聖賢（超人）看而當作凡人看；他把龜甲文、鐘鼎文、經籍、實物，作打通的研究，說明古代的史跡」。他是一個「舊思想的破壞者」，他的學問是「新創的中國古史學」。文中又說到他受王國維的影響，是知道治學要「怯」，要「細針密縷」。㊹

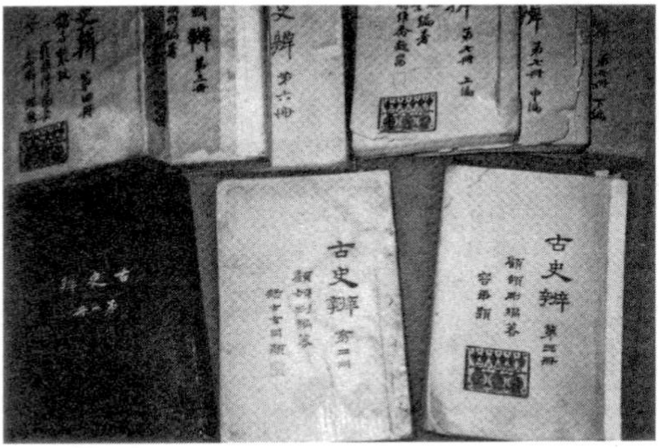

顧頡剛所著《古史辨》七冊書影

一九二五年夏天，顧頡剛編成《吳歌甲集》。一九二六年七月，作爲北京大學歌謠研究會「歌謠叢書」第一種出版。北大歌謠研究會，成立於一九二〇年十二月十九日，由胡適、沈尹默、沈兼士、周作人等發起組織，並由沈兼士、周作人主持其事。而早在一九一八年二月一日，北京大學就成立「歌謠徵集處」，由沈尹默主任一切，並編輯「選粹」。劉半農擔任來稿之初次審定，並編輯「匯編」，錢玄同、沈兼士考訂方言。五月二十日起《北京大學日刊》開闢「歌謠選」專欄，由劉半農主編，曾連載劉半農輯錄的二十餘首江陰船歌。五月二十八日，胡適蒐集的績溪民歌

〈做天難做二月天〉，也刊於該刊上。此時顧頡剛從該刊上讀得「歌謠選」，他說：「歌謠是一向為文人學士所不屑道的東西，忽然在學問界中闢出這一個新天地來，大家都有些詫異。那時我在大學讀書，每天在校中《日刊》上讀到一、二首，頗覺耳目一新。」㊺於是顧頡剛利用回蘇養病期間，廣蒐流行於蘇州地區婦女、兒童口中的歌謠，一年中蒐集了三百餘首。在《晨報》編輯郭紹虞的推薦下，自一九二〇年十月二十六日起至十二月三十日止，共選刊代表性的五十二首。顧頡剛回憶說：「這時報紙上登載歌謠還是創舉，很能引起人家的注意，於是我就以搜集歌謠出了名」，被稱為「研究歌謠的專家」，為此屢感「很強烈的羞愧」。㊻一九二二年十二月三日，胡適撰寫〈歌謠比較研究法的一個例〉，開始對民間歌謠作理論探索。他認為「研究歌謠，有一個很有趣的法子，就是『比較的研究法』。有許多歌謠是大同小異的。大同地方是他們的本質，在文學的術話上叫做『母題』；小異的地方是隨時隨地添上的枝葉細節。」㊼一九二三年十二月三十日，顧頡剛於《歌謠》周刊第三十九期，發表〈從《詩經》中整理出歌謠的意見〉一文，他認為「要從《詩經》中整理出歌謠來，應就意義看：一首詩，含有歌謠的成分的，我們就可說它是歌謠，〈風〉、〈雅〉的界限可以不管；否則就是在〈國風〉裡，也應得剔出。」學者季維龍認為顧頡剛是縱向的歷史研究法，它與胡適的橫向比較研究法，互成經緯，把歌謠研究引向了深廣的方向。㊽

一九二五年八月下旬，顧頡剛開始編輯《古史辨》第一冊，該書以「禹」為討論的中心問題，兼及歷代的辨偽運動。一九二六年六月十一日，由樸社出版，在學界及社會上產生極大的影響，甚至形成所謂的「古史辨」學派。學者羅義俊就認為「『古史辨』是一場辨偽疑古運動，……它產生於

新文化運動期間，而在新文化運動後仍持續著，自民國九年（一九二〇）十二月至民國三十年（一九四一）二月，歷時二十年。結集七集九大冊；由此七集《古史辨》可知，它調動了近一百三十名學者參與期間，連輩分更高的梁任公、王國維等也被捲入討論，這還不包括受其思潮影響的陸侃如之疑屈原，及後來的禹貢學會。其影響之大，已經超出了古史學界，可謂久盛不衰，風靡學界。……而主持這場古史辨論的顧頡剛先生，毋須任何外來加冕，自然而然的，成了百年新史學的一個著名領軍人物。」[49]一九二六年七月二十四日，胡適在前往出席中英庚款委員會會議的途中，在經蘇聯貝加爾湖畔時，又爲顧頡剛的《古史辨》第一冊寫書評。他稱該書是「中國史學界的一部革命的書，又是一部討論史學方法的書」。又說：「此書可以解放人的思想，可以指示做學問的途徑，可以提倡那『深澈猛烈的眞實』的精神。治歷史的人，想整理國故的人，想眞實地做學問的人，都應該讀這部有趣的書。」「崔述在十八世紀的晚年，用了『考而後信』的一把大斧頭，一劈就削去了幾百萬年的上古史。……但崔述還留下了不少的古帝王；凡是『經』裡有名的，他都不敢推翻，頡剛現在拿了一把更大的斧頭，膽子更大了，一劈直劈到禹，把禹以前的古帝王（連堯帶舜）都送上封神台上去！連禹和后稷都不免發生問題了。故在中國古史學上，崔述是第一次革命，顧頡剛是第二次革命，這是不須辯護的事實。」胡適又說他的朋友Hummel（案：Arthur William Hummel, 1884-1975，中文名爲恆慕義，美國國會圖書館中文部主任。）「讀了這篇自序（案：顧頡剛《古史辨》自序），寫信給作者，說此篇應該譯爲英文（案：一九三一年恆慕義譯爲英文，改名爲The Autobiography of A Chinese Historian: Being The preface to A Symposium on Ancient Chinese History（Ku Shin pien）。）因

爲這雖是一個人三十年中的歷史，卻又是中國近三十年中思潮變遷的最好記載。我很贊同這個意思。」㊿

一九二六年八月十五日，胡適在倫敦見到Dr. Yetts。他是個醫生，曾在中國住了四年，著有雜文甚多，多論中國文物。其中有論「八仙」一篇，胡適認爲頗爲有趣，於是他寫信給顧頡剛，告訴他這件事。這期間他因答應亞東圖書館寫篇《封神傳》的序，想從「神的演變」觀念下手，但因材料不夠，工夫又不夠，他知道顧頡剛對研究「神道」有興趣，於是就寫信給他，說「如果你肯寫一篇短序，略指出這樣研究的方法，引起人對於神道演變的注意，那就好極了。」其間，顧頡剛正離京赴廈門，任廈大國學研究院史學研究教授，與同在廈大任教的魯迅不睦。次年三月，顧頡剛得好友傅斯年（案：是時傅斯年爲中山大學文學院長兼國文、歷史兩系主任。）快信，邀去廣州中山大學。四月十七日，顧頡剛抵廣州，此時魯迅已早他到廣州中山大學，並任職中大教務主任。魯迅宣稱顧某若來，周某即去。因此學校乃派顧頡剛前往江、浙一帶，爲校中圖書館購書。至十月，顧頡剛任中大史學系教授兼主任。講授「中國上古史」、「書經研究」、「書目指南」等課。

四、「疑古」與「信古」的分歧

一九二八年春，中央研究院成立，顧頡剛應院長蔡元培之邀，與傅斯年、楊振聲，任該院歷史語言研究所常務籌備員。此時燕京大學亦來書見聘，欲應之，因傅斯年反對而作罷。四月下旬至五

月上旬，起草〈歷史語言研究所組織大綱〉及該所預算表，集刊目錄、工作計畫書等。後因與傅斯年意見相左而退出籌辦事宜。顧頡剛在晚年（一九七三年七月）回憶說：「傅在歐久，甚欲步法國漢學之後塵，且與之角勝，故其旨在提高。我意不同，以爲欲與人爭勝，非一二人獨特之鑽研所可成功，必先培育一批班子，積疊無數資料而加以整理，然後此一二人者方有所憑藉，以一日抵十日之用，故首須注意普及，普及者，非將學術淺化也，乃以作提高者之基礎也。……而孟眞乃以家長作風凌我，復疑我欲培養一班青年，以奪其所長之權。予性本倔強，不能受其壓服，於是遂與彼破口，十五年之交誼，臻於破滅。」[51] 同年六月十五日，顧頡剛給胡適的信中說：「孟眞日內或須到滬寧一行（爲孑民先生電召），他晤先生時，請勿把我對於他不滿的話告他，因爲他的脾氣太壞，我怕和他開釁也。」[52]

此時顧頡剛想辭中大職務，赴南京專從中央研究院之研究，經校方和學生，十多日之挽留，允再留半年。八月二十日他給胡適信，信中提到他要離開中大的種種原因，還說道：「我和孟眞，本是好友，但我們倆實在不能在同一機關做事，爲的是我們倆的性質太相同了：（一）自信力太強，各人有各人的主張，而又不肯放棄；（二）急躁到極度，不能容忍。又有不同的性質，亦是相拂戾的。是我辦事太歡喜有軌道，什麼事情都歡喜畫了表格來辦；而孟眞則言不必信、行不必果，太無軌道。又我的責功之心甚強，要使辦事的人都有一藝之長，都能夠一天一天地加功下去，而成就一件事業。孟眞則但責人服從，愛才之心沒有，使令之心強。所以在用人方面，兩人的意見時相牴觸。」[53] 胡適對這兩位愛徒的爭吵，曾想做調解。但不知何故，這封信又被傅斯年看到，傅斯年閱

傅斯年。此照為一九四七年傅贈胡適的照片

後相當生氣，在十一月十三日，兩人又爲此大吵一架。顧頡剛在當天日記上說：「今日上午，與孟眞相罵。蓋我致適之先生信，爲孟眞所見，久不慊於我，今乃一發也。予與孟眞私交，已可斷絕矣。」[54] 然而傅、顧兩人發生衝突，或另有一原因，我們從顧頡剛一九二八年三月廿二日給胡適的信中說：「……最好，北伐成功，中央研究院的語言歷史學研究所搬到北京，由先生和我經管其事，孟眞則在廣州設一研究分所，南北相呼應。這也須先生來此商量的。」可看出兩人有各擁山頭的端倪。

一九二八年十月十七日，顧頡剛主編的《中大周刊．〈尚書〉的文法研究專號》，刊出何定生的《〈尚書〉的文法及其年代〉一文，何君在序文中說，他是因爲選修顧頡剛的「尚書研究」後，才對《尚書》的詰屈聱牙感到興趣。而在今年春天因看到《胡適文存．爾汝篇》，「好像覺得和《尚書》有不甚合拍的地方」，於是他竭三天之力，寫了一篇〈從胡適的「爾汝篇」到《尚書》去〉，送給顧頡剛看「隔兩天，遇顧師，師說：『你的文很好，只是須得改一下，因爲有誤會的地方。』」後來在顧頡剛的指導下，何定生又完成了〈漢以前的文法研究〉。胡適在十月廿一日的日記中記載著：「今天看見兩篇很有價值的文章：（一）孫佳訊的〈鏡花緣補考〉，……（二）何定生的〈尚書的文法及其年代〉（《中山大學語言歷史研究所週刊》第四九—五一期）。何君是頡剛的學生，方法很細緻。……

他只認西周的正確作品，只有〈大誥〉；東周的正確作品，只有〈費誓〉、〈秦誓〉，其餘都是湊上去的。何君有〈漢以前文法的研究〉一文，見《週刊》第卅一～卅三期，〈尚書文法〉一篇乃是其中的一部分，而變為長篇。」⑮論者認為何定生「此文一出，不僅獲得廣東學界的好評，還曾引起胡適、錢玄同等學界名流的注意。顧頡剛曾帶何前往上海，有意將他向學術界推薦。在拜訪胡適時，胡適對何親切地說道：『玄同和劭西（案：黎錦熙）都注意你這篇東西。』這就難怪顧在日記裡，將此文推為『自有研究所以來之第一成績』。」⑯

一九二九年三月三日，胡適日記說：「顧頡剛得著一冊抄本《二餘集》（案：即《爨餘吟》及《繡餘吟》），是崔東壁的夫人成靜蘭的詩集，我與頡剛求之多年未見，今年由大名王守真先生抄來送他，他又轉送給我。」

據《顧頡剛年譜》同年三月十四日，顧頡剛曾到上海見胡適。據他晚年回憶說：「那時胡適是上海公學的校長，我去看他，他對我說：『現在我的思想變了，我不疑古了，要信古了！』我聽了這話，出了一身冷汗，想不出他的思想為什麼會突然改變的原因。」⑰我們翻閱胡適當天的日記是缺的，因此無法得知胡適當時的說法。但學者王汎森、杜正勝都認為，胡適此時的史學觀念，已從疑古而轉變到重建這一邊來，尤其是中央研究院歷史語言研究所在一九二八年十月，在安陽展開的第一次殷墟發掘，對重視證據的胡適，必定產生相當大的影響。⑱因此胡、顧兩人從此在古史的觀念上產生了差異，而且漸行漸遠。

同年九月，何定生編著的《關於胡適之與顧頡剛》一書，由北京樸社出版。它是針對胡適一九

二八年在《新月》月刊第一卷第九期，發表的〈治學的方法與材料〉一文而來的。胡適在該文中曾批評了「古史辨」派，他說：「從梅鷟的《古文尚書考異》到顧頡剛的《古史辨》……方法雖然是科學的，材料卻始終是文學的。科學的方法，居然能使故紙堆裡大放光明，然而故紙的材料，終究限死科學的方法。故這三百年的學術，也只不過是文字的學術，三百年光明，也只不過故紙堆裡的火焰而已。」因此，何定生的書，就不能不被聯想爲挾怨報復之作。就連顧頡剛的好友王伯祥，都在信中說：「在上海看見了這本書，中間對於胡、顧頗有優劣異同之論，察視出版處所，則爲樸社。弟意在此年頭，遇事生風者太多，一朝偶爲所弄，不將執此區區，造爲胡、顧分裂之論乎？」但事實上，該書之出版，顧頡剛並不知情，因他已於六月二十七日南下蘇州，爲父作壽。何定生以顧頡剛看過這書的話語，矇騙金岳霖，得到樸社的出版。到九月十二日顧頡剛返回北平，則已是生米煮成熟飯，無可挽回了。九月二十八日，顧頡剛給何定生的信中就說：「你這本書出了兩星期，平滬兩地看見的不多，已有這些反響，那麼出了幾個月之後，我在此間更不知要中了多少明槍暗箭呢？最使我恐怖的，是我和適之先生關係的惡化。我覺得再要尋到像適之先生這樣待我的人，已不可得了。若因這書的出版，而旁人加以煽惑，使我失去這一個良師，如經羅常培們的挑撥，而使失去傅孟眞先生這一個良友一樣，我眞是痛心極了。」[59] 十月三日，顧頡剛又急急寫信給胡適，爲此事詳加解釋，惶恐之心，溢於言表。顧頡剛信中說：「（何書）其中文字，有幾篇是廣東做的，先生已見過。有幾篇是新近作的，其中對於先生頗有吹索之論，這也不管，他不該題這書名，使得了旁人疑我們二人有分裂的趨勢，而又在樸社出版，使人疑我有意向先生宣戰。」同時，在當天日記還

這樣寫著：「（何書）趁予在蘇州時印成。此次予來，見之大駭。恐小人藉此挑撥，或造謠言，即請樸社停止發行，且函告適之先生，請其勿疑及我。」[60]

五、幾次的言詞交鋒

一九三〇年二月一日，胡適日記云：「晚間讀顧頡剛的新作〈周易卦爻中的故事〉（《燕京學報》六），其中有論《繫辭傳》中「制器取象」的一段，引起我的注意，作長函和他討論，約二千多字。」[61] 顧頡剛在文中指出，《繫辭傳》中所說伏羲、神農、黃帝、堯、舜等聖人觀象制器，即一切物質文明都發源於〈易卦〉之謬誤，認爲「制器時看的象，乃是自然界的象，而不是卦爻的象」。並認爲《繫辭傳》中這一章，是京房或是京房的後學們所作的，它的時代不能早於漢元帝。至於作者作僞的原因，「其一，是要提高《易》的地位，擴大《易》的效用；其二，是要拉攏神農、黃帝、堯、舜入《易》的範圍；其三，是要破壞舊五帝說而建立新五帝說。」胡適在信中反駁說「《繫辭》那一章所說，只重在制器尙象，並不重在假造古帝王之名。若其時已有蒼頡、沮誦作書契之傳說，又何必不引用，而僅泛稱『後世聖人』呢？」「至於『觀象制器』之說，本來只是一種文化起源的學說。原文所謂『蓋取諸某象』，正如崔述所謂『不過言其理相通耳，非謂必規摹此卦，然後能制器立法也。』《繫辭》本說，『易者，象也；象也者，像也。』所謂觀象只是象而已，並不專指卦象，卦象只是象之一種符號而已。故我在《中國哲學史》論『象』，把《繫辭》此章與全部六十四卦

的〈象傳〉合看（頁八五～八六），使人明白這個思想確是一個成系統的思想，不是隨便說說，確曾把全部《易》都打通了，細細想過，組成一個大理論，如說，『山下出泉，蒙，君子以果行育德』，此豈可說是僅觀卦象而已？又如說，『地中有山，謙，君子以捊多益寡，稱物平施』，此豈可說是僅觀卦象而已？凡此等等，卦象只是物象的符號，見物而起意象，觸類而長之，『見乃謂之象，形乃謂之器』。此學說側重人的心思智慧，雖有偏處，然大體未可抹殺。你的駁論（六期，一〇〇四）太不依據歷史上器物發明的程序，乃責數千年前，人見了『火上水下』的卦象，何以不發明汽船，似非史學家應取的態度。此意我曾以之責劉掞藜，不意今日乃用來質問你。事物之發明，固有次第，不能勉強。瓦特見水壺蓋沖動，乃想到蒸汽之力，此是觀象制器。牛敦見蘋果墜地，乃想到萬有引力，同是有象而後有制作，然瓦特有瓦特的歷史背景，牛敦有牛敦的歷史背景，若僅說觀象可以制器，則人人日日可見水壺蓋沖動，人人年年可見蘋果墜地，何以不制作呢？故可以說『觀象制器』之說，不能完全解釋歷史的文化，然不可以人人觀象而未必制器，乃就謂此說完全不通，更不可以說『在《繫辭傳》以後，也不曾有人做出觀象制器的事』。」「……你受了崔述的暗示，遷怒及於《繫辭》，也不是公平的判斷。至於你的講義中說，制器尚象之說，作於京房一流人，其說更無根據。京房死於西曆前三十七年，劉歆死於紀元後二十二年，時代相去太近，況且西漢易學無論是那一家，都是術數小道，已無復有『制器尚象』一類重要學說。孟喜、焦延壽、京房之說，雖然散失，而大旨尚存在史傳及輯佚諸書之中，可以復按。」[62] 對於胡適的說法，顧頡剛並不能接受。他在同年四月十四日，專爲此問題寫了〈論《易繫辭傳》中觀象制器的故事〉一文，發表於《燕大月

刊》第六卷第三期。而在胡適給顧頡剛信的第二天（三月二日），錢玄同也給顧頡剛一封信，稱讚顧文「精確不刊，其功不在閻、惠辟、劉歆僞經之下」。[63] 學者杜正勝認爲，「對照九年前，胡、顧、錢三人討論辨僞的情景，我們發現胡適變了，顧頡剛、錢玄同仍然走老路子。」[64] 這是顧頡剛和胡適在學術史上，發生分歧的開始。

同年十月二十八日，胡適在日記寫著：「昨今兩日讀錢穆（賓四）先生的〈劉向歆父子年譜〉（《燕京學報》七）及顧頡剛的〈五德終始說下的政治和歷史〉（《清華學報》六，一）。〈錢譜〉爲一大著作，見解與體例都好。他不信《新學僞經考》，立二十八事不可通，以駁之。顧說一部分作於曾見〈錢譜〉之後，而墨守康有爲、崔述之說，殊不可曉。」[65] 而錢穆在《師友雜憶》中說：「適之於史學，似徘徊頡剛、孟眞兩人之間，先爲〈中國大史家崔東壁〉一文，僅成半篇，然於頡剛《古史辨》則備至稱許，此下則轉近於孟眞一邊。」對於此說，學者杜正勝有進一步的解說，他認爲胡適自有其理路，也不是無緣無故的擺蕩。因爲胡適是講求證據的人，有三分證據，不說四分話。就如同他曾信從安特生之說，而以商代爲新石器時代，但後來知道史語所安陽發掘的成績後，便糾正自己的錯誤（見一九三〇年十二月六日日記）。而一九三一年七月二十二日，胡適日記中說：「頡剛介紹一位丁迪豪君（無爲人）來見，他作了一文，要證明《離騷》是太初元年以後的作品。我對他說，少年人千萬不要作這種無從證實，又無從否證的考據。既無從證實，則是非得失，終不能得定論，至多有個『彼善於此』而已。此如韓非所說，『後死者勝』也。此種工作，既不能得訓練，又不能做學問，毫無益處。」[66] 這不禁讓我們回想起十年前，胡適發表的〈讀《楚辭》〉一文。[67] 文中

認為「屈原是誰？這個問題是沒有人發問過的。我現在不但要問屈原是什麼人，並且要問屈原這個人究竟有沒有。」「依我看來，屈原是一種複合物，是一種『箭垛式』的人物，與黃帝、周公同類，與希臘的荷馬同類。」「我們現在可以斷定《楚辭》的前二十五篇，絕不是一個人做的。」「〈天問〉文理不通，見解卑陋，全無文學價值，我們可斷定此篇，為後人雜湊起來的。」十年後，胡適見過更多的史料證據，他對當年在沒有掌握更多證據下的疑古作為，已有「昨是今非」的轉變了，尤其是他可能感受到這種疑古學風，對青年人產生了些後遺症，因此不得不痛下針砭，說出重話了。

而相對於顧頡剛，他對於二月一日胡適的長信，他草寫了萬言要答辯，惜因病未能寫完。[68]同年十二月十二日，顧頡剛將胡適這封信，收入《古史辨》第三冊，並作跋曰：「適之先生對於我的態度，不免誤會。他說制器應當觀象，舉瓦特、牛頓的事為例。其實，我在論文中早已說『創造一件東西，固然是要觀象，但這個象乃是自然界之象，而非八卦之象』。」「至於《易傳》中這章文字，明明是教我們看了卦象而制器，這是萬萬不可能的事，這一章文字不是用互體和卦變之說，也是萬萬講不通的，所以我敢說它是『術數小道』之下的產物。」

一九三一年一月，同為燕京大學歷史系教授並兼圖書館館長的洪業，在舊紙堆中找到崔述的詩集——《知非集》。他持以交顧頡剛，顧氏在一月廿五日日記中說：「大快，從此東壁著作又多一種矣。」[69]一月三十一日，胡適日記記載：「顧頡剛來，說燕大圖書館內，發現崔東壁的《知非集》抄本，有賦三編，詩百三十首，詞十四首。此事可抵償頡剛多年的心血了。頡剛前年得著東壁夫人成氏的《二餘集》，今又得《知非集》，都是極可喜的事。」二月八日，胡適日記又云：「回家，見頡

剛留下的崔述《知非集》抄本，爲校讀一過，……其中傳記材料不多。」二月九日胡適日記：「寫信給頡剛，論新發現的崔述《知非集》抄本。」二月廿一日，胡適日記：「頡剛帶來《知非集》原抄本，並洪煨蓮（案：洪業）與趙貞信二君的新跋。我看了原抄本，始知此本是東壁先生學館中一個學生抄的，洪君認爲五個人的筆跡，趙君認爲一家人，我認爲（除賦三篇是另一人所抄）是一個人先後不同時抄的。因寫一跋，未完。」二月廿二日，胡適日記：「作〈跋《知非集》〉。約四千字，完了。」三月廿日，胡適日記：「頡剛寄來洪煨蓮先生討論崔述《知非集》的文字四篇。我寫長書報之。洪君訂正我的〈跋《知非集》與《二餘集》〉，甚精確。其餘論《知非集》諸文，我願意停止討論了，因爲這種無從證實的假設是沒有多大用處的，至多只不過聊勝於打麻將而已。」[70]

同年四月三日，顧頡剛與容庚、洪業、鄭德坤等人，到河北大名。他說：「兩三月來，我們討論崔東壁遺著，興致正濃，故趁著這一次邯鄲旅行道過之便，要往大名調查崔東壁先生故里，並希望能得與新材料。」[71]在疑古辨僞的過程中，胡適和顧頡剛用功最勤的，莫過於整理崔述的著作了。打從一九二一年起，顧頡剛便開始整理《崔東壁遺書》，十幾年下來，發現不少新的材料，其中最重要的是嘉慶本《書鈔》、東壁先生的詩稿《知非集》和筆記《荍田剩筆》及崔述之弟崔邁的遺集四種七卷。而胡適也在顧頡剛開始整理工作不久後，即著手撰寫《崔述年譜》，後因去杭州、上海養病，未曾完稿，先以〈科學的古史家崔述〉爲題，在《國學季刊》第一卷第二號發表。胡適本擬請顧頡剛把《崔述年譜》續完，顧頡剛原已同意，無奈患了嚴重的失眠症，只得交由好友趙貞信來做。趙貞信不但把胡適的舊稿，從嘉慶三年續到崔述死後，還把許多新得的材料，補在胡適已寫定

的各年之下，還校正了一些年代上的錯誤。這一任務至一九三一年完成。顧頡剛後來點校的《崔東壁遺書》，就收入了胡適、趙貞信編撰的《崔述年譜》，可謂是珠聯璧合，相得益彰。

一九三二年四月，顧頡剛作〈從《呂氏春秋》推測《老子》之成書年代〉一文，刊於《史學年報》[72]，文曰：「大家以爲老子一定是孔子以前的人，《老子》一定是《論語》以前的書。」「十五年前，適之先生作《中國哲學史大綱》，仍作如是觀。」「我前讀《呂氏春秋》，見其中多用《老子》詞語，但未嘗一稱『老子曰』或『《道德經》曰』，曾疑此等語都是當時習用的詞語，含有成語及諺語的性質的，到了作《老子》時，乃結集在這部書裡。去年曾向適之先生道之，先生不以爲然，謂安知非因《老子》一書習熟於人口，遂像諺語一般的使用呢？當時亦無以相難。今年寒假……取《呂氏春秋》讀了幾遍，又取《荀子》、《淮南子》等證之，益自信從前設想的不誤。」五月上旬，顧頡剛分別致函錢穆、錢玄同，討論老子其人與《老子》其書之年代。其中回覆錢穆信有云：「……故弟意，《老子》書必出《呂氏春秋》之後，彼蓋集楊氏以下之精義成語而成書，上結戰國時儒、墨以外之學，而下開漢代道家者也。」而給錢玄同的信中說：「我以爲老子之人，生於戰國中期；《老子》之書，出於戰國後期。『道』爲戰國後期通用之術語，道家爲西漢初年成立之學派。」[73]

後來胡適見到此文，乃於一九三三年元旦，寫成〈評論近人考據《老子》年代的方法〉長文，他指出顧頡剛「用《呂氏春秋》引書的『例』來證明呂不韋著書時，《老子》還不曾成書」的考據方法，是「危險性的」，是「已經是犯了『有意周納』的毛病了」，是「斷章取義，強爲牽合」。他的結論是：「（一）《呂氏春秋》既沒有什麼『引書例』，那三條與今本《老子》很相合的文字，又都是

有韻之文，又都有排比的節奏，最容易記憶，著書的人，隨筆引用記憶的句子，不列舉出處，這一點本不足引起什麼疑問，至少不夠引我們到『那時還沒有今本《老子》』的結論。因爲我們必須先證明『那時確沒有今本《老子》』，然後可以證明《呂氏春秋》中的那三段文字，確不是引用《老子》。不然，那就又成了『丐辭』了。（二）至於那些偶有一句半句，或一兩個字眼，近似《老子》的文字，更不夠證明什麼了。……如果他們能夠證明什麼，至多只能夠暗示，他們套用了《老子》的單辭隻字，或套用了《老子》的腔調而已。」⑭ 胡適在最後提出一個重要的觀念：「懷疑的態度是值得提倡的。但在證據不充分時，肯展緩判斷（Suspension of judgement）的氣度，是更值得提倡的。」這也是胡適從十幾年前的疑古辨僞，轉變成更要求掌握證據，「證據到那裡，立論才到那裡」的思想歷程。也是兩人古史觀念的重要的一個分界。顧頡剛在晚年回憶中，指出這是他與胡適在學術史上發生的又一次分歧。他說：「從此以後，他就明顯地對我不滿起來」，「以後的交往就越來越少，關係也越來越疏遠了。」⑮ 我們從《胡適遺稿及祕藏書信》觀之，從此之後，他們往來的信件，的確減少了太多了。

一九三四年三月十五日，胡適動手寫〈說儒〉一文，至同年五月十九日寫完。胡適在日記上說：「約有四萬六千字，爲近年最長的文字，……共費時兩個月，今晚寫完時，已三點鐘了。」該文可說是胡適的力作。他在次年元月二日的年度回憶中說：「此文的原意不過是要證明『儒』是殷商民族的教士，其衣服爲殷衣冠，其禮爲殷禮。但我開始寫此文之後，始知道用此『鑰匙』的見解，可以打開無數的古鎖，越寫下去，新意越多，故成績之佳遠出我原意之外，此中如『五百年必

有王者興』的民族懸記，如孔子從老聃助葬於巷黨之毫無可疑，皆是後來新添的小鑰匙，其重要不下於原來掘得的大鑰匙。這篇〈說儒〉的理論大概是可以成立的，這些理論的成立，可以使中國古史研究起一個革命。但有些人——少年人居多！——一時大概不會接受這些見解。如劉節先生來信就說，『大著甚多卓見，然吾輩深信老子晚出者，殊未敢苟同也。』（我答他說：『〈說儒〉是我自己糾謬補過之作，用誌吾過而已，本來不曾妄想改變別人的成見啊！』）如林志鈞先生（宰平），如馮友蘭先生，如顧頡剛先生，大概都不肯接受。奇怪的很，一班老輩學者，如陳垣先生，如張元濟先生，如高夢旦先生，倒是都很熱心的贊成我此文的。無論如何，我寫〈說儒〉的兩個月是很快活的時期。有時候從晚上九點，直寫到次日的早上三、四點，有時候深夜得一新意，快活到一面寫，一面獨笑。依文字論，這篇有幾段文字是我很用氣力做的，讀起來還不壞。」[76]

其實，胡適在寫此文之前，曾受傅斯年的古史觀念的影響極大。我們翻閱胡適日記，在一九三一年二月十七日說：「孟眞來談。談他的〈「新獲卜辭寫本後記」跋〉，此文論二事：……，一因卜辭『命周侯』而論『殷周的關係』。兩題皆極大貢獻，我讀了極高興。」二月十八日日記又說：「下午孟眞來談古史事，爾綱也參加。孟眞原文說：『每每舊的材料本是死的，而一加直接所得可信材料之若干點，則登時變成活的』，此意最重要。爾綱此時尚不能承受此說。」當時傅斯年正在撰寫《古代中國與民族》一書，胡適在當年冬天肯定見過傅斯年的〈周東封與殷遺民〉一文，甚至還包括〈夷夏東西說〉的一些初步草稿。一九三四年三月二十日，胡適日記說：「孟眞來談，他昨晚送來他的舊稿〈周東封與殷遺民〉諸文，於我作〈說儒〉之文甚有益，已充分採用，今天我們仍談此題。」

傅斯年的多元的古史觀，深深地影響著胡適。胡適在十八年後（一九五二年）的〈傅孟眞先生的思想〉一文中說：「我接受他的觀念，寫了一篇五萬字的文章，叫做〈說儒〉……根本推翻我過去對於中國古代思想史的見解。」學者王汎森在〈傅斯年對胡適文史觀點的影響〉一文中指出，〈說儒〉用的是傅斯年的「周人在西，殷人在東，殷被周征服，但上邊的統治階級與下邊的文化習俗不同的這個二元觀點。」至於胡適將「五百年必有王者興」，比爲耶穌基督的「懸記」。王汎森認爲，這是傅斯年原來所沒有的想法，可能與胡適撰稿期間，所讀關於耶穌基督的歷史有關。[77]

傅斯年與胡適及胡祖望

對於胡適在〈說儒〉中的諸多觀點，顧頡剛在當時是不能接受的，到了晚年，他還批判胡適說：「……這就是他爲了『信古』而造出來的一篇大謊話，正和漢代方士化了的儒生一樣。宜乎這篇文章一出來，便受到了郭沫若的痛駁（文見《青銅時代》），逼得他不敢回答。」[78] 當時郭沫若是先後發表〈駁《說儒》〉、〈論儒家的發生〉等文章，他試圖全面推翻胡適的說法。當然這還夾雜著他們兩人的私人恩怨，但即便如此，郭沫若也承認「祝宗卜史之類的貴族們」，「走到末路」，「便是『儒』的來源了」；並指出「君子儒」就是「儒的職業化」的標誌；「儒既化爲職業，也就和農工商之化爲職業一樣」。學者張先貴指出，可見在儒的

脫胎之母，這個具體問題上，郭沫若是贊成胡適的觀點的。[79]

一九三六年三月九日，胡適在《歌謠週刊》〈復刊詞〉中說：「民國二十四年，北大文科研究所決定恢復歌謠研究會，聘請周作人、魏建功、羅常培、顧頡剛、常惠、胡適諸位先生爲歌謠研究會委員。因時局不安定，這個委員會，直到今年（二十五年）二月才能召集第一次會議。會議的結果，有這樣幾項決議：（一）重辦歌謠週刊。（二）編輯《新國風》叢書，專收各地歌謠專集，由北大出版組印行。（三）發起組織一個風謠學會。（四）整理《歌謠週刊》前九十七期的材料，分類編纂印行。」[80] 五月十六日，顧頡剛、胡適與錢玄同等，發起組織風謠學會，假北京大學開成立大會。大會由胡適任主席，推舉李素英、徐芳任常務幹事。六月九日，顧頡剛發表〈吳歌小史〉於《歌謠》週刊第二十三期的「吳歌專號」上。

一九三七年三月十四日，顧頡剛在禹貢學會理事長辦公室

一九三六年六月，顧頡剛整理、校訂、標點的《崔東壁遺書》，由上海亞東圖書館出版。他在六月二十九日日記中說：「我辛苦了十五年的工作不會失掉了，這眞是一可喜事。」[81] 而胡適則在〈序〉中說：「這部大書出版期所以延擱到今日，……最重要的原因，當然是顧先生不肯苟且的治學精神，他要搜羅的最完備，不料材料越

搜越多，十幾年的耽擱，竟使這部書的內容比任何《東壁遺書》，加添了四分之一。……這樣一位『好求完備』的學者的遺著，在一百多年後，居然得一位同樣『好求完備』的學者顧頡剛先生，費了十多年的精力來搜求整理，這眞是近世學術史上，最可喜的一段佳話！」[82] 顧頡剛在〈《崔東壁遺書》，自序〉中說：「我敬致感謝適之、玄同兩先生：若沒有他們的提倡與鼓勵，這部大書必點不成，就是點成了，也未必能出版。」一位極具「科學精神」的史學家，他的著作百年來備受冷落，甚至不知流落何方，直到遇見胡適、顧頡剛等「知音」，這些著作才總算「重見天日」。因此胡適在〈序〉中又說：「現在我們可以捧出這一部蒐羅最完備，校點最精細的『崔學全書』來準備做他二百年祭壇上的供品了。我們對於顧頡剛先生，和他的同志洪業先生、趙貞信先生等等，都應該表示最大的感謝。」

一九三七年七月，抗日軍興，不久胡適旋即赴美，做民間外交工作。一年後，接任駐美大使。而顧頡剛自從一九三七年七、八月間，在南京與胡適分手後，即到甘肅、青海一帶考察。次年冬，任雲南大學教職。一九三九年九月，就齊魯大學國學研究所主任職，居成都者兩年。一九四一年，應重慶中央大學校長顧孟餘之邀，至該校兼課。一九四三年二月間，因顧孟餘辭職，顧頡剛也離開中大。

一九四三年十月十二日，顧頡剛給胡適信中說：「別來六載，無日不念。只以生活不安，迄未通函，想見諒也。先生在美經歷，前數年尚從報紙見之。自去年卸大使篆，報紙即無記載，不審近在何處？是否講學？有無著述？身體健否？師母及兩世弟是否都到美團聚？均以爲念，便中幸見示一、二，以釋懸懸。……此數年中，治學則材料無存，辦事則經費竭蹶，當家則生離死別，觸目傷

心，弄得一個人若喪魂魄，更無生人之趣。每念先生在國外，還過正常之生活，親大量之圖書，曷勝豔羨。剛近日勉強振作精神，欲集同志合編中國名人傳一部，計二百數十種，期於兩年半完成。茲託曹樹銘先生將說明書帶上，幸賜覽，並教正。」[83]胡適是否有回音，目前尚不得知。

一九四七年十一月二十七日，顧頡剛為他所經營的大中國圖書局與亞東圖書館，欲出《胡適文存》之事，寫信給當時任北大校長的胡適，說：「這十餘年來，先生的論文、講演稿、通信、筆記……一定積得不少了，我們希望先生選取一兩個得力的人，協助先生整理，編成第四集，如稿件太多，不是一集所可容納，即同時出四、五兩集。這事要快，希望前三集出版時，即可接排，在明春出版。如果先生所用的人需要編輯費及鈔寫費，我們即可匯上。這一件事，希望先生從速考慮決定，因為亞東和大中國兩方面，都是盼望著的。」[84]而胡適收到信後，是否有回覆，目前不得而知，但出書之事是沒有進行的。

六、顧頡剛被迫批判胡適的開始

一九五一年十二月二日，顧頡剛以上海學院教授的身分，至上海《大公報》館，參加王芸生主持的「胡適思想批判座談會」。與會的有沈尹默、周谷城、蔡尚思、吳澤、張孟聞、劉咸。據顧潮說：「父親在當天日記裡寫道：『今日會上，和胡適有直接關係者只我一人。此會當是北京方面命開者，而我則為其提名，不容不到，故連日有電話來催迫。』」[85]六日，顧頡剛將當天發言記錄稿改

寫，題爲〈從我自己看胡適〉，刊登於十二月十六日上海《大公報》。在該文，顧頡剛先談到他和胡適的學問關係，在「對胡適思想的批判」一節，顧頡剛提到他的〈周易卦爻中的故事〉和〈從《呂氏春秋》推測《老子》之成書年代〉被胡適反駁，他引用錢玄同的話，認爲胡適的思想倒退。他又說：「我辦『通俗讀物編刊社』時，有很多人不瞭解我，替我戴上了有色的帽子。北大校長蔣夢麟背後批評我道：『顧頡剛是上等人，爲什麼要做這種下等的東西！』又當面質問我道：『日本人沒有來觸犯你，你何苦上前去刺激他！』反動政府怕我宣傳赤化，僞北平市長袁良，禁止地攤上販賣通俗讀物，犯者監禁，和僞冀東政府漢奸殷汝耕，一鼻孔出氣。特務頭子陳立夫，派僞北平市黨部的人來警告我，說：『你們再不停止工作，就逮捕了！』在這滿城風雨的時候，我有一天遇見胡適，告訴他這種情形，他說：『你辦這東西，足見你熱心，但民眾是惹不得的，他們太沒有知識了，你現在放一把火，這火焰會成爲不可收拾的，怕你當不起這個責任呢！』當時丁文江也在座，他說：『你做千萬件民眾工作，不如做好一件上層工作。做好一件上層工作，就能收得很大的效果。民眾無知識、無組織，是起不了什麼好作用的！』我聽了他們的話，好像澆了兩桶冷水，纔知道他們絕不認識人民，一貫脫離群眾，預測他們一定走上反人民、反革命的道路。」在「爲批判胡適而聯繫自己」一節，顧頡剛說：「……這二十年來，我陸續發現了胡適的種種毛病，交誼也由枯萎而死亡，但爲了小資產階段的溫情主義所限，不肯對人說。現在覺悟到應該嚴格分清敵我，所以我確認胡適是政治上的敵人，也是思想上的敵人，惟有徹底清除他散播的毒素，纔盡了我們的職責。」這是顧頡剛正式與胡適劃清界線的宣言。

一九五四年十二月，顧頡剛被選為全國政協二屆委員，在二十四日第一次全體會議上，他深刻地檢查了他在解放前與胡適之間的關係。為此，他從十八日起就開始寫發言稿，並徵求辛樹幟、李平心、吳晗、侯外廬、尹達等十人之意見，歷經七天而後定稿。在這篇長達三千字的發言稿中，他說：「我在故紙堆裡摸索多年，知道宋代學者有強烈的批判精神，清代學者有精密的考據功夫，心想如果能把這兩種好處合而為一，整理工作必可做好，就用全力去追求之。以後又接受了胡適的治學方法，『第一個起來擁護他』。自一九二二年討論《紅樓夢》，至一九二六年出版《古史辨》第一冊止，這期間『我的研究工作大體上是跟著他走的』。」「解放以前的三十年中，胡適所以能在反動政權的範圍內，以文化界領袖自居，……我是在一定程度上，替他造成他的虛名和聲勢的一個人。這就是我對學術界和全國人民，最抱疚的事情！」這話雖有責備求全、過甚其辭之嫌，但也能反應出顧頡剛與胡適，有一段頗長的親密關係。接著他說：「至於我的學問的實質和基本方法，原是宋人和清人給我的，……到底是在祖國的長期文化裡的自生自長的，……至於我想把經學變化為古史學，給我最有力的啓發的是錢玄同先生，同胡適絕不相干，胡適還常常用了封建思想給我們反駁呢！」又指斥胡適「販賣空疏的、反動的實用主義」，「大吹大擂」，「賣空買空」，「拿章炳麟、王國維的著作來比較，他實在差得很遠」[86]這話不僅刻意地再度與胡適劃清界線，還拉高了批判的嗓門。因此據他十二月二十六日的日記所載，二十四日他發言完畢，周恩來即告訴他「發言甚好，很清楚。」二十六日當天，顧頡剛見毛主席、劉少奇委員長、彭眞市長，「亦均謂予發言好，與周炳琳（枚孫）二人為最佳。這是我想不到的成功。」[87]言下之意，頗有點沾沾自喜的況味。

顧頡剛與夫人張靜秋女士及子女四人

一九五五年三月五日，中科院召開「胡適歷史觀點批判第一次討論會」。由尹達主持，顧頡剛發言了一個小時。他在當天日記中說：「近來批判胡適歷史學、考據學的文字中，常常牽到我和《古史辨》，因此我在今天會上說個明白。」[88]為此，他在幾天前就準備了題為〈考據學的反封建性〉（但未寫完）的發言稿，在稿中他說：「考據學是中國土生土長的學問，它以求真為目的，以古代文獻（可能時也加上實物）為資料，以樸素的唯物主義和形式主義的邏輯為方法。嚴格說來，它在中國學術史上有九百年的歷史。從它的萌芽期說來，則已有二千餘年的歷史。在科學知識未傳入中國以前，考據學比較中國原有的理學、文學、政治學等，是最實事求是的學問。它提出了許多問題，也解決了許多問題，可以說是中國的科學。」[89]顧頡剛本意是要為考據學說句公道話，他認為考據學是反封建的。奈何與會者聞之大譁，他們群起而攻之，認為考據學惟為封建統治者服務。顧頡剛反駁道，那是封建統治者為了私圖，或改古文、或易本義，而考據學之目的正在求真。但顧頡剛終究無法折服眾人，因為這已不是學術上的討論了，而是政治上的洗腦。因此他不得不在會後作出檢討書，自認錯誤有二：「其一，評胡適的演變方法無毒素；其二，謂予與胡適分路後即不受其影響。」（見一九五五年三月十五日日記）[90]但事情仍沒那麼容易

善了，到了三月二十六日，在統戰部的批判會上，顧頡剛接受尖銳激烈的批判。

學者王汎森談到在批判胡適集團的風潮時，顧頡剛曾經是那樣避忌談到自己曾受胡適的影響，他舉例說：「根據梁從誡的〈胡適不是研究歷史而是在歪曲歷史〉一文（《歷史研究》一九五五年三期，頁五十）的說法，顧頡剛在一次開會談到自己和古史辨派的時候，只談到某些個人如章太炎、梁啓超等人對他的影響，並竭力否認胡適對他的影響。此事在李錦全〈批判古史辨派的疑古論〉（《中山大學學報》，一九五六年第四期，頁七十六）中亦被提出強調。」[91]可見在當時的政治風潮不劃清與胡適的關係，或不對胡適思想批判的話，只有讓別人來批判你了。我們對此情況，必須有「同情的了解」。女兒顧潮後來指出，「儘管這場『批判胡適思想』的運動，『對學術界傳統的研究方法、學術思想和思維方式（也即『資產階級的唯心主義』）作了摧毀性的批判』，但其『旨在改變時代的風氣』（陸鍵東：《陳寅恪的最後二十年》），讓資產階級知識分子，夾起尾巴改造自己而已，故父親也就得以過關。」[92]

七、胡適以「不回應」為回應

自從一九四九年四月六日，胡適從上海坐船赴美，到一九五八年四月八日，他取道東京回到台灣，出任中央研究院院長。其間有整整九年的時間，他居留在美國。這中間，除了一九五〇年七月一日到一九五二年六月三十日的兩年時光，他擔任普林斯頓大學葛思德東方圖書館館長一職外。胡

胡適在中研院

適在光華散盡後，就住在紐約東八十一街一〇四號的公寓裡，寂寂度日，過著他一生中最暗澹的歲月。

一九五〇年起，大陸掀起批判胡適的風潮，次子胡思杜，也在同年九月十六日的《文匯報》上，發表〈對我父親——胡適的批判〉。該文在九月二十二日，在香港《大公報》轉載。胡適在九月二十八日日記中說：「大春與K.C.Li 都送我《大公報》此文。宋以忠剪送《工商報》也有此文。可見此文是奉令發表的。」[93] 其實在胡思杜發表批判文章的前五天（九月十一日），他曾寄給母親江冬秀一封信（胡適將其抄錄在十月七日的日記上），其內容如下：「從去年九月起，我就在學習，學了十一個月以後，上個禮拜畢業了。……在這裡舅舅叔叔他們照應我很周到，希望你放心。我從下個星期起（九月十六日）就要到唐山交通大學去教書。那裡有不少熟人，學生也增加到一千五百多人，一切都很安定，希望您別掛念。……希望你在美國很快的就習慣下來，爸爸希望他少見客，多注重身體。聽說前一向他的身體不大好。書都還存在北大，安好無恙，請放心。」[94] 胡適感慨地認爲，一向自由慣了的思杜，其實「沒有說話的自由，也沒有沉默的自由。」因此他對於思杜的批判這事，並無一字之駁斥。只有當時任台大校長的傅斯年，在九月二十

八日，給《中央日報》一函代爲澄清。函中說：「……我的看法，此人（案：指思杜）讀書雖不成，世事也不解，但天性並非涼薄，匪黨《大公報》所載之文，我未見到，但路透社原電及《香港時報》社論所引之原文，則絕非思杜之混混沌沌者所能作出。如謂適之先生在美訂商務協定一說，協定固不如共匪所評，且不在適之先生大使任內。又如『爲資本主開闢道路』、『無比軟弱的資產階級知識分子』、『在他沒有回到人民的懷抱裡以前，他總是人民的敵人』等類話，純是老共產黨的語調，思杜今生是寫不出來、夢想不到的。又如『更反動的是圍剿蘇區時，他高呼好人政府』，政府在圍剿江西共匪時，思杜初小程度，還在床上臥病。由此以看，此文一定與其他共產黨誹謗讀書人的文字一樣，是共產黨自己把文章寫好，最客氣是強迫別人簽名，更可能簽名也是別人代勞的。……那麼，爲什麼在這個時候共產黨來一手呢？九月份美國*Foreign Affairs*，有適之先生寫的一篇批評美國對華政策的長文（案：名爲“China in Stalin's Grand Strategy”於九月十九日刊出），這篇文章在美國將是很有影響的，所以共產黨立刻報復一下。（案：胡適日記九月二十四日有云：「此當是共產黨已得我發表長文的消息之後的反攻。」）其實中國讀書人這樣受共產黨待遇的，適之先生也不是唯一的。就我而論，他們也三次宣布我爲『戰犯』。其實這種舉動，都是共產黨的自我陶醉。世人知道這一套法門的，心中是很清楚的。總而言之，共產黨對於不作他們工具，乃至於反對他們的教育中人，必盡其誣衊之能事。《大公報》上這一文，也不過一例罷了，陳垣、胡思杜等都是在極其悲慘的命運中，因爲不能出來，別人代他寫文，我們也不必責備他了！」

對於兒子的批判，胡適沒有回應，只是在日記上貼了剪報。而後大陸陸續批胡，我們在一九五

一年十一月二十六日、十二月七日、十二月十日、十二月十七日、十二月二十四日、十二月二十六日及一九五二年一月三日、一月四日、一月六日、一月二十日、一月二十一日、一月二十七日等多天的胡適日記中，看到他貼上了剪報。其中對於一九五一年十二月二日顧頡剛、沈尹默、蔡尚思等人在上海《大公報》的「胡適思想批判座談會」的發言稿，胡適是看到的。胡適在一九五二年一月五日的日記中說：「胡家健從香港剪寄來香港《大公報》，有十二月二日《大公報》在上海開的「胡適思想批判座談會」的記載與資料。……胡君寄來的三篇，好像都是事後由各人寫出發表的。蔡尚思的一篇明記著十二月十一日上午三時草成。蔡尚思是一個有神經病的人，但他寫〈胡適反動思想批判〉，還參考了不少書，引了我許多話。頡剛說的是很老實的自白。他指出我批評他的兩點（《繫辭》的制器尚象說，《老子》出於戰國末年說），也是他眞心不高興的兩點。沈尹默的一篇，則是全篇扯謊！這人是一個小人，但這樣下流的扯謊，倒罕見的！」[95] 一九五二年十一月十九日，胡適在台記者招待會時說：「朱光潛、顧頡剛都是我的老朋友，他們寫罵我的文章，還是引我的書裡面的話。在鐵幕裡還有人看胡適的書，足見中『胡毒』的人還是很深，想清算也清算不了。何況思想是無法清算的東西呢？對於他們，因爲他們已經喪失了自由意志，我還忍心責備他們嗎？」

直到一九五五年冬，胡適方撰寫〈中國共產黨清算胡適思想的歷史意義〉一文，他歸結出大陸之所以大規模的批胡的原因，是「我在這三十多年中繼續爲中國文藝復興運動所做的工作，漸漸的把那個運動的範圍擴大了，更得著無數中年和青年人的信任和參加了，——結果是一個四十年沒有間斷而只有不聲不響、搖旗吶喊的繼長增高的中國文藝復興運動。這個文藝復興運動沒有兵，沒有軍

火，沒有根據地：它的兵只是無數中青年的文史工作者，它的軍械只是一個治學運思的方法，它的根據地只是無數頭腦清楚的中青年人的頭腦，——正如周揚在一九五四年十二月八日說的，『它在人民和知識分子的頭腦中占有很大的地盤。』」胡適一語中的道出箇中原委，可說是最有力的回應。

八、胡適懷念《紅樓夢》的兩個朋友——顧頡剛和俞平伯

一九五七年七月二十三日夜半，胡適在日記上寫著一文，要紀念頡剛、平伯兩個《紅樓夢》同志，他說：「頡剛〈序〉（案：指顧頡剛爲俞平伯《紅樓夢辨》寫的〈序〉）中末節表示三個願望。其中第一段最可以表示，當時一輩學人對於我的《紅樓夢考證》的『研究的方法』的態度：

……紅學研究了近一百年，沒有什麼成績，適之先生做了《紅樓夢考證》之後，不過一年，就有這一部系統完備的著作。這並不是從前人特別糊塗，我們特別聰穎，只是研究的方法改過來了。從前人的研究方法不注重實際的材料而注重於猜度力的敏銳，所以他們專喜歡用冥想去求解釋。……我們處處把（用？）實際的材料做前導，雖是知道的事實很不完備，但這些事實總是極確實的，別人打不掉的。我希望大家看著舊紅學的打倒，新紅學的成立，從此悟得一個研究學問的方法，知道從前人做學問，所謂方法實不成爲方法，所以根基不堅，爲之百年而不足者，毀之一旦而有餘，現在既有正確的科學方法可以應用了，比之古人眞不知便宜了多少。

晚年的顧頡剛（一九七七年五月攝於北京寓所）

晚年的俞平伯（攝於一九八〇年九十歲生日時）

頡剛此段實在說得不清楚，但最可以表示當時我的『徒弟們』，對於『研究方法改過來了』這一件事實，確實感覺很大的興趣。頡剛在此一段說到『正確的科學方法』，他在下一段又說到『希望大家……（讀這部《紅樓夢辨》）而能感受到一點學問氣息，知道小說中作者的品性、文字的異同、版本的先後，都是可以仔細研究的東西，無形之中養成了他們的歷史觀念和科學方法。……』他在序文前半又曾提到他們想『合辦一個研究《紅樓夢》的月刊，內容分論文、通信、遺著叢刊、版本校勘記等。論文與通信又分爲兩類：（一）用歷史的方法做考證的，（二）用文學的眼光做批評的。他（平伯）願意把許多《紅樓夢》的本子聚集攏來校勘，以爲校勘的結果一定可以得到許多新見解。』……平伯此書最精彩的部分，都可以說是從本子的校勘上得來的結果。」[96]

顧頡剛爲俞平伯《紅樓夢辨》寫的序是在一九二三年三月五日，在經過三十四個年頭後的今天，胡適讀之還是感慨繫之的。尤其是在一九五四年俞平伯因《紅樓夢研究》而被批鬥（案：其終極目標，是對胡適思想的批判），胡適在心中之不能不有所感觸的。顧頡剛當年在

面對老友被批鬥時，他在日記上寫下「不欲往」（一九五四年十一月十五日日記），「欲予批評俞平伯，予卻之」（一九五四年十一月廿七日日記）。而根據顧潮的回憶說：「我清楚地記得，父親曾指著俞平伯《紅樓夢辨》對我說過：『都怪我害了他，要不是我以前研究《紅樓夢》引起他的興趣，他不一定會寫這本書。』雖然我當時還在上小學，不甚明白這話的含義，但父親心中的內疚和沉重，我是體會到了。在二十多年後，俞平伯為悼念父親逝世而作的數首詩中，有一首即是記述此時之事：『悲守窮廬業已荒，悴梨新柿各經霜。燈前有客跫然生，慰我蕭寥情意長。』詩後跋道：『一九五四年甲午秋夕，承見訪於北京齊化門故居。詢沫情殷，論文往跡不復道矣。』詩中既反映了當年俞平伯受批判後的孤苦心境，又表達了處在困境中的俞平伯對於父親去看望他的感激之情。」⑰

而俞平伯經此浩劫餘生後，他三十餘年來絕口不提《紅樓夢》。他只用十四個字概括他當時的心情，他說：「歷歷前塵吾倦說，方知四紀阻華年。」一九五四年他被批時，年方五十四歲。正值創作的高峰，而華年受阻，扼殺了他的創作及學術生命。而緊接著又逢「文化大革命」，那就更不堪回首了！因此他倦了，他不想說了，他也懶得說了。多少文學家、學者，何嘗不都是這麼樣？眞是令人不勝欷歔！

文化大革命期間，顧頡剛也被紅衛兵抄家，家中所藏數千張照片、數千封信札，均遭焚毀，歷時三日。其後又發現些舊信，其妻靜秋惟恐遭禍，乃堅持燒掉。顧頡剛說：「予欲多留，而靜秋不許，何其忍也！」而「火光熊熊，使予心痛。」又不斷被迫寫檢討，他說：「兩月以來，稿五易矣。我一次一次寫，靜秋一次一次改，誠不知何日可定稿。」（一九六七年四月廿四日日記）「改了

寫、寫了又改，永不能完成，實爲今生第一遭也，直使我有『江郎才盡』之感。」（一九六七年四月二日日記）到了一九六九年秋，據顧潮回憶說：「當時我的弟妹均已下鄉插隊，我也隨學校疏散至太行山中修鐵路，在此戰備空氣萬分緊張之時，眞不知一家人尚能見面否，家裡只剩多病的父母，且屬批判對象，他們心中的孤單寂寞和淒涼是可想而知的。」[98]

晚年的顧頡剛（前排右）與俞平伯（後排左）。一九七五年四月十九日攝於葉聖陶（後排右）寓所

度過了艱難的歲月，顧頡剛在一九七九年三、四月間寫成〈我是怎樣編寫《古史辨》的？〉（上），發表於一九八〇年三月的《中國哲學》第二輯。而（下）則由弟子王煦華代作，然後由他改正，並發表於一九八一年五月的《中國哲學》第六輯上。在這篇長文中，顧頡剛不僅系統地敘述了他的治學經歷，而且較全面地說明他與胡適的關係。他說：「數十年來，大家都只知道我和胡適的來往甚密，受胡適的影響很大，而不知我內心對王國維的欽敬和治學上所受的影響尤爲深刻。」他並舉了一九二三年三月六日及一九二四年三月三十一日兩段日記，證明王國維在他心中的分量。其實，胡適對王國維也是極爲尊敬的，胡適也認爲王國維是「近代一個學問最博，而方法最縝密的大師」（見〈我們今日還不配讀經〉，《胡適論學近著》第

一集，卷四）。在這點上，胡、顧兩人的觀點是一致的。因此顧頡剛在此文是有意特別去凸顯王國維，來減輕受胡適影響的程度。

因爲有趣的是，當年顧頡剛曾寫信給王國維想「待將來事務較簡，學業稍進，便當追隨杖履，爲始終受學之一人」。但後來並沒有拜師而成爲師生，而幾年後王國維也自沉昆明湖而亡了。王國維生前雖未曾公開批評過顧頡剛，但學者王汎森則指出「（王國維）在清華園之講義《古史新證》，顯然是針對顧氏而發。如第一章〈總論〉中即針對顧氏觀點說：『研究中國古史爲最糾紛之問題，上古之事傳說與史實混而不分，史實之中固不免有所緣飾，與傳說之中亦往往有史實爲之素地，二者不易區別。』又說：『……而疑古之過，乃併堯、舜、禹之人物而亦疑之。其於懷疑之態度及批評之精神，不無可取，然惜於古史材料未嘗爲充分之處理也。吾輩生於今日，幸於紙上之材料外更得地下之新材料，由此種材料，我輩固得據以補正紙上之材料，亦得證明古書之某部分全爲實錄，即百家不雅馴之言，亦不無表示一面之事實，此二重證據法惟在今日始得爲之，雖古書之未得證明者，不能加以否定，而其已得證明者，不能不加以肯定，可斷言也。』這篇文章的開頭第一句話指責人們看『傳說』與『史實』不分，即是針對顧頡剛在《古史辨》中所強調的『我們看史蹟的整理還輕，而看傳說的經歷卻重』，但實際上只重傳說的態度。此外，第二章〈禹〉更明顯地是針對顧氏抹殺大禹史實之觀點而發：『夫自堯典皋陶謨禹貢皆記禹事，下至周書、呂刑亦以禹爲三后之一，詩言禹者尤不可勝數，固不待藉他證據，然近人乃復疑之，故舉此二器知春秋之世，東西二大國無不信禹爲古之帝王，且先湯而有天下也。』」[99] 王國維對顧頡剛之強烈疑古，提出「二重證據法」要

糾正之，也可視爲對古史辨派的一種回應。因此，顧頡剛雖心儀王國維，但兩者實有區別。王國維在古史的研究領域中，其運用材料之廣、考辨之深入，往往超乎顧頡剛。

九、從「殊途同致」到「終有別」

回顧一九二四年，顧頡剛在爲《李石岑講演集》所寫的〈序〉中說：「民國六年秋間，胡適之先生到北京大學來擔任中國哲學功課，一般同學都很奇怪，他們說：『西洋留學生如何會講中國哲學？』我初時也存此想，但後來愈聽愈感動，覺得他講的雖是哲學，不啻講的史學，更不啻講的是治史學的方法。他用實驗主義的態度講學問，處處是出我意外，入我意中。從此，我不但有了治學的宗旨，更有了治學的方法了。我從心底裡發出快樂來，愈加增我研究學問的興趣。我覺得中國歷史從來不曾用這方法整理過，現在用了這個方法去做整理的工作，眞不知可以開拓出多少的新境界。」從這段話，我們得知胡適在北大教「中國哲學史」時，能從源遠流長，內容龐雜的史料中，理出系統來，又具有「抓衣得領」、「截斷眾流」的膽識，是讓顧頡剛信服的主因。

胡適只長顧頡剛兩歲，兩人國學基礎都很深厚，喜看雜書、更喜考據。胡適在一九一〇年參加庚款官費留美考試時，以「亂談考據」爲題得滿分，在美留學期間也樂於此道；而顧頡剛早在一九一六年，他還在北大預科就讀，因病回蘇州休養時，就撰成二十冊的《清代著述考》，顯示出他在考據方面的功力。胡、顧兩人都受過鄭樵、姚際恆、崔述等清代疑古辨僞家的深刻影響，都具有疑古

辨僞的思想與能力。而在當時社會出現一股「破舊立新」的浪潮下，顧頡剛在讀了康有爲的《孔子改制考》等著作後，知道古史的茫昧無稽，他想要把歷史理出一個頭緒來，但一時苦無良策。而胡適此時恰巧從國外帶回實驗主義的歷史方法，它對顧頡剛原來就質疑傳統的古史系統，提供了一個具體的範例，使顧頡剛受到極大的啓發，大有相見恨晚之感。

顧頡剛在《古史辨》自序中說：「適之先生帶了西洋的史學方法回來，把傳說中的古代制度和小說中的故事，舉了幾個演變的例，使人讀了不但要辨僞，要去研究僞史的背景，而且要去尋出它的漸漸演變的線索。」又說：「後來聽了適之先生的話，知道研究歷史的方法在於尋求一件事情的前後左右的關係，不把它看作突然出現的，老實說，我的腦筋中印象最深的科學方法，不過如此而已。」[100]

而這個「科學方法」是來自杜威（John Dewey）的。胡適在一九二一年六月三十日的日記，曾就杜威來華演講，歸納一個方法。胡適說：「他（案：指杜威）的方法分兩步：（一）歷史的方法——『祖孫的方法』。他從來不把一個制度或學說看作一個孤立的東西，總把他看到一個中段：一頭是他所以發生的原因，一頭是他自己發生的效果；上頭有他的祖父，下面有他的子孫。捉住了這兩頭，他再也逃不出去了！這個方法的應用，一方面是很忠厚寬恕的，因爲他處處指出一個制度或學說所以發生的原因，指出他的歷史的背景，故能了解他在歷史上占的地位與價值，故不致有過分的苛責。一方面，這個方法又是最嚴厲的，最帶有革命性質的，因爲他處處拿一個學說或制度所發生的結果，來評判他本身的價值。故最公平，又最厲害。這種方法是一切帶有評判critical精神的運動的一

胡適（左）與顧頡剛。攝於《國學季刊》編委會共事期間

個重要武器。（二）實驗的方法。實驗的方法至少注重三件事：一、從具體的事實與境地下手；二、一切學說理想、一切知識，都只是待證的假設，並非天經地義；三、一切學說與理想都須用實行來試驗過；實驗是眞理的唯一試金石。第一件，注意具體的境地——使我們免去許多無謂的假問題，省去許多無意義的爭論。第二件，一切學理都看作假設——可以解放許多『古人的奴隸』。第三件，實驗可以稍稍限制那上天下地的妄想冥思。實驗主義只承認那一點一滴做到的進步——步步有智慧的指導，步步有自動的實驗——才是眞進化。」[101]

後來胡適將這個「歷史演進的方法」，做了如下的概括：（一）把每一件史事的種種傳說，依先後出現的次序排列起來。（二）研究這件史事在每一個時代有什麼樣子的傳說。（三）研究這件史事的漸漸演進。由簡單變爲複雜，由陋野變爲雅訓，由地方的（局部的）變爲全國的，由神變爲人，由神話變爲史事，由寓言變爲事實。（四）遇可能時，解釋每一次演變的原因。後來顧頡剛又補充了一條，是從演變中尋出一個規律，找出一個「義例」來。這種「歷史演進的方法」，是有其科學的依據，那就是「進化論」。胡適在〈實驗主義〉一文中說：「進化觀念的哲學上運用的結果，便

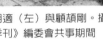

發生了一種歷史的態度。」學者楊國榮指出，「胡適將歷史態度視爲進化論的運用，既是從方法論的層面對進化論的提升，又在某種意義上將歷史主義的方法歸屬於實證科學之下。」[102]

在章太炎將「六經視爲史」的嶄新觀點，對顧頡剛走出經學之域、以新的眼光審視歷史，無疑具有觸動作用之際；在康有爲《孔子改制考》中的存疑態度與《新學僞經考》中的疑古精神，對顧頡剛懷疑古史同樣具有激發作用之時，是胡適的西洋史學方法，引導著顧頡剛的史學研究。顧頡剛在《古史辨》自序中，夫子自道地說：「我固然說不上有什麼學問，但我敢說我有了新方法了。在這方法支配之下的材料，陡然呈露了一種新樣子，使得我又欣快、又驚詫，終至放大了膽子而叫喊出來，成就了古史討論。」他又說：「要不遇見孟眞和適之先生，不逢到《新青年》的思想革命的鼓吹，我的胸中積著的許多打破傳統學說的見解，也不敢大膽宣布。」「要是適之、玄同兩先生不提起我的編集辨僞材料的興趣，獎勵我的大膽的假設，我對於研究古史的進行，也不會這般的快速。」[103]是的，顧頡剛是在新文化運動反封建浪潮的大背景下，進行他的對傳統古史系統的批判。陳獨秀、胡適、吳虞等人的反封建、反禮教的強烈抨擊文章，無疑地對顧頡剛的批判古史的思想有掃除障礙之功。

學者王汎森對「古史辨」派的成果，有如下的看法：「但是我們不能誤以爲古史辨的最大成就，是把傳統上古信史完全擊垮了。事實上，它對近代史學發展的最大意義，是使得過去凝固了的上古史系統，從接榫處解散開來，使得各個上古史事之間確不可變的關係鬆脫了，也使得傳統史學的視野、方法及目標有了改變，資料與資料之間有全新的關係。故即使不完全相信他們所留下的結論，

但至少在傳統古史系譜中，已經沒有任何人或事，可以安穩地被視爲當然，而都有遭遇到懷疑或改寫的可能。正如余英時先生所說的，『他們把古代一切聖經賢傳，都當作歷史文獻（document）來處理』[104]。綜括地說，這個運動，使得史家們能有用自由的眼光去看待上古史的機會，但這個運動最大的盲點之一，是把書的眞僞與書中所記載史事的眞僞完全等同起來，認爲僞書中便不可能有眞史料。他們之所以不能自覺到這麼一個盲點，是因爲心中有一套潛在架構，使得他們不能平情的對上古事進行細心的鑒別。」[105]

是的，在過分的「破」與「疑」之下，不僅顧頡剛，甚至胡適所提倡的「寧疑古而失之，不可信古而失之」，都往往有時而疏。也因此王國維曾對此提出針砭，他在相當程度上指出「古史辨」派執著於懷疑的原則，但僅停留於傳統的文獻材料的辨僞，而未能對古史材料作更廣義的理解。王國維所說的古史材料，除了傳統文獻材料外，更重要的是保存在地下的實物材料。學者楊國榮指出，「地下材料之所以重要，相當程度上在於它既具有本源性，又長期保存於地下，未受歷史上文獻轉錄的影響，從而較好地保持了其獨立性。」[106]儘管後來顧頡剛亦明白要再現眞實的古史系統，是離不開地下的實物材料。但從整體而言，「古史辨」派並沒有能眞正運用考古材料，進行實證性的研究。這不能不說，是個相當大的遺憾。

一九二六年八月二十四日，胡適在給傅斯年的信上說：「頡剛在他的《古史辨》自序裡說他從我的〈水滸傳考證〉裡得著他的治史學方法。這是我生平最高興的一件事。」[107]學者王汎森指出，在一九二六年當時，胡適還很支持顧頡剛《古史辨》的工作，並樂道其實驗主義方法在《古史辨》

上的大成果。但從一九二八年起，安陽殷墟的發掘逐步使傅斯年相信古史辨派過疑，故此後常駁古史辨派，這都足以影響到胡適的古史觀。也同樣殷墟考古的成果，讓胡適的古史觀也做了修正。王汎森認爲「這一修正作用，應該早從一九二八年底或一九二九年，殷墟實物出土就已開始了。」[108]而這正符合他早在一九二一年提出的「將來等到金石學、考古學發達，上了科學軌道以後，然後用地底下掘出的史料，慢慢地拉長東周以前的古史」的觀念。因此十分講求證據的胡適，已悄然地由疑古而信古了，這也難怪還堅持疑古的顧頡剛會嚇出一身冷汗，而摸不清胡適爲何改變的原因。

而胡適在從疑古轉到信古時，他的治學態度是更爲謹慎小心的。他在此時提出一個重要的觀念，那就是「懷疑的態度是值得提倡的，但在證據不充分時，肯展緩判斷的氣度，是更值得提倡的。」而對於「那種無從證實的假設」的辯論，胡適也認爲沒有太大的意義，「只不過聊勝於打麻將而已」。而對於年輕人要做這種「無從證實，又無從否定的考據」，胡適認爲是「毫無益處」的。而在方法論上，胡適更指出顧頡剛、馮友蘭等人犯了許多邏輯上所謂「丐辭」的毛病，而不自知。至於何謂「丐辭」？胡適說：「在論理學上，往往有人把尚待證明的結論，預先包含在前提之中，只要你承認了那前提，你自然不能不承認那結論了，這種論證叫做丐辭。譬如有人說：『靈魂是不滅的，因爲靈魂是一種不可分析的簡單物質。』這是一種丐辭，因爲他還沒有證明（一）凡不可分析的簡單物質都是不滅的，（二）靈魂確是一種不可分析的簡單物質。」而「積聚了許多『邏輯上所謂「丐辭」』，居然可以成爲定案的證據，這種考據方法，我不能不替老子和《老子》書，喊一聲『青天大老爺，小的有冤枉上訴！』聚蚊可以成雷，但究竟是蚊不是雷；證人自己承認的『丐辭』，

究竟是『丐辭』，不是證據。」⑽

其實早在一九二五年四月，留心西洋史學方法的張蔭麟，就曾發表了〈評近人對於中國古史之討論〉一文，從方法論上，徹底檢討顧頡剛的立說。他認為顧頡剛推翻上古信史的論點，多建立在毫不限制地使用「默證」上，而什麼是「默證」？張蔭麟說：「凡欲證明某時代無某某歷史觀念，貴能指出其時代中有此歷史觀念相反之證據。若因某書或今存某時代之書無某史事之稱述，遂斷定某時代無此觀念，此種方法謂之『默證』。」不管是「丐辭」或是「默證」，顧頡剛似乎在方法論上犯了極大的缺失，而這正顯示了顧氏在「疑古」上已經過頭了。因此，張蔭麟還不客氣地指出顧氏的整個理論核心——「層累說」，所以致誤的原因，是「半由於誤用默證，半由於鑿空穿會」。這和胡適在〈評論近人考據《老子》年代的方法〉文中直指顧頡剛的考據方法是「危險性的」、是「已經是犯了『有意周納』的毛病了」、是「斷章取義，強為牽合」，是頗有「英雄所見略同」的味道。

綜觀顧頡剛與胡適的分合，雖說最後有政治觀點的分歧，但主要還在於兩人思想觀點的轉變，有以致之。雖然當年胡適的實驗主義的「歷史的方法」、「實驗的方法」以及「假設」、「求證」的思維模式，與顧頡剛的傳統考據學（尤其是乾嘉學者的疑古精神），有著相通和暗合的地方，而使得他們曾經有過「殊途而同致」的景況。但慢慢地胡適已從疑古而到重建，而顧頡剛仍舊在疑古，最終兩人的思想可說是已「迥然有別」了。而兩人的關係也從「風義師友」，到「由親轉疏」了。其間的各自轉變，是有脈絡可尋的。因此「由合終分」，這已不是偶然，而是歷史的必然了！

注

①⑤⑨⑪⑬⑭⑯⑲㉓㉔㉖㉝㊱㊲㊵(100)(103)《古史辨》第一冊，顧頡剛〈自序〉，北京：樸社，一九二六年。

② 胡適〈傅孟真先生的思想〉，一九五二年十二月廿日傅孟真先生逝世兩週年紀念會講演，收入《胡適作品集》第二十五卷，台北：遠流，一九八六年。

③⑳(91)(105)《古史辨運動的興起》，王汎森著，台北：允晨文化，一九八七年。

④《古史辨》第四冊，顧頡剛〈序〉，北京：樸社，一九三三年。

⑥㉛(54)(60)(69)(81)(85)(88)《顧頡剛年譜》，顧潮編著，北京：中國社會科學，一九九三年。

⑦(87)(89)(90)(92)(97)(98)《歷劫終教志不灰——我的父親顧頡剛》顧潮著，上海：華東師範大學，一九九七年。

⑧《顧頡剛評傳》，顧潮著，南昌：百花洲文藝，一九九五年。

⑩⑮⑰㉑㉒㊴㊶《胡適論學往來書信選》杜春和、韓榮芳、耿來金編，石家莊：河北人民，一九九八年。

⑫㊷《古史辨》第一冊，北京：樸社，一九二六年。

⑱ 顧頡剛〈論辨偽工作書〉，收入《古史辨》第一冊，北京：樸社，一九二六年。

㉕ 俞平伯《紅樓夢辨》顧頡剛〈序〉，上海：亞東圖書館，一九二三年。

㉗ 顧頡剛〈論《通考》對於辨偽之功績書〉，收入《古史辨》第一冊，北京樸社，一九二六年。

㉘㉙㉚㉜㉞㉟㊳(55)(61)(65)(66)(70)(76)(93)(94)(95)(96)(101)《胡適日記全集》，台北：聯經，二〇〇四年。

㊸(57)(75)(78) 顧頡剛〈我是怎樣編寫《古史辨》的?〉，《中國哲學》第二、六輯，一九八〇～一九八一年。

㊹ 顧頡剛〈悼王靜安先生〉，《文學周報》第五卷第一期，一九二八年。

㊺㊻ 顧頡剛〈《吳歌甲集》自序〉，北京大學歌謠研究會，一九二六年。

㊼《胡適文存》第二集卷四，上海：亞東圖書館，一九二九年。

㊽季維龍〈胡適與顧頡剛的師生關係和學術情誼（上）（下）〉，《徽州社會科學》，一九九〇年第一、二期。

㊾羅義俊〈顧頡剛和「古史辨」論拾遺〉，收入《紀念顧頡剛先生誕辰一一〇週年論文集》，北京：中華書局，二〇〇四年。

㊿胡適〈介紹幾部新出的史學書〉，原載《現代評論》第四卷第九一～九二期，後收入《古史辨》第二冊，北京：樸社，一九三〇年。

(51)原題為關於〈封神傳的通信〉，收入《胡適遺稿及祕藏書信》，合肥：黃山書社，一九九四年。

(52)(53)(62)(83)(84)《胡適遺稿及祕藏書信》，合肥：黃山書社，一九九四年。

(56)(59)《顧頡剛和他的弟子們》，王學典、孫延杰著，濟南：山東畫報，二〇〇〇年。

(58)(64)杜正勝〈從疑古到重建——傅斯年的史學革命及其與胡適、顧頡剛的關係〉，《中國文化》第十二期，一九九五年。

(63)原刊《燕大月刊》第六春第三期，〈論《易繫辭傳》中觀象制器的故事〉一文。又收入《古史辨》第三冊，〈論觀象制器的故事出於京氏《易》書〉，北京：樸社，一九三一年。

(67)《胡適文存》第二卷，上海：亞東圖書館出版，一九二三年。

(68)後來刊於《中國文化與中國哲學》一九八八年號，深圳大學國學研究所。

(71)〈崔東壁先生故里訪問記〉（與洪業合寫），刊《燕京學報》第九期，一九三一年六月，收入《崔東壁遺書》，上海：亞東圖書館，一九三六年。

(72)見《史學年報》第一卷第四期，一九三一年六月三十日，又刊於《古史辨》第四冊，北京：樸社，一九三三年三月。

(73)兩信均見《顧頡剛讀書筆記》，〈三，郊10〉，台北：聯經，一九九〇年。

(74)(109)見《胡適論學近著》第一集，又見《胡適全集》第四卷，合肥：安徽教育，二〇〇三年。

(77)(99)(108)《中國近代思想與學術的系譜》，王汎森著，台北：聯經，二〇〇三年。

(79)張先貴〈關於胡適的「儒的起源說」的新評說〉，安徽大學學報（哲學社會科學版）一九九八年第一期。

(80)《歌謠週刊》第二卷第一期〈復刊詞〉，一九三六年四月四日。

(82)《崔東壁遺書》，胡適〈序〉，上海：亞東圖書館，一九三六年。

(86)見一九五四年十二月二十五日《人民日報》。

(102)(106)楊國榮〈史學的科學化：從顧頡剛到傅斯年〉，《史林》一九九八年第三期。

(104)余英時〈顧頡剛、洪業與中國現代史學〉，收入《史學與傳統》，台北：時報文化，一九八二年。

(107)「傅斯年檔案」I:1678，中央研究院歷史語言研究所。

莫謂書生空議論

胡適與羅隆基對國民黨當局的抗爭

羅隆基

一九二八年秋天，羅隆基從英國留學歸國，他到了上海的中國公學，擔任政治經濟系主任並兼任教授。當時胡適是中國公學的校長。羅隆基小胡適五歲，一八九六年生於江西安福的小城。他在一九一三年以江西省第一名的優異成績考入清華學校。安福雖小，卻出了不少現代名人，與羅隆基一樣，相繼考入清華的還有彭學沛、王造時、彭文應等三人，人稱「安福四才子」。九年的清華園生活後，他在一九二二年赴美留學，一九二五年在威斯康辛大學獲碩士學位，一九二八年在哥倫比亞大學獲政治學博士學位。之後遠涉英國，進入倫敦大學政治經濟學院，師從英國著名政治學家拉斯基（Harold Joseph Laski）研究政治學，拉斯基是費邊社（Fabin Society）的重要成員，他的論著在歐美思想界有著重大的影響，與羅素、林賽被譽爲英國三大思想領袖之一。羅隆基回國後，在人權運動期間，拉斯基的學說，成爲他人權思想的主要來源之一。

一九二八年三月十日，《新月》月刊創刊號，由上海「新月書店」出版發行。「新月書店」成立於一九二七年六月間，由徐志摩、胡適、丁西林、余上沅、張嘉鑄、聞一多、潘光旦、饒孟侃、葉公超、劉英士等人入股投資創辦的，胡適是董事長，其他人都是董事會成員，當然後來也成爲《新月》月刊的編輯和主要撰稿者。《新月》從創刊號到二卷一期，編輯爲徐志摩、聞一多、饒孟侃。在這期間《新月》雖也發表過社會學、政治學、哲學等各類文章，但文學卻是它的主力。小說、詩歌、散文、戲劇、翻譯、評論，占據絕大的篇幅。一九二九年三月，《新月》中對政治感興

《新月》月刊

趣的人，如胡適、羅隆基、葉公超、潘光旦、梁實秋等人，發起組織了「平社」，取「平心而論」之義，並擬出一個周刊或旬刊，取名《平論》，由「平論社」刊行。但後來《平論》並未能及時出版，原本的文章仍陸續在《新月》上發表，而導致《新月》的某種突變。

一九二八年，國民黨在取得中央統治權以後，其對內專制傾向日益抬頭，而主要表現形式就是一黨專政，國民黨統治權可以超越任何行政的、法律的界線。一九二九年三月，在國民黨「三全大會」上，上海市黨部一個國民黨骨幹分子陳德徵教育局長，公然提出由國民黨各黨部系統來執行所謂「懲治反革命」工作的提案。胡適見此文件，當即在三月二十六日寫信給當時司法院院長王寵惠，提出強烈抗議。胡適信中說：「……先生是研究法律的專門學者，對於此種提案，不知作何感想？在世界法制史上，不知那一世紀那一個文明民族曾經有過這樣一種辦法，筆之於書，立爲制度的嗎？我的淺識寡聞，今日讀各報的專電，眞有聞所未聞之感。中國國民黨有這樣黨員，創此新制，大足以誇耀全世界了。其實陳君之議尚嫌不徹底。審判既不需經過法庭，處刑又何必勞動法庭？不如拘捕、審問、定罪、處刑與執行，皆歸黨部，如今日反日會之所爲，完全無須法律，無須政府，豈不更直截了當嗎？我今天實在忍不住了，寫這封

信給先生。也許此信到時，此案早已通過三全大會了。司法院也可以早點預備關門了。我們還說什麼呢？」①胡適同時以中英兩種文字發出他的抗議信件，結果中文被查沒，英文件發了出去。對於中文文章發表不了，實際上也是陳德徵等人從中作梗。

四月一日，陳德徵在《民國日報》的〈星期評論〉第二卷第四十六期的「匕首」專欄中，登出了〈胡說〉的短文：「不懂得黨，不要瞎充內行，講黨紀；不懂得主義，不要自以為是，對於主義，瞎費平章；不懂得法律，更不要冒充學者，來稱道法治。在以中國國民黨治中國的今日，老實說，一切國家底最高根本法，都是根據於總理主要的遺教。違反總理遺教，便是違反法律，違反法律，便要處以國法。這是一定的道理，不容胡說博士來胡說的。」②胡是把此短文貼在日記上，在旁邊批注道：「我的文章沒處發表，而陳德徵的反響卻登出來了。」

四月二十日，南京國民政府發布保護人權，尊重法律的命令：「世界各國人權，均受法律之保障。當此訓政開始，法治基礎亟宜確立。凡在中華民國法權管轄之內，無論個人或團體均不得以非法行為侵害他人身體自由及財產，違者即依法嚴行懲辦不貸。」胡適除在當天日記寫下，「這道命令奇怪之至！」外，他在五月六日草成〈人權與約法〉一文，並於六月份的《新月》第二卷第二號刊出。他在文中提出三點質疑性的責難：一、「自由」究竟是哪幾種自由？財產究竟應受怎樣的保障？沒有明確規定。二、命令所禁止的是「個人或團體」，卻不曾提及政府機關。「個人或團體固然不得以非法行為侵害他人身體自由及財產，但今日我們最感覺痛苦的是種種政府機關或假借政府與黨部的機關，侵害人民的身體自由及財產。」三、所謂「依法」是依什麼法？「我們就不知道今日

有何種法律可以保障人民的人權。」胡適重申只有「法治」才能規範每個人的行爲。「法治只是要政府官吏一切行爲都不得踰越法律規定的權限。法制只認得法律，不認得人。」胡適在文章中最後呼籲：「快快制定約法以確定法治的基礎！快快制定約法以保障人權。」

胡適此文一出，立刻在文化思想界引起軒然大波，所謂「一石激起千層浪」。羅隆基也於同期刊出〈專家政治〉一文，他認爲中國目前政治上的混亂局面主要應歸因於行政，而行政卻處於兩種惡勢力夾攻之下：一是武人政治，二是分贓政治。從中央政府一直到各省政府，從國家的行政一直到國民黨的行政，都處在軍閥指揮之下，這就是武人政治。「國家這幾十萬行政人員，從國家的總次長一直到守門的門房、掃地的差役」的產生，既不是通過選舉，又沒有考試，都是靠推薦、拔引、夤緣、苟且，這就是分贓政治。羅隆基最後大聲疾呼，要解決當前中國的政治問題，最要緊的是要「專家政治」。而「專家政治」的出現，「消極方面，先要除去武人政治和分贓政治；積極方面，要實行選舉與考試制度。」

在好友羅隆基、梁實秋（隨後又加入王造時）的聲援下，胡適將積壓兩年多的不滿和激憤，一古腦兒地發洩出來，他緊接著又發表了〈我們什麼時候才可有憲法──對於建國大綱的疑問〉、〈知難，行亦不易──孫中山先生的「行易知難說」述評〉兩篇文章，在思想輿論界引起軒然大波，並獲得社會普遍讚許。胡適在前文除了肆無忌憚地對國民黨的《建國大綱》進行批判外，他更指出《憲法》的重要性，他說：「憲法的大功用不但在於規定人民的權利，更重要的是規定政府各機關的權限。立一個根本大法，使政府的各機關不得踰越他們的法定權限，使他們不得侵犯人民的權利──這

和羅隆基並稱「安福四才子」之一的王造時（左一），即為後來一九三六年被國民黨拘捕，驚動全國的「七君子」之一。（攝於一九三七年七月卅一日，七君子出獄時）

才是民主政治的訓練。程度幼稚的民族，人民固然需要訓練，政府也需要訓練。人民需要『入塾讀書』，然而蔣介石先生、馮玉祥先生，以至於許多長衫同志和小同志，生平不曾夢見共和政體是什麼樣子的，也不可不早日『入塾讀書』罷！人民需要的訓練是憲法之下的公民生活，政府與黨部諸公需要的訓練是憲法之下的法治生活。『先知先覺』政府諸公必須自己先用憲法來訓練自己，裁制自己，然後可以希望訓練國民走上共和的大路。不然，則口口聲聲說『訓政』，而自己所行所爲皆不足爲訓。小民雖愚，豈易欺哉！」而在後文中，胡適在分析孫中山「知難行易」的內在矛盾和不良影響後，更提出兩大危險。胡適是藉著批評孫中山進而轉向蔣介石等人，他在文章中指責當局的無知、無能，可說是言詞犀利而明快。他說：「今日最大的危險，是當國的人不明白他們幹的事，是一件絕大繁難的事。以一班沒有現代學術訓練的人，統治一個沒有現代物質基礎的大國家，天下的事，有比這個更繁難嗎？要把這件大事辦得好，沒有別的法子，只有充分請教專家，充分運用科學。然而『行易』之說，可以作爲一班不學無術的軍人政客的護身符！此說不修正，專家政治絕不會實現。」

國民黨當局在惱怒之餘，下令查禁八月二十五日出版的《新月》第二卷第四號。但《新月》同仁並不甘示弱，於是被號稱胡適自由主義大旗下的「三個火槍手」的羅隆基，在〈人權與約法〉的基礎上，又寫了〈論人權〉的長文，發表在《新月》第二卷第五號上。他一開頭就指出，人權破產，是中國目前不可掩蓋的事實。「國民政府四月二十日保障人權的命令，是承認中國人民人權破產的鐵證。」而「言論自由是人權」，「取締言論自由，所取締的不只在言論，實在思想，不只在思想，實在個性與人格。取締個性與人格，即屠殺個人的生命，即係滅毀人群的生命。」在論述「人權與國家」的關係時，羅隆基認爲，「國家的功用，就在保障人權。就在保障國民做人上那些必要的條件。什麼時候我的做人的必要的條件失了保障，這個國家，在我方面，就失了它的功用，同時我對這個國家就失了服從的義務。」然後羅隆基意有所指地說，國家失去功用的理由，最大的是國家爲某私人或某家庭或某部分人集合的團體所占據，成爲他們蹂躪大多數國民人權的工具。而在論述「人權與法律」的關係時，他直斥「保障人權令」說：「明火打劫的強盜，執槍殺人的綁匪，雖然幹的是『以非法行爲，侵害他人身體、自由及財產』的勾當，其影響所及，遠不如某個人、某家庭或某團體霸占了政府的地位，打著政府的招牌，同時不受任何法律的拘束的可怕。」文章最後羅隆基更提出國人所要爭取的人權「三十四條」（案：羅隆基雖列舉了三十五條，但其中缺了第二十六條，故實爲三十四條，而一般引用者習焉不察，謬誤至今）。此時的羅隆基的思想，很明顯受到拉斯基的多元主義國家觀的影響。

國民黨當局不能坐視胡適、羅隆基等人的凌厲攻勢，他們一面由新聞宣傳機關組織大量的御用

文人，寫出大量的文章加以反擊，甚至謾罵；另一面由黨部向胡適施加壓力。九月二十一日，上海市黨部第三次開會，決議再呈中央：「請嚴懲反革命之胡適，並即時撤消其中國公學校長職務。」九月二十五日，國民黨政府下令教育部警告胡適。教育部長蔣夢麟便在十月四日簽署了教育部訓令，並附上具體理由如下：「胡適藉五四運動倡導新學之名，博得一般青年隨聲附和，迄今十餘年來，非惟思想沒有進境，抑且以頭腦之頑舊，迷惑青年。新近充任中國公學校長，對於學生社會政治運動，多所阻撓，實屬行為反動，應該將胡適撤職懲處，以利青運。」又「查胡適近年以來刊發言論，每多悖謬……大都陳腐荒怪，而往往語侵個人，任情指摘，足以引起人民對於政府惡感，或輕視之影響。夫以胡適如是之悖謬，乃任之為國立（？）學校之校長，其訓育所被，尤多陷於腐舊荒怪之途。為政府計，為學校計，胡適殊不能使之再長中國公學。而為糾繩學者發言計，又不能不予以相當之懲處。」「惟胡適身居大學校長，不但誤解黨義，且踰越學術研究範圍，任意攻擊，其影響所及，既失大學校長尊嚴，並易使社會缺乏定見之人民，對黨政生不良印象，自不能不加以糾正，以昭警戒。」③

胡適在接到教育部的訓令後，回了一封信曰：

夢麟部長先生：

十月四日的「該校長言論不合，奉令警告」的部分，已讀了。

這件事完全是我胡適個人的事，我做了三篇文字，用的是我自己的姓名，與中國公學何干？你為什麼「令中國公學」？該令殊屬不合，故將原件退還。

又該令文中引了六件公文，其中我的罪名殊不一致，我看了完全不懂得此令用意所在。究竟我是為了言論「悖謬」應受警告呢？還是僅僅為了「言論不合」呢？還是為了「頭腦之頑舊」、「思想沒有進境」呢？還是為了「放言空論」呢？還是為了「語侵個人」呢？（既為「空論」，則不得為「語侵個人」；既為「語侵個人」，則不得為「空論」。）若云「誤解黨義」，則應指出誤解那一點；若云「語侵個人」，則應指出我的文字得罪了什麼人。

貴部下次來文，千萬明白指示。若下次來文仍是這樣含糊籠統，則不得謂為「警告」，更不得謂為「糾正」，我只好依舊退還貴部。

又該令文所引文件中有別字二處，又誤稱我為「國立學校之校長」一處，皆應校改。④

蔣夢麟與胡適為多年好友，又曾在北大同事，此時一為教育部長，一為中國公學校長，身為政府官員，蔣部長不得不奉上層旨意管管胡校長，有他的無奈。而胡校長對上層的不滿，使得他不得不對這位「部長」好友，有所抗辯。蔣夢麟在稍後的十二月三日給胡適的私人信件中，對簽署訓令這種公事，有他的表白。另外他對胡適的公函抗辯，也有「同情的了解」。蔣夢麟信中說：「昨日自杭乘汽車回京，晚間到部，接讀來信，敬悉種切。前孟眞在此，我偶然對他發牢騷。他第二次來京時說，那篇文章並不是由兄處發出的，我就了解了。我的用意是把大事化小事，小事化無事。只要大

事能化爲小事，小事不至於變爲大事，我雖受責備，也當欣然接受。至於爲人『搨末梢』，我在北大九年，幾乎年年有幾樁的，也搨慣了。事到其間，也無可如何了。」⑤

國民黨當局對胡適等人，並沒有輕易放過。十月十二日在中宣部部長葉楚傖的指揮下，集中火力批駁胡適，並把已發表的文章結集，名之曰《評胡適反黨義近著》第一集，交由上海光明書局出版。這些文章胡適都已剪貼在日記中，並加了如：「這樣不通的文章，也要登在黨報上丟醜。」、「卑鄙可笑」、「上海的輿論家眞是可憐！」等批註。可知胡適對這有計畫的圍剿，都持輕蔑的態度，覺得他們只是在展示他們的無知和醜態罷了。

十一月十九日，胡適寫了〈新文化運動與國民黨〉一文，胡適認爲保守與反動，使得國民黨成了新文化運動發展的阻力，也導致後來國民黨的「文化政策和思想」的反動，因此出現了許多荒唐可笑之舉。例如：「上帝可以否認，而孫中山不許批評。禮拜可以不做，而總理遺囑不可不讀，紀念周不可不做。一個學者（案：顧頡剛）編了一部歷史教科書，裡面對於三皇五帝表示了一點懷疑，便引起了國民政府諸公的義憤，便有戴季陶先生主張要罰商務印書館一百萬元！一百萬元雖然從寬豁免了，但這一部很好的歷史教科書，曹錕、吳佩孚所不曾禁止的，終於不准發行了！」胡適最後筆鋒一轉，鄭重警告國民黨政府，他說：「今日的國民黨到處念誦『革命尚未成功』，卻全不想促進『思想之變化』！所以他們天天摧殘思想自由，壓迫言論自由，妄想做到思想的統一。殊不知統一的思想只是思想的僵化，不是謀思想的變化……現在國民黨所以大失人心，一半固然是因爲政治上的設施不能滿足人民的期望，一半卻是因爲思想的僵化，不能吸引前進的思想界的同情。前進

的思想界的同情完全失掉之日，便是國民黨油乾燈草盡之時。」

胡適在十一月十九日記上說：「昨夜寫成〈新文化運動與國民黨〉一文，早晨二時始完。今早九時，實秋來同去暨南大學，十時講演昨夜寫的文字，十一時畢。出門時，暨南文學院長陳鐘凡對我吐舌，說，『了不得！比上兩回的文章更厲害了！我勸先生不要發表，且等等看！』胡適表示他沒有絲毫的顧忌，不久他又把這個題目和內容搬到羅隆基執教的光華大學再講一次。

而在同期羅隆基也發表〈告壓迫言論自由者——研究黨義的心得〉一文，他說：「孫中山先生是擁護言論自由的。壓迫言論自由的人，是不明瞭黨義，是違背總理的教訓。倘使違背總理教訓的人是反動或反革命，那麼，壓迫言論自由的人，或者是反動或反革命。」「絕對的言論自由，固然是危險，實際上壓迫言論自由的危險，比言論自由的危險更危險。」他認為「眞正好的主張及學說，不怕對方的攻擊，不怕批評和討論，取締他人的言論自由，適見庸人自擾。」他並從中外歷史事件看，壓迫言論自由者，哪一次「沒有弄到極悽慘的結果」。孫中山的學說及主張，「從前滿清壓制言論自由的方法，不能消滅它。如今當然也不靠壓迫言論自由來保護。」如此苦口婆心的勸說，換來的是國民黨當局對該期《新月》的查禁。

一九三〇年一月，胡適、羅隆基、梁實秋的文章結集為《人權論集》由新月書店出版。胡適在〈序〉文指出，「這幾篇文章討論的是中國今日人人應該討論的一個問題——人權問題。……因為我們所要建立的是批評國民黨的自由和批評孫中山的自由。上帝我們尚且可以批評，何況國民黨與孫中山？」國民黨當局豈能任胡適等人如此「膽大妄為」，於是在一月二十日，上海市黨部在陳德徵

（鮑容代）的主持下，議決：「一、查封新月書店；二、呈請市執會轉呈中央將中國公學校長胡適迅予撤職；三、呈請市執會轉呈中央將胡適褫奪公權並嚴行通緝使在黨政府下不得活動。」二月五日，國民黨中央宣傳部發出密令：「查最近在上海出版之《新月》第二卷第六、七期，載有胡適作之〈新文化運動與國民黨〉及羅隆基作之〈告壓迫言論自由者〉二文，詆毀本黨，肆行反動，應由該部查當地各書店有無該書出售，若有發現，即行設法沒收焚毀。除分行外，合亟密令，仰該部遵照，嚴密執行具覆爲要。」該密令不知通過什麼管道到了新月書店的手中。胡適在二月十五日的日記中說：「新月書店送來市黨部宣傳部的密令，中有中央宣傳部密令，……密令而這樣公開，眞是妙不可言！此令是犯法的，我不能不取法律手續對付他們。」隔天胡適日記中說：「與律師徐士浩君談中央宣傳部的密令，他說沒有受理的法庭。晚上，與鄭天賜、劉崇佑兩先生談此事，劉君說可以起訴，我決意起訴。」但此事最後不了了之。

胡適不是一個激進的革命家，只是一個穩健改革者，他不可能翻天覆地的去推翻政府，他嚴詞批判政府，是有其苦心，所謂「愛之深，責之切」。他曾以「鸚鵡救火」自喻，他說：「今天正是大火時候，我們骨頭燒成灰終究是中國人，實在不忍袖手旁觀。我們明知小小的翅膀上滴下的水點未必能救火，我們不過盡我們的一點微弱的力量，減少良心上的一點譴責而已。」於是當周作人寫信勸胡適回北平專心著述時，胡適一方面說「不願連累北大做反革命的逋逃藪」，一方面他卻說出了自己內心的話。他說：「至於愛說閒話，愛管閒事，你批評的十分對。受病之源在於一個『熱』字。任公早年有『飲冰』之號，也正是一個熱病者。我對於名利，自信毫無沾戀。但有時候總有點看不

過，忍不住。王仲任所謂『心噴湧，筆手擾』最足寫此心境。自恨『養氣不到家』，但實在也沒有法子制止自己。近年因爲一般朋友的勸告——大致和你的忠告相同，——我也有悔意，很想發憤理故業。如果能如尊論所料，『不會有什麼』，我也可以捲旗息鼓，重做故紙生涯了。但事實上也許不能如此樂觀，若到逼人太甚的時候，我也許會被『逼上梁山』的，那就更糟了。但我一定時時翻讀你的來信，常記得Rabelais的名言，也許免得下油鍋的危險。」⑥

但羅隆基不同於胡適，他對國民黨當局的「回報」，是愈挫愈勇的。他再度提筆上陣，在《新月》第二卷第八號，又發表〈我對黨務上的「盡情批評」〉一文。他寫此文的動機是起因於蔣介石一九二九年十二月二十七日發表的通電。該電希望輿論界人士發表對黨務、政治、軍事、財政等方面的看法，聲稱「其弊病所在，能確見事實癥結非攻訐私人者，亦請盡情批評。……凡屬嘉言，咸當拜納。」於是羅隆基就發表明知不會被「拜納」的「嘉言」。文中首先指出，國民黨是一黨獨裁，然後又表面鼓吹民權。在現在的一黨獨裁下，人民不能大膽討論國事，不能公開批評國民黨。「談談憲法，算是『反對』；談談人權，算是『人妖』。老百姓想要救國愛國卻無國可救、無國可愛。在『黨國』，『黨人治國』底下，我們的確是無罪的犯人，無國的流民了！」他又指出，在現階段非國民黨員不能做官，因爲一切官吏考試先考國民黨黨義。考完之後，各機關用人，「黨人先用」，各機關裁人，「非黨員先裁」。這種以黨員治國「是政治思想上的倒車，是文官制度的反動，是整理中國吏治的死路。」最後他針對「黨內無派」與「黨外無黨」忠告國民黨說：「人的思想及主張，既然不能統一，自然要尋出路。一面要做到黨外無黨，一面要做到黨內無派，結果，就逼迫一切不同的思想

及主張走到一條狹路上去了。如今，黨內無派，逼成一個改組派；黨外無黨，逼出許多革命黨來了。厝火積薪之下，禍發的時候，雖非官逼民反，恐有黨逼民叛的後悔。」

緊接著羅隆基又在《新月》第二卷十二號，發表〈我們要怎樣的政治制度〉一文，文中指出，他不但反對獨裁制度，並且反對國民黨以獨裁制度做爲民主制度的過渡方法的主張。他認爲，要產生民主的政治制度，就必須「立刻召集國民大會，制訂憲法。」因爲沒有憲法，國家的政治制度就沒有根據。國民黨員時時做紀念週，天天念遺囑，卻對孫中山的「國民會議應盡快召開」的遺囑置之不理。最後他認爲稱得上眞正的民主政治的政府，必須具備：一是、有代表的立法機關，二是、有專家知識的吏治制度。

面對羅隆基的「放言高論」，國民黨當局乃在一九三〇年五月三日，下令查禁《人權論集》。而胡適也在同年五月十五日，辭去中國公學校長職務（案：他在一月十二日已辭職，但校董事會和教職員生開會挽留），胡適辭職的原因，主要是不願他個人的言論，妨礙到學校的立案。而不是像有的學者所認爲的，是他臨陣退縮了。我們從胡適在次年的一月十八日，回覆教育部次長陳布雷的信，可見胡適面對粗暴地打壓論自由，是始終不曾退縮的。說到不退縮，羅隆基更是一往直前，毫不畏懼。他在蔣介石發表主張實行預算制的文章不久後，就在《新月》第三卷第三號，發表〈我們要財政管理權〉一文，繼續抨擊國民黨。

一九三〇年胡適返北大任教

羅隆基的屢屢與國民黨「爲難」，激怒了國民黨。就在一九三〇年十一月四日，國民黨上海特別市黨部及八區黨部，控告羅隆基「言論反動，侮辱總理」，是「國家主義領袖」，有「共產的嫌疑」，因而被警方逮捕。胡適在得知消息後，立即打電話請蔡元培、宋子文出面保釋。宋子文讓財政次長出面，蔡元培則親自去找張群，當天下午六點一刻，羅隆基就被釋放了。但羅隆基對國民黨當局更加反感，他寫了〈我的被捕經過與反感〉發表於《新月》第三卷第三號上。羅隆基的滿腔憤怒盡瀉紙上：「今日國民黨統治下的中國」，人民無故可以被拘捕、監禁、檢查、懲罰。「有冤莫白，舉國獄嘯，無辜被戮，遍地鬼哭。」「這是野蠻，這是黑暗，這是國家的恥辱！這是黨治的恥辱。」而這一切的罪孽，「都在整個的制度，一切責任，都在政府和黨魁。」他在文中大聲疾呼：「我們要法治！我們要法律上的平等。」他列舉了一些發人深省的史實：英人亨普登因抗繳違法的公債，而被查理士第一拘捕審判，引起英人對君主專制的義憤、反抗，最後推動了一六四九年革命的成功。而法國當年的「告密信」沒有維持君主專制的威權，反而斷送了路易十六的性命。法國當年的「巴斯提爾」沒有關盡政府的叛徒，卻培養革命的種子。「控告、拘捕、羈押、監禁、懲罰、槍殺，這些都是政治潰亂的證據。」最後，羅隆基引用老子的「民不畏死，奈何以死懼之」，作爲他對國民黨暴政的示威與抗議。

面對如此火力強大的攻擊，國民黨當然不會置若罔聞的，一九三一年一月十一日，教育部電令光華大學，稱「羅隆基言論謬妄，迭次公然詆本黨，似未便任其繼續任職，仰即撤換。」⑦當天胡適日記記載著：「是日光華大學得教育部電令，要撤退羅隆基的教授。校長張壽鏞把此令抄給羅看，

令人勸他不要去光華上課，仍每月送他俸給二百四十元。光旦、全增嘏、沈有乾等都不平。今晚在光華教職員會上，爭論甚烈。如教育部逼光華執行，必有一部分好教員抗議而去。此事是教育部的大錯，可以引起大風波。」次日，新月書店董事會在「中社」集會，胡適遇到經濟學家金井羊，因金井羊與教育部次長陳布雷有私交，胡適便託他去陳布雷處疏通（案：當時教育部長由蔣介石兼任），「我的提議是，布雷了解後，然後叫光華去一呈文，說明執行部令的困難，由部中批准撤回，羅君自行辭職。」不料十三日一清早，光華大學發表了教育部的電令，胡適馬上去找金井羊託他向陳布雷說，「羅事係個人負責的言論，不應由學校辭退他，更不應由教育部令學校辭退他。」胡適並表示，「如布雷願意和我面談此事，我可以一行。」十五日，胡適收到金井羊自南京的快信，說陳布雷聽不進胡適「息事寧人」之言，「撤回命令，殊屬難能。」信後還附筆：「布雷說，隆基無人格，不能對友。態度殊堅決。閱後火之。」當晚胡適給陳布雷寫了長信說：「羅君所作文字，一一可以覆按，其中皆無有『惡意的』詆毀，只有善意的忠告而已。此類負責的言論，無論在任何文明國家之中，皆宜任其自由發表，不可加以壓迫。若政府不許人民用眞姓名負責發表言論，則人民必走向匿名攻訐或陰謀叛逆之路上去。《新月》同仁志在提倡這種個人簽名負責的言論，故二年以來，雖不蒙黨國當局所諒解，我們終不欲放棄此志。國中若無『以負責任的人說負責任的話』的風氣，則政府自棄其諍友，自居於專制暴行，只可以逼人民出於匿名的、惡意的、陰謀的攻擊而已。」胡適指出，以政府的威力命令學校解除羅隆基的教授職務，是絕大的錯誤，「實開政府直接罷免大學教授之端，此端一開，不但不足以整飭學風，將引起無窮學潮」。「此事在大部或以爲是關係一個

人的小問題，然在我們書生眼裡，則是一個絕重要的『原則』問題。『言論謬妄，迭次公然詆本黨，自未便聽其繼續任職』。這是很重要的一條原則。今日若誤認爲一個人的小問題，他日必有悔之無及之一日。」

十七日，胡適日記說：「去訪張壽鏞先生，談羅隆基事。他大打官話，先要我轉告羅君勿再去光華上課，我說，『恕不能轉達此意』。他又說：『我已把部令抄給他看了，他和我打官話，要來上課，我要禁止他！』我說，『承先生把我當作畏友，我老實說，先生這個辦法是錯的。你最好是裝作看不見，不知道他來上課。你若禁止他，用什麼法子？叫警察？調兵？用學生？』他後來軟下來了，說：『我一定裝做不知道。』他說他可以向蔣介石去說此事。」十八日，胡適收到陳布雷託金井羊轉交的回信，說「先生之見解，弟殊未能苟同」，「弟認爲此事部中既決定，當不能變更」，並表示已將胡適的信轉呈蔣介石。胡適把此信貼在日記上，並在旁邊批注：「人言布雷固執，果然。」當晚，胡適又給陳布雷寫了一封信，說他請金井羊帶上《新月》二卷全部及三卷已出之三期各兩份，一份贈與先生，一份乞先生轉贈介石先生。胡適還要金井羊帶上他「措辭強硬」的信，說「《新月》談政治，起於二卷四號，甚望先生們能騰出一部分時間，稍稍瀏覽幾期的言論。該『沒收焚毀』（中宣部密令中語），或該坐監槍斃，我們都願意負責任。但不讀我們的文字而但憑無知黨員的報告，便濫用政府的威力來壓迫我們，終不能叫我心服的。」（可惜的是，金井羊見狀，不敢帶信。只把兩套《新月》帶回南京。）

十九日下午五時一刻，胡適約了光華大學校長張壽鏞來談，張校長來時竟帶了一個密呈來，後

經胡適改了兩處，並打電話請羅隆基來談，三人約定，如果此呈經蔣介石批准後，即發表；發表後，羅即辭職。一月二十二日，胡適日記說，「張壽鏞先生來談。他見了蔣介石，把呈文交上去了，蔣問，『這人究竟怎麼樣？』他說：『一個書生，想作文章出點風頭，而其心無他。』蔣問：『可以引為同調嗎？』他說『可以，可以！』我忍不住要笑了，只好對他說：『咏霓先生，話不是這樣說的。這不是同調的問題，是政府能否容忍異己的問題。』但他不懂我這話。我勸他先把此呈正式抄給羅君。我想勸努生（案：羅隆基）得此信後即去信辭職，說明反對原則，而不欲叫光華為難。」

辭去光華大學教職的羅隆基，並沒有因此噤聲，反而更加大聲撻伐。他在《新月》第三卷第八號，發表〈對訓政時期約法的批評〉一文，予以譴責。他認為這次的約法，「只有『主張在民』的虛文，沒有人民行使主權的實質。」其次，在規定人民的權利與義務上，同樣存在著極大的欺騙。雖然規定人民有言論、出版、集會、結社等等自由，但這一切一切的自由「依法律都得停止或限制之」。「左手與之，右手取之，這是戲法，這是障眼法，這是國民黨腳快手靈的幻術。」依照約法，只有兩個結果：「成一個獨夫專制的政府，或成一個多頭專制的政府」，絕對不能走上民主政治的道路。並且按照約法所產生的政府，在行政上也絕無效率可言。因為人事上的疊床架屋，「所謂的執委，所謂的政治會議，所謂的院長，所謂的部長，又依然是這十八尊羅漢。」結果是，大官可以自任自免，自免自任了。「天下之制度可以令人發笑者，有過於是者歟？」

國民黨當局老羞成怒，七月二十六日北平市整委會以「詆毀約法，詬辱黨國」名義，乃命令市

公安局派人搜查當地新月分店，逮捕兩人，搜走當期的《新月》月刊一千多冊。也因而導致徐志摩、邵洵美的主張《新月》以後不談政治，但羅隆基卻不以爲然。他在一九三一年八月六日給胡適的信說：「……《新月》的立場，在爭言論思想的自由。爲營業而取消立場，實不應該。相當的顧到營業則可，放棄一切主張，來做書店生意，想非《新月》本來的目的。先生意以爲如何？十冊出版了。稿在北平事發生前付印的。內有我的〈論中國共產〉文，又牽連到時局，或又要發生問題。」⑧羅隆基在《新月》第三卷第十號上發表〈論中國的共產──爲共產問題忠告國民黨〉，文中指出，要「解決今日中國共產問題，只有根本做到兩點：（一）解放思想，重自由不重『統一』；（二）改革政治，以民治代替『黨治』。這兩點做到了，思想上青年有了歸宿，政治上民怨有了平泄，以後，政治可以上軌道，經濟可以謀發展。這些初步條件做到了，共產學說根本在中國站足不住了，共產黨不剿自滅了。」在第十一號的《新月》上，羅隆基又發表〈什麼是法治〉一文，揭露國民黨當局根本不懂什麼是法治，並且向當局指出政治上的異端，不是壓迫懲罰可以整治的。此文當然「又犯了忌諱」，據徐志摩九月九日給胡適的信中說：「……昨付寄的四百本《新月》當時被扣，並且聲言明日抄店，幸虧洵美手段高妙，不但不出亂子，而且所扣書仍可發還。」⑨

一九三一年「九．一八」事變後，日本對中國侵略加劇，而國民黨竟主張不抵抗主義，羅隆基在悲憤之餘，又作了〈告日本國民和中國的當局〉於《新月》第三卷第十二號上，他認爲對於「九．一八」事變，「中國的外交當局和軍事當局，有罪不容赦的錯誤。」爲了應付國難，在對日方面，應「立即斷絕國交，動員備戰」，在內政上，首先是國民黨取消黨治。因爲，「如今的黨治，在

內政上以黨治國，是以黨亂國；在外交上以黨治國，是以黨亡國。」在如今國難當前，「一切的政治意見，可以暫時犧牲。」但有一個前提，即取消黨治。

此時，《新月》內部又發生分裂，徐志摩、梁實秋、聞一多、葉公超等人，都不再給《新月》寫稿了。其實這早在五月二十日羅隆基給胡適的信中，就埋怨過：「《月刊》內容，的確不是我一個人的力量可以改進的。一般舊朋友，除先生的文章照樣寄來外，都不肯代《新月》做稿。志摩、實秋、一多、英士、公超、上沅、子離、西瀅、叔華、從文這一班人都沒有稿來。一多、實秋前次在上海，都答應馬上寄稿來，如今又毫無音信。編輯人有什麼辦法？舊人對《新月》內容不甚滿意，這責任的確應大家負擔。」[10]學者侯群雄認爲，「新月」成員中原存在著徐志摩、聞一多爲代表的「文藝派」與胡適、羅隆基爲代表的「政治派」，當政治派占據主要位置時，其他成員自然疏離。不久後，又由於徐志摩的早逝，遂使《新月》失去一個熱情而有凝聚力的核心人物，因此在某種程度加速了《新月》的解體。[11]作爲《新月》的主編卻面臨「無米之炊」，使得他在心灰意冷之餘，在一九三二年初離滬北上，就任天津《益世報》社主筆，他也不再爲《新月》撰稿了，轟動一時的「人權論爭」也就此畫上休止符。

羅隆基之所以任《益世報》的主筆，是因爲該報總編劉豁軒從《新月》讀到羅隆基力透紙背的政論文章，深爲欽慕，他透過羅隆基的友人，也是南開大學的教務長黃子堅的聯繫，並以月薪五百元的重金禮聘。羅隆基走馬上任後，便在一九三二年一月十二日發表第一篇社論〈一國三公的僵政局〉，文中猛烈抨擊了——蔣介石、胡漢民、汪精衛，所謂的「一國三公」。《益世報》原本只是教會

報紙，影響力不大，但自從羅隆基任主筆之後，訂戶驟增，一躍而成爲全國性有影響力的報紙。面對羅隆基不斷地激烈的抨擊，蔣介石怒不可遏，於是下達了暗殺令。當四名特務一到天津，當即拜會幫會頭子潘子欣，告知此行的目的。沒想到潘子欣與羅隆基有些舊交，於是他把消息告訴了羅隆基。羅隆基閉門不出，數日後潘子欣來說，命令已撤回，特務已回南京。羅隆基才算鬆了一口氣。其實是特務騙了潘子欣，他們始終不曾離開天津。一九三三年秋的一天，羅隆基乘報社的汽車到南開大學上課，突然迎面開來一輛敞篷大卡車，羅隆基朝前一望，但見車上站著四名穿制服的大漢，羅隆基急中生智，立即平臥在座位前，說時遲那時快，特務對準他的座位連開數槍，所幸逃過一劫。當晚即有傳聞說羅隆基已中彈身亡了；次日京滬友人發來唁電，弄得羅隆基哭笑不得。《益世報》在先前曾受到停止發行的處分，再加上這次以生命相威脅，但似乎不曾減低羅隆基批判的火力。一直到同年十二月二十一日，我們看到胡適的日記這樣寫著：「今晚看晚報，始知羅隆基主持社論的天津《益世報》受黨部壓迫，封鎖郵電，故今日的報不能發行。晚上羅君來談，說他已辭職了。我們談了兩三個鐘頭，羅君自認爲受國民黨的壓迫，故不能不感到凡反對國民黨之運動不免引起他的同情。此仍

益世報

《益世報》

是不能劃清公私界限。此是政論家之大忌。」

羅隆基敢作敢當，個性激烈，一生的行事風格和胡適大不相同。當年在中國公學鬧風潮的時候，胡適就批評過羅隆基。胡適在一九三一年二月十五日的日記中說：「中公問題如此結束，甚可痛心。大概二月四日的校董會本意由子民先生暫任校長以救危局，而君武、隆基諸人不明大體，容縱學生去包圍校董會，遂成僵局。於是校董會遂把學校送給教育部與黨部了。」最後他們派了邵力子來做了校長。胡適說：「中公的事，我已略知大概，但尚不知隆基玩了許多笨拙的把戲，而君武同他一般見識，遂鬧到不可收拾。」論者以為此時或已種下兩人終究分手的隱憂。但此時即使看法有別，但卻沒有影響他們的友情。甚至幾年後，羅隆基移居天津，我們知道胡適去天津辦事，還住在羅隆基家中，一九三四年三月九日的胡適日記中說：「下午四點到羅努生處寫了幾幅字，都不好，打牌到深夜，次日早車回北平。」可見兩人關係仍然不錯的。只是愈往後兩人的分歧也愈明顯。一九三二年五月二十二日胡適在北平創辦了《獨立評論》週刊，羅隆基在《獨立評論》的活動，參加的不多。在該刊只刊登兩篇文章，其中一篇還是轉載自《益世報》。在一九三五年十月六日出版的《獨立評論》第一七一期，羅隆基發表〈訓政應該結束了〉一文，他對於政府在一九三五年底應該結束訓政卻沒有結束，提出批評。他說：「我們只懇切的請求政府履行他以往的決議。……政府說了話應該算話，……六年結束訓政的期票，如今到期了，到期就應兌現。」而轉載的〈國聯還可以抬頭？〉一文，刊登於一九三六年六月七日出版的《獨立評論》第二〇四期。羅隆基這篇文章是針對胡適於同年五月二十四日發表於《獨立評論》第二〇二期的〈國聯還可以抬頭〉而發的。

當國聯在一九三三年處理中日問題失敗之後，一九三五～一九三六年處理義大利侵略阿比西尼亞事件，國聯對義大利的制裁「完全不曾發生效力」時，張忠紱在《獨立評論》第二〇一期，宣告「國聯的沒落」，但胡適卻依然樂觀地寫著〈國聯還可以抬頭〉。也因此引起羅隆基的批評，文中指胡適所談的是個人的政治理想，不是世界的實際政治。胡適在〈編輯後記〉中說：「羅隆基先生駁我的〈國聯可以抬頭〉的文章，雖然不能改變我樂觀的觀察，卻是我們的讀者應該讀讀的。」胡適雖然只大羅隆基五歲，但在對許多問題的判斷上，卻是比羅隆基要有遠見。據陶希聖說，一九三七年七月七日，北平市長秦純德邀請幾位即將南下參加牯嶺茶話會的教授們，在中南海餐敘。胡適曾當面批評羅隆基一次，他說：「……飯後會談，在座者還有羅隆基。當時羅隆基發言，『國民黨既不能不退出河北，何妨讓各黨各派來幹一下』，適之先生嚴厲指責羅隆基。他說：『國民黨抗日，被迫撤退。各黨各派如果抗日，也不能不撤退。若是不抗日的黨派，在河北幹什麼？那不是賣國嗎？』胡先生一向批評訓政制度，此刻卻說：『依訓政約法，國家的政權由國民黨代行。敵人迫國民黨退出河北，就是迫主權者退出河北。這是什麼時候？努生！你不應該這樣說。』這一會談散後不到二小時，北平成便被炮聲震動。盧溝橋事變發生了。」⑫

正因羅隆基有著胡適所說的「只要反對國民黨的他就同情」的心態，這也是胡、羅兩人最大的不同處。明白了這點，對四〇年代羅隆基的轉變，就順理成章了。論者指出羅隆基從書生論政走向廟堂問政，但「事實證明，做爲政論家的他是成功的，他反抗集權專制、呼籲民主人權的那些文章將永遠光耀史冊，令後人景仰。但做爲政治家的他，所從事的事業（主要是四〇年代作爲第三方面

羅隆基與浦熙修一九四九年四月十七日合影

的和平建國運動）無疑都已失敗告終。」⑬在一九五七年的「反右」運動中，羅隆基甚至被欽定為「章羅同盟」的首犯之一。自認為效忠共產黨的他宣稱「就是把我的骨頭燒成灰，也絕對找不到一絲反社會主義的成分！」但當他的民主黨派的朋友、他的祕書，甚至他的紅顏知己浦熙修，也站出來揭發他時，羅隆基震驚了，他寫下了〈我的初步交代〉，他無法再為自己申辯，更無法保持沉默，因為那是一個沒有沉默權的年代！羅隆基此時此刻，回想三〇年代為「人權」運動而抗爭，他不知作何感想？

反觀胡適，他對於時局甚為洞察，做為一個知識分子，他言所當言，他不畏權勢，但他又極為理性，因此有些學者認為胡適從來就不是一個激進的革命家，他是一個穩健的改革者。學者謝泳就認為：「這些方面，當時也許看不出什麼，但多少年後，我們還是認為胡適這個人了不起，他是一個能在熱情中保持理性的知識分子，一生很少說不負責任的話。」⑭洵非虛言。

注

①《胡適來往書信選》上冊，頁五一〇～五一一，香港：中華書局，一九八三年。
②《胡適日記全集》第五冊，頁五五五。台北：聯經，二〇〇四年。
③《胡適來往書信選》上冊，頁五五〇～五五二，香港：中華書局，一九八三年。
④《胡適來往書信選》上冊，頁五四九～五五〇，香港：中華書局，一九八三年。
⑤《胡適來往書信選》上冊，頁五五四～五五五，香港：中華書局，一九八三年。
⑥《胡適來往書信選》上冊，頁五四二，香港：中華書局，一九八三年。
⑦《胡適日記全集》第六冊，頁四二四。台北：聯經，二〇〇四年。
⑧《胡適來往書信選》中冊，頁七六，香港：中華書局，一九八三年。
⑨《胡適來往書信選》中冊，頁七七，香港：中華書局，一九八三年。
⑩《胡適來往書信選》中冊，頁六八，香港：中華書局，一九八三年。
⑪〈一份雜誌和一個群體——以《新月》為中心〉，《新文學史料》第二期，二〇〇四年。
⑫陶希聖〈胡適之先生二三事〉，《中央日報》，一九六二年二月二十六日。
⑬駱駝刺〈書生論政——我看羅隆基〉，《讀書》第十二期，一九九九年。
⑭謝泳編《羅隆基評傳》，《羅隆基——我的被捕的經過與反感》，頁二三～二四，北京：中國青年，一九九九年。

從「舊友」到「論敵」

郭沫若親吻胡適的前後

郭沫若一九三三年攝於日本

胡適和郭沫若同爲「五四」的健將。胡適雖長郭沫若一歲，但胡適在新文學的發展過程中，起步甚早。他在一九一七年初就在《新青年》雜誌上發表〈文學改良芻議〉，隨後回國擔任北京大學教授。參加《新青年》的編輯工作，並發表〈歷史的文學觀念論〉、〈建設的文學革命論〉等一系列的文章。一九二〇年則出版新詩集《嘗試集》，瞬然間成爲新文化運動中極具影響力的人物。而到了一九一八年八月，做爲日本岡山第六高等學校（相當於高中）學生的郭沫若，尚與去年已發生的新文學運動毫無關係，他說：「國內的新聞雜誌少有機會看見，而且也可以說是不屑於看的。」然而歷史是充滿著很多「偶然」性的，就在「五四」運動發生的那年夏天，郭沫若和幾位朋友組織「夏社」，然後他們訂了份國內報紙——《時事新報》，而就在它的副刊《學燈》上看到康白情諸人的詩，於是郭沫若就把他的詩作，也投寄到《時事新報》，但稿子卻被主編郭虞裳壓下來。幸運的是，不久卻又被接任的主編宗白華給發掘了，宗白華如獲至寶，一一將它發表。因此假如「夏社」沒有訂《學燈》；假如《學燈》的主編不是換成宗白華……那麼「五四」的詩壇，會不會少了一位激情澎湃的詩人呢？這可很難說的。

一九二一年四月三日，郭沫若和成仿吾從日本抵達上海，他倆是爲出版同人刊物的計畫而來的。在這之前，上海灘的大書局，如中華、亞東、商務，對他們要籌備的刊物，都興趣缺缺。而由於李鳳亭的推薦，上海的泰東書局說要聘用成仿吾爲「文學主任」（案：最後卻落空），郭沫若只是

隨行者——沒有名義、沒有職務。在這一個半月中，郭沫若待在泰東書局，編定詩集《女神》、改譯《茵夢湖》和標點《西廂記》。在泰東書局同意出版他們的雜誌後，同年五月廿七日，郭沫若離滬返回日本，他先去京都拜訪鄭伯奇、張鳳舉、穆木天等人，後又至東京會見郁達夫、田漢；最後與郁達夫等人開會討論出版雜誌計畫、雜誌名稱及刊期等問題，並作出具體決定。七月一日，郭沫若再次從日本回上海，正式擔任泰東書局編譯所編輯職務，並著手籌辦創造社叢書及刊物的出版工作。八月五日，郭沫若的第一本詩集《女神》作爲「創造社叢書」第一種，由泰東書局出版了。在「五四」時期，郭沫若不是最早的新詩人，胡適、劉半農、沈尹默、周作人、俞平伯、康白情等人，發表白話詩都早於郭沫若；《女神》也不是最早的新詩集，在它之前，有胡適的《嘗試集》、新詩社編的《新詩集》、許德鄰編的《分類白話詩選》等作品。但郭沫若的《女神》，卻令當時幾乎所有新詩的嘗試，都黯然失色。《女神》可以說是奠定了郭沫若在中國新詩史，及中國現代文學史上的地位。

而一九二一年春末，商務印書館編譯所所長高夢旦，從上海來到北京，專程拜訪北京大學名教授胡適，一再表示他本人決定辭去所長職務，懇請胡適至上海主持商務編譯所。經過幾次面談，胡適曾對出任編譯所所長一事表示過興趣，他對高夢旦說：「一個支配幾千萬兒童的知識思想的機關，當然比北京大學重要多了，我所慮的只是怕我自己幹不了這件事。」胡適當面答應，在暑假裡到上海，到商務印書館看看工作情況，再考慮一下自己「配不配」接受重託。其實胡適顧慮的，並不是「配不配」擔任編譯所所長，而是在考慮是否值得投身於出版業。我們從他四月二十七日的日記中可看出：「此事的重要，我是承認的：得著一個商務印書館，比得著什麼學校更重要。但我是

三十歲的人，我還有我自己的事業要做；我自己至少應該再做十年、二十年的自己的事業，況且我自己相信不是一個沒有貢獻的能力的人。」①七月十六日，胡適來到上海，商務印書館經理張菊生及高夢旦等均到車站迎接，接著便是宴請、訪談、視察等等，給予了令人矚目的禮遇。七月二十日的上海《商報》，甚至刊出一篇捧場喝彩的〈胡老板登台記〉。在新文化運動中享有盛名的胡適，頓時又成為上海文化界的輿論焦點。雖然，後來胡適並沒有接受這職務，而是推薦王雲五去擔任。

就在這期間，同在上海的胡適和郭沫若有了第一次的見面。郭沫若在十年後寫成的《創造十年》中這麼回憶道：「……大約是帶著為我餞行的意思罷，在九月初旬我快要回福岡的前幾天，夢旦先生下了一通請帖來，在四馬路上的一家番菜館裡請吃晚餐。那帖子上的第一名是胡適博士，第二名便是區區，還有幾位不認識的人，商務編譯所的幾位同學是同座的，伯奇也是同座的。」②但胡適在八月九日的日記，卻這樣記載著：「周頌九（案：當為周頌久）、鄭心南約在一枝香吃飯，會見郭沫若君。」③日記中並沒有提到高夢旦，更不是為郭沫若餞行，日期則確為八月九日，而不是九月初旬。郭沫若的回憶，顯然有誤。至於兩人見面後，彼此的印象如何呢？胡適顯然對郭沫若的印象並不佳，他在日記上說：「沫若在日本九州學醫，但他頗有文學的興趣。他的新詩頗有才氣，但思想不大清楚，功力也不好。」④至於郭沫若在三天之後，他又和朋友朱謙之，到商務印書館編譯所拜訪過胡適，這件事在胡適日記有記載，但郭沫若的文章卻始終未曾提到過。只是在十年後的回憶，將第一次的會面化作了嘲諷的文字，郭沫若說：「大博士進大書店，在當時的報紙上早就喧騰過一時。我聽說他的寓所就是我晚間愛去散步的那Love Lane的第一號，是商務印書館特別替他租下

的房子，他每天是乘著高頭大馬車由公館裡跑向閘北去辦事的。這樣煊赫的紅人，我們能夠和他共席，是怎樣的光榮呀！這光榮實在太大，就好像連自己都要紅化了的一樣。」⑤就當時而言，他們兩人的名望、地位、身分、待遇竟然顯出如此大的差別，郭沫若的不平與不滿很大程度上是因此而生發的。所以不久之後，他們兩人便打起了一場筆墨官司。

事情的起因是一九二二年八月，郁達夫本著創造社反對「投機的粗翻濫譯」的前提，在《創造》季刊一卷二期上，發表了〈夕陽樓日記〉，指責「少年中國學會」的余家菊，自英文轉譯德國威鏗所著《人生意義與價值》一書中有許多錯誤。然而不巧的是，郁達夫自己的譯文也出了錯誤，而且使用罵人的詞句。結果被胡適抓住把柄，於是胡適就在九月十七日的《努力周報》二十期發表〈罵人〉的短文，他承認余家菊的譯文有錯，但郁達夫的改譯卻是「幾乎句句大錯」，而且有「全不通」的地方。胡適還指責郁達夫等「罵人」是「淺薄無聊而不自覺」；並以教訓的口吻說：「我們初出學堂門的人」，「相差有限」等等。這篇短文引起郭沫若在十一月《創造》季刊一卷三期上，發表了〈反響之反響〉一文，他抓住了胡適改譯中的「錯誤」、「不通」和「全不通」的地方，進行了強烈的反擊。此後，張東蓀、吳稚暉、陳西瀅、徐志摩以及成仿吾，都介入了論戰。

據郭沫若說，這場爭論的收場，還是胡適主動採取「一種求和的態度」，才算了結的。一九二三年五月十五日，胡適主動給郭沫若和郁達夫寫了一封長信，其中談道：「至於我的〈罵人〉一條短評，如果讀者平心讀之，應該可以看出我在那裡只有諍言，而無惡意。我的意思只是要說譯書有錯算不得大罪，而達夫罵人為糞蛆，則未免罰浮於罪。……至於末段所謂『我們初出學堂門的人』，稍

平心的讀者應明白『我們』是包括我自己在內的，並不單指『你們』，尤其不是擺什麼架子。……我很誠懇地希望你們寬恕我那句『不通英文』的話，只當是一個好意的諍友，無意中說的太過火了。如果你們不愛聽這種笨拙的話，我很願意借這封信向你們道歉。——但我終希望你們萬一能因這兩句無禮的話的刺激，而多念一點英文；我尤其希望你們要明白我當初批評達夫的話裡，絲毫沒有忌刻或仇視的惡意。……最後，我盼望那一點小小的筆墨官司，不至於完全損害我們舊有的或新得的友誼。」⑥郭沫若收到信後，馬上回覆胡適說：「先生如能感人以德，或則服人以理，我輩尚非豚魚，斷不至因小小筆墨官司，便致損及我們的新舊友誼。」⑦歷時十個月的爭論，終於畫下句點。胡適以其特有的紳士派頭，至少在表面上「就像是從來沒有發生一樣」，但郭沫若卻不免是心存芥蒂的。

此後，據《志摩日記》記載，一九二三年的十月，雙方在上海有過互訪和宴請。首先是十月十一日，徐志摩「與適之、經農，步行去民厚里一二一號訪沫若，久覓始得其居。沫若自應門，手抱襁褓兒，跣足，敝服（舊學生服）狀殊憔悴，然廣額寬頤，怡和可識。入門時有客在，中有田漢，亦抱小兒，轉顧間已出門引去，僅記其面狹長。沫若居至隘，陳設亦雜，小孩羼雜其間，傾跌須父撫慰，涕泗亦須父揩拭，皆不能說華語；廚下木屐聲卓卓可聞，大約即其日婦。坐定寒暄已，仿吾亦下樓，殊不話談，適之雖勉尋話端以濟枯窘，而主客間似有冰結，移時不渙。沫若時含笑睇視，不識何意。經農竟噤不吐一字，實亦無從端啓。五時半辭出，適之亦甚訝此會之窘，云上次有達夫時，其居亦稍整潔，談話亦較融洽。然以四手而維持一日刊、一月刊、一季刊，其情況必不甚愉適，且其生計亦不裕，或竟窘，無怪其以狂叛自居。」⑧這次會面，雙方可說是並不愉快的。而第

郭沫若與安娜及兒女

二天郭沫若帶著他的大兒子回訪徐志摩，並送徐志摩一冊《卷耳集》，那是郭沫若對《詩經》的新譯。

而十月十五日《志摩日記》這樣記載：「前日（案：指十三日）沫若請在美麗川，樓石庵自南京來，胡亦列席。飲者皆醉，適之說話誠懇，沫若遽抱而吻之。」這是「郭沫若親吻胡適」的最早說法。而到了一九七八年，唐德剛在《胡適雜憶》一書中，作了這樣的回憶：「胡先生也常向我說：『郭沫若早期的新詩很不錯！』他並且告訴我一個故事，有一次在一個宴會上他稱讚郭沫若幾句，郭氏在另外一桌上聽到了，特地走了過來，在胡氏臉上kiss了一下，以表謝意。」[9] 到了一九八四年，胡頌平編著的《胡適之先生晚年談話錄》裡，明確的標明在一九六〇年六月二日（星期四），胡適曾對他作了以下的敘述：「今天先生說起：郭沫若這個人反覆善變，我是一向不佩服的。大概在十八、九年之間，我從北平回到上海，徐志摩請我吃飯，還請郭沫若作陪。吃飯的中間，徐志摩說：『沫若，你那篇文章（是談古代思想問題，題目忘了），胡先生很賞識。』郭沫若聽到我賞識他的一篇文章，他跑到上座來，抱住我，在我的臉上吻了一下。我恭維了他一句，他就跳起來了。」[10]

面對這三種說法，有相當多的歧異，似有辨析之必要。首先，請客的日期，徐志摩認爲十月十三日，唐書沒有明說，而依胡頌平書記載當在一九二九年或一九三〇年間。第二，誰請的客，徐志摩說郭沫若，而唐書沒有明說，胡書則說徐志摩請客，郭沫若作陪。第三，是爲了讚美郭沫若何事，才引起郭之親吻，徐志摩沒有明說，唐書則認爲和郭之新詩有關，而胡書則認爲是郭沫若所寫的一篇「談古代思想」的文章。眞可謂眾說紛紜，但眞相只有一個。後來胡適日記出版了，於是，我們找到一九二三年十月十三日的日記，赫然記載著：「沫若邀吃晚飯，有田漢、成仿吾、何公敢、志摩、樓（石庵），共七人。沫若勸酒甚殷勤，我因爲他們和我和解之後，是第一次杯酒相見，故勉強破戒，喝酒不少，幾乎醉了。是夜，沫若、志摩、田漢都醉了。我說起我從前要評《女神》，曾取《女神》讀了五日，沫若大喜，竟抱住我和我接吻。」這該是第一手的資料，因此唐德剛的「郭氏在另外一桌上聽到了，特地走了過來，在胡氏臉上kiss了一下，以表謝意」，是有些戲劇化。因爲當晚赴宴的一共七人，不可能分開坐兩桌。至於郭沫若親胡適是因爲《女神》新詩的備受肯定，而不是談古代思想的文章。當然有些回憶的文字，因時間的久遠，難免失眞，它永遠是比不上當時所記下的日記來得眞確的。

由於這次郭沫若的熱情招飲，促使胡適與徐志摩隔了兩天（十月十五日）回請郭沫若，並有田漢夫婦與任叔永夫婦，及俞振飛。席間大談神話。[11] 第二天，郭沫若和郁達夫、成仿吾去回拜胡適。郭沫若回憶說：「他那時住在法租界杜美路的一家外國人的貸間裡，……我們被引進一間三樓的屋頂室，室中只擺著一架木床；看那情形不是我們博士先生的寢室。博士先生從另一間鄰室裡走

來，比他來訪問時，更覺得有些病體支離的情景。那一次他送了我們一本新出版的北京大學的《國學季刊》的創刊號，可惜那一本雜誌丟在泰東的編輯所裡，我們連一個字都不曾看過。」⑫郭沫若雖在回憶中說他沒去翻閱《國學季刊》，但學者逯耀東則指出，胡適送給他的那本《國學季刊》，對郭沫若而言是相當震撼的。那是胡適「整理國故」理想的實踐。⑬郭沫若萬萬沒想到新詩的努力成果，正可以與胡適相提並論之時，胡適又從新文學進展到新思潮的新階段了。在已喪失歷史性的新文化運動的參與權的郭沫若，正想在第二階段取得一席之地，但沒想到胡適又進展到其他方面去了。「但開風氣不為師」，這「但開風氣」的招牌，總是讓胡適搶光做了，郭沫若情何以堪，因此他和創造社展開對胡適「整理國故」的攻擊，也算是順理成章的。

一九二四年一月十三日《創造周報》第三十六號，刊出郭沫若的〈整理國故的評價〉一文，他對當時國內「上而名人教授，下而中小學生」，都以「整理國故」相號召的「流風」，頗不以為然。他說：「國學研究家就其性近力能而研究國學，這是他自己分內事；但他如不問第三者的性情如何，能力如何，也不問社會的需要如何，孰緩孰急，向著中學生也要講演整理國故，向著留洋學生也要宣傳研究國學，好像研究國學是人生中和社會上唯一的要事，那他是超越了自己的本分，擾亂了別人的業務了。」郭沫若直指「整理國故」，「充其量只是一種報告，是一種舊價值的重新估計，並不是一種新價值的創造。」他認為那是微末不足道的，他甚至大言地說：「我們應努力做出一些傑作，來供百年後考據家考證。」學者逯耀東指出，「但事實上，郭沫若已意識到國故運動是新文化運動發展過程中，一個不可抗拒的新趨向。所以，他一方面批判國故運動，另一方面也寫了幾篇

國學的論文，如〈中國文化之傳統精神〉、〈儒教精神之復活者王陽明〉與〈惠施的性格和思想〉等等。也許當時的郭沫若，眞如胡適所說『思想不清楚，功力也不好』。他所寫的這類文章，離當時的水準還遠得很。」[14]逯耀東又認爲在胡適與顧頡剛的疑古辨僞下，使中國現代史學完全脫離經學的糾繫，眞正從傳統邁入現代。而當顧頡剛的《古史辨》出版時（一九二六年），郭沫若正應廣東大學（一年後改名中山大學）之聘，前往擔任該校文學院院長，但此時郭沫若方由文學創作向學術領域過渡的時期，在這場歷史性的學術辯論中，他無力也無法置喙，而這是他所不願也不甘心的，於是在他一九二八年二月亡命日本不久，就展開中國古史的研究。「雖然郭沫若自己說，他研究中國古史非常偶然，完全爲了排遣無處發洩的精力。但郭沫若一生，從不做一點對自己無利的事。……他的中國古史研究，是被胡適的『整理國故』運動擠出來的，在他吻胡適時已經開始了。」[15]

一九二八年，郭沫若在日本期間，創造社的年輕成員馮乃超、李初梨等人，用嶄新的、科學的馬克思主義理論，對於中國社會現實作出了另外的闡釋。它讓處於失語狀態的中國知識界重新活躍起來。郭沫若描述這種知識權力的轉變時說：「新銳的鬥士朱、李、彭、馮由日本回國，以清醒的唯物辯證論的意識，劃出了一個『文化批判』的時期。創造社的新舊同人，覺悟的到這時候才眞正的轉換了過來。不覺悟的在無聲無影之中也退下了戰線。」[16]在後浪推前浪的狀況下，郭沫若承認他對馬克思的唯物辯證法的進一步認識，是由這些朋友「擠」出來的。雖然他早在一九二四年春，就翻譯過日本馬克思主義者河上肇的《社會組織與社會革命》一書，但當時對馬克思主義的認識是膚淺，而有誤讀的。在日本的郭沫若趕上馬克思主義的另一波熱潮，加上蘇聯東方古典社會論者馬

扎耳的《中國農村經濟研究》在一九二八年的出版，日本的馬克思論者如森谷克己的《中國社會史諸問題》，與早川二郎、秋澤修二等分別在他們辦的《歷史科學》、《經濟評論》、《唯物論研究》等刊物上，發表有關中國社會性質問題的論著。因此，結合馬克思的思想來討論中國社會性質問題，已蔚爲風氣。加上郭沫若曾花了兩個月的時間，讀畢日本東洋文庫所藏的一切甲骨文和金文的著作，也讀完了王國維的《觀堂集林》，並且還讀了安特生在甘肅、河南等地的彩陶遺跡報告，又讀了北平地質研究所關於北京人的報告。掌握了這些教材後，他認爲對中國古代的認識，總算得到一個比較可以自信的把握了。郭沫若選擇這種方法來研究中國古代社會，確實是別開蹊徑，而這也是胡適所無法做到的。因此逯耀東認爲郭沫若之所以從事中國古代社會研究，有種種原因，但有一個他自己不便說明，但卻是非常重要的原因，那就是要和胡適對抗。

因此一九三〇年出版的《中國古代社會研究》的〈自序〉中，郭沫若就明白地說：「胡適的《中國哲學史大綱》，在中國的新學界上也支配了幾年，但對於中國古代的實際情形，幾曾摸著了一些兒邊際？社會的來源既未認清，思想的發生自無從說起。所以我們對他所『整理』過的一些過程，全部都有重新『批判』的必要。我們的『批判』，有異於他們的『整理』。『整理』的究極目標是在『實事求是』，我們的『批判』的精神是要『實事中求其所以是』。『整理』的方法所能做到的是『知其然』，我們『批判』精神是要『知其所以然』。『整理』自是『批判』過程中所必經的一步，然而它不能成爲我們所應該局限的一步。」

很明顯地，此時的郭沫若已躍出文學的圈子，披上新的學術甲冑，公開地向胡適挑戰了。胡適

認爲「封建制度早已在二千年前崩壞」；郭沫若則認爲春秋時代「中國的社會才由奴隸制逐漸轉入眞正的封建制」，「中國的封建制度一直到近百年都是很燦然的存在著的」。胡適認爲中國「還沒有資格談資本主義」，「帝國主義不能侵害那五鬼不入之國」；郭沫若則指出鴉片戰爭以後，「洋鬼子」終究跑來了。儘管是怎樣堅固的萬里長城，受不住資本主義大炮的轟擊，「中國的市民階級儘管是怎樣追趕，但資本帝國主義等不及他們把自己的產業扶植起來，已經把百分之九十以上的國民化成了一個全無產者」。當然郭沫若也非全盤否定胡適的學術見解，他在書中就說：「便是胡適對於古史也有一番比較新穎的見解，他以商民族爲石器時代，當向甲骨文字裡去尋史料；以周、秦、楚爲銅器時代，當求之於金文與詩。這都可算是卓識。」郭沫若指出，「不過他在術語的使用上，卻還不免有點錯誤。……胡君泛泛的以石器時代概括商代，以銅器時代概括周、秦，在表面上看來雖僅是一字之差，然而正是前人所謂『差之毫釐，而謬以千里』！」對於郭沫若的指正，後來胡適在一九三〇年十二月六日，在史語所演講時他也承認，他說：「在整理國故的方面，我看見近年研究所的成績，我眞十分高興。如我在六、七年前根據澠池發掘的報告，認商代爲在銅器之前，今安陽發掘的成績，足以糾正我的錯誤。」⑰ 在新文化運動時期，胡適和傅斯年，皆傾向於疑古，但一九二八年安陽殷墟的發掘，使得他們修正了一些觀點，更相信地下出土的實物。而郭沫若早在岡山第六高等學校肄業時，在圖書館就曾見過《殷墟書契》的名目。後來到東京上野圖書館借到《殷墟書契前編》，但除書前的羅振玉簡略的序文外，餘皆是拓片，這對當時的郭沫若而言眞是一片墨黑。後雖找到羅振玉的《殷墟書契考釋》，那是有關甲骨文字彙的考釋，是郭沫若需要的入門書籍，但他又無力

購買，才導致他透過管道進入東洋文庫，獨覽文庫所藏的豐富的甲骨和金文資料，也造就了郭沫若後來成爲甲骨文字的「四堂」之一（案：羅振玉—雪堂、王國維—觀堂、郭沫若—鼎堂、董作賓—硯堂）。因此在這專業領域上，郭沫若是有其洞見的，他遠遠超越過胡適。

《中國古代社會研究》在理論上完全依附恩格斯的《家庭、私有制和國家的起源》（*The Origin of the Family, Private property and the State*），因此郭沫若自詡該書是恩格斯的續篇。學者薛廣義指出，郭沫若以恩格斯的理論和觀點來剪裁中國的歷史，是有其缺陷的。因爲他更多地強調東、西方歷史的一般性，而忽視了中國歷史的特殊性。例如恩格斯認爲，石器工具產生原始社會，鐵器社會產生奴隸社會，郭沫若亦作如是觀。然而中國歷史與西歐不同的是，在石器與鐵器時代之間，還夾著一個比較發達的青銅時代。郭沫若在當時並沒有認識到，青銅時代的生產工具完全可以創造出社會剩餘勞動，成爲奴隸社會的物質基礎。他片面地尋找奴隸社會「鐵」的證據，而把殷商定爲原始社會，是不確的⑱。針對郭沫若的失誤，後來的史學家如呂振羽、侯外廬，都有專書提出糾正；而郭沫若後來也寫出〈古代社會研究的自我批判〉一文，承認自己的失誤。

另外郭沫若在《中國古代社會研究》的論述，並不是採取馬克思主義的方式，而是採取一般考古學的結論，尤其是佐以羅振玉、王國維對周金銘文考釋的成果。學者余英時就指出，「如果他的《中國古代社會研究》中只有唯物史觀，而沒有卜辭、金文，其書縱便能憑著他的文名而暢銷一時，卻不會受到學術界的注意。但郭沫若畢竟聰明過人，他看準了他必須在考證工作上打一場硬仗，才能在主流史學界取得眞正的發言權。因此他選擇了甲骨、金文的考釋，這是最適於詩人想像力馳騁

的領域。尤其他念念不忘要取代胡適的領導地位，更非走這條路不可。因爲他知道胡適的學術聲望不僅來自提倡白話文學，而且更由於《中國哲學史大綱》的示範作用。甲骨和金文自羅振玉、王國維以來特別成爲一時的顯學，卻恰好在胡適的研究範圍之外。所以我們不能不承認，郭沫若的選擇是非常聰明的。」[19]另外學者逯耀東在〈郭沫若古史研究的心路歷程〉及〈郭沫若吻了胡適之後〉諸文中，亦有相同之論點。學者潘光哲進一步認爲，「或許盤旋在郭沫若心靈深處的胡適陰影，的確是他必欲去之而後快的痛楚，因而激勵著他奮筆直書，一瀉千里似的完成了《中國古代社會研究》，從此揭穿了胡適舊學新知不足道的面目，並爲他自己樹立了『眞理掌握在我手上』的先知形象；然而郭沫若這部書的假想敵，未必只有胡適一人。忽視社會背景對促成郭沫若轉向古史研究的影響與其象徵的社會意義，恐怕只能做道德領域的說教。」[20]

一九三〇年四月十日胡適在《新月》第二卷第十號刊出〈我們走那條路〉一文，爲中國現實問題，尋出積弱的病根，開出醫治的藥方。胡適說：「我們的觀察和判斷自然難保沒有錯誤，但我們深信自覺的探路，總勝於閉了眼睛讓人牽著鼻子走。我們並且希望公開的討論我們自己探路的結果，可以使我們得著更正確的途徑。」問題討論分兩步來展開，第一步：「我們要鏟除的是什麼？這是消極的目標。」第二步是：「我們要建立的是什麼？這是積極的目標。」胡適開宗明義地說我們要鏟除、要打倒的是「五個大仇敵」：貧窮、疾病、愚昧、貪污和擾亂。而接著我們要建立的是什麼呢？胡適說：「我們建立一個治安的、普遍繁榮的、文明的、現代的統一國家。」而我們要走那一條路呢？胡適說：路只有兩條：一條是演進的路、一條是革命的路。「革命往往多含一點自覺

的努力，而歷史演進往往多是不知不覺的自然變化。」就方法上來說，「自覺的革命」當然優於「不自覺的演進」。胡適最終說：「我們的真正敵人是貪窮、是疾病、是愚昧、是貪污、是擾亂。」這五大惡魔是我們革命的眞正對象，而他們都不是用暴力的革命所能打倒的。打倒這五大敵人的眞革命只有一條路，就是認清了我們的敵人，認清了我們的問題，集合全國的人才智力，充分採用世界的科學知識與方法，一步一步的作自覺的改革，在自覺的指導之下，一點一滴的收不斷的改革之全功。不斷的改革收功之日，即是我們的目的地達到之時。」

郭沫若對胡適的文章，提出十分尖銳和激烈的批判。他在《創造十年》中指出，「胡大博士眞可說是見了鬼。他像巫師一樣，一里招來，二里招來的，所招來的五個鬼，其實通是些病的徵候，並不是病的根源。要專門談病的徵候，那中國豈只五鬼，簡直是百鬼臨門，重要的是要看這些徵候，這些鬼是從甚麼方起來。」「其實中國積弱的病源，就給盲目者依然有方法找尋正確的道路一樣，中國人自鴉片戰爭以來，在暗中摸索了一百年，畢竟是早已摸著了的。只可恨有好些狂牛不跟循著民眾所找尋到了的正確的道路，只是像五牛奔屍一樣亂跑。弄到現在還要讓我們的博士問『我們走哪條路？』」緊接著他更以嚴厲的口吻指責，「博士先生，老實不客氣的向你說一句話：其實你老先生也就是那病源中的一個微菌，你是中國的封建勢力和外國的資本主義的私生子。中國沒有封建勢力，沒有外來的資本主義，不會有你那樣的一種博士存在。要舉實證嗎？好的，譬如擁戴你的一群徒子徒孫，那便是你一門的封建勢力；替你捧場的英美政府，那便是我們所說的帝國主義者。你便是跨在這兩個肩頭上的人，沒有這兩個跨足地，像你那樣個學者，無論在新舊的那一方面；中

國雖不興，實在是車載斗量的呀！」話說到如此嚴厲的地步，使得這兩個曾經還算是「舊友」的新文學健將，至此因政治道路的不同選擇，而分道揚鑣，且愈行愈遠，終成水火不容的「論敵」了。

一九三六年十一月，女作家蘇雪林給胡適寫信，讚揚胡適主編的《獨立評論》「持論穩健，態度和平」，同時攻擊以魯迅爲首包括郭沫若的「左翼作家」，說他們「灌輸赤化」，「抱定了只問目的，不問手段的宗旨，必要時什麼不光明的手段都可使出」[21]。胡適於十二月十四日給蘇雪林回信，說：「不知爲什麼，我總不會著急。我總覺得這一班人成不了什麼氣候。他們用盡方法要挑怒我，我總是『老僧不見不聞』，總不理他們。……我在一九三〇年寫〈介紹我自己的思想〉，其中有二、三百字是罵唯物史觀的辯證法的。我寫到這一頁，我心裡暗笑，我知道這二、三百字夠他們罵幾年了。」又說：「今年美國大選時，共和黨提出Governor Landon來打Roosvelt，有人說：“You can't beat somebody with nobody.”只要我們有東西，不怕人家拿『沒有東西』來打倒我們。」[22]後來蘇雪林把這封信發表在一九三七年二月在武昌出版的《奔濤半月刊》創刊號上，而被郭沫若看見了，郭沫若一再引爲口實，三番兩次痛批胡適，到了一九五二年十月二十七日寫的《金文叢考》的〈重印弁言〉時，還心中憤憤不平地寫道：「……我準備向搞舊學問的人挑戰，特別是想向標榜『整理國故』的胡適之流挑戰。……胡適之流，代表買辦階級的所謂『學者們』，在當年情況，更自不可一世。胡適曾大言不慚地這樣說過：『今年（一九三六年）美國大選時，共和黨提出格法諾．蘭登來打羅斯福，——有人說：你不能拿沒有人來打有人。我們對於左派也可以說：你不得拿沒有東西來打有東西。只要我們有東西，不怕人家拿沒有東西來打我們。』這位標準的買辦學者，你看他是怎樣盲目

而無知，因此，我就準備拿點他們所崇拜的『東西』來『打』這個狂妄的傢伙。結果呢？我們今天也已經看得清楚，那自稱『有東西』的傢伙，究有的是什麼東西了。」此時的郭沫若已是中共中國科學院的院長，在躊躇滿志、意氣風發之時，不免有點過於得意忘形。學者余英時就指出，他在痛罵胡適「盲目而無知」的時候，竟暴露了自己的「盲目而無知」。余英時說：「胡適也許因為"nobody"和"somebody"在原文是雙關語，即有『微不足道之人』和『重要的人』的涵義，無法直譯成中文，因此才照引原語。這一點關係不大，姑且放過。妙的是郭沫若把Governor Landon譯成了『格法諾．蘭登』，硬把當年共和黨的總統候選人Alfred M. Landon改了名字。（蘭登當時是堪薩斯州的州長，所以報刊上以Governor Landon稱之。）中國學人不通英文毫不可恥，且可免『買辦』之嫌。但郭沫若是譯過英文詩的人，而且為了英文翻譯的問題還和胡適打過筆墨官司，自負對英文的理解能力未必在胡適之下。現在為了指斥胡適『盲目而無知』，又自作聰明把胡適原文中的英文一一譯成中文，然而竟把"Governor"這樣一個最普通的字音譯為『格法諾』。譯者的詩人想像力誠然可驚，但卻遠遠不是我們普通讀者所能想像的了。如果當年胡適讀了這篇〈弁言〉，反問這位『中國科學院院長』：難道『格法諾』也是你的『東西』之一，拿來『打』我胡適這個『狂妄的傢伙』的嗎？我不能想像郭沫若究竟會怎麼回答。」㉓

一九三七年五月十九日到二十四日的一星期不到中，郭沫若在日本寫了〈借問胡適——由當前的文化動態說到儒家〉一文，那是針對胡適一九三四年十二月發表在《中央研究院歷史語言研究所集刊》的長篇學術論文〈說儒〉而來的。當時〈說儒〉，以其新穎、開闊的論點，而受到學術界的普遍

重視。可說是胡適的一篇力作。一九三七年七月二十五日，郭沫若以楊伯勉的化名，從日本乘船返國。當船經過黃海時，他看著洶湧的波濤，去國十年，他感慨良深，提筆寫下了〈歸國雜吟〉的詩篇，其中有「四十六年餘一死」的句子。郭沫若此時想到十年辛苦耕耘，卻無人知曉，若能以此篇文章，一舉駁倒胡適，也餘願足矣。但他萬萬沒想到，這篇文章在七月二十日上海《中華公論》月刊第一卷第一期刊出時，正是抗日戰爭爆發沒幾天，他這篇自認是批判胡適最重要的文章，竟被大時代的浪濤給吞沒了，當時並沒有引起人們的關注。

郭沫若在〈借問胡適〉（後來改題爲〈駁說儒〉）文中認爲，〈說儒〉雖然「舉證相當豐富」，但是從他所掌握的古文獻，特別是甲骨文、金文資料和現代醫學知識來檢驗胡適的文章，其論點和論據的闡釋是很成問題的。郭沫若提出他的主要論點：（一）三年喪制是儒家的特徵。根據《殷墟書契》卜辭所載，殷王（帝乙）二祀、三祀都有自行貞卜，自行主祭的記載，何嘗是「三年不言」、「三年不爲禮」、「三年不爲樂」？怎麼能說三年之喪是殷制呢？（二）《論語》所說的「高宗諒陰」，「陰」即喑，口不能言爲喑；「諒」是「眞正」的意思。高宗「諒陰」爲「不言症而非倚廬守制」。（三）《易》的卦爻辭乃楚人馯臂子弓所作，孔子死後才出現。胡適根據章太炎對「需」卦爻辭的解釋，來說明孔子以前的儒「柔儒而圖口腹」，不能成立。（四）左傳昭公七年所載〈正考父鼎銘〉乃西漢末年劉歆所僞造，「《史記·孔子世家》中關於正考父的那一段話，也是經過劉歆竄改的」。（五）《詩·商頌·玄鳥》並非預言詩。（六）〈說儒〉的出發點是襲用他的成說而加以抄撮發揮的。

史學家鄧廣銘後來曾就胡適、郭沫若兩說加以評論，鄧廣銘認爲，郭文引用甲骨卜辭，批駁胡

適「三年之喪」爲殷制的論斷，是「論據確鑿，辨析極爲精闢的」；對「諒陰」的新解「也是可以接受的」；說〈玄鳥〉非預言詩的判斷，也是「比較合理的」。但是，郭氏「斷言《周易》成書在孔子身後」，〈正考父鼎銘〉「出於劉歆僞造」，則「極缺乏說明力」；至於說〈說儒〉的出發點是襲用郭沫若的成說而加以抄撮的，鄧廣銘則說我敢於斬釘截鐵地斷言其爲誣辭。他說：「〈說儒〉乃是胡先生的《中國哲學史大綱》的基礎上，因又陸續受到了章太炎《原儒》、基督教的《聖經》（《以賽亞書》）、傅斯年先生的〈周東封與殷遺民〉諸著作的啓發而寫成的；二則據我所知，胡先生對郭先生的文章是不甚重視的，郭文經他過目的極少極少，何能受其影響呢？」[24]而就其開創性而言，它更是胡適一生的力作，學者唐德剛在《胡適口述自傳》中，就這麼評價過〈說儒〉：「適之先生這篇〈說儒〉，從任何角度來讀，都是我國國學現代化過程中，一篇繼往開來的劃時代著作。他把孔子以前的『儒』看成猶太教裡的祭師（rabbi），和伊斯蘭教——尤其是今日伊朗的Shiite支派的教士（agatullah）；這一看法是獨具慧眼的，是有世界文化眼光的。乾嘉大師們是不可能有此想像的；後來老輩的國粹派，也見不及此。」

一九四一年，郭沫若在重慶

郭沫若的古史研究的最後結晶，是一九四五年出版的

《青銅時代》和《十批判書》。學者余英時指出，「《十批判書》從中國古代的社會結構和發展開始，然後比較全面地『批判』先秦各家的思想。不用說，在他的心目中，這部書已正式宣判了胡適《中國哲學史大綱》的死刑。所以他在〈後記〉中有時指斥別人『仍在梁（啓超）胡（適）餘波推蕩中』，有時則乾脆宣布『今天已不是梁任公、胡適之的時代』。其弦外之音是很清楚的。」只是此時遠在重洋之外的胡適，對郭沫若聲嘶力竭的吶喊，是無法聽見的了。

一九四三年，郭沫若寫成了《屈原研究》以及《蒲劍集》中的一系列關於屈原的文章，甚至他在一九四二年還創作了「屈原」的歷史劇。他對屈原的研究，可謂不遺餘力。因此他對於胡適在二十年前發表的〈讀「楚辭」〉文中，懷疑屈原其人的存在，認爲屈原只是「一種『箭垛式』的人物」，提出強烈的質疑。他指出，胡適根據《史記．屈原賈生列傳》文中有「及孝文崩，孝武皇帝立」，中間「把孝景丟開了」，便斷言，「〈屈原傳〉靠不住，因而否定屈原的存在」，「理由殊欠充分」。他認爲「『孝文崩』應該是『孝景崩』的錯誤」。對於胡適提出的傳文有「五大可疑」，郭沫若也逐一作了辨析。他進而論證了屈原存在的理由，他認爲，在司馬遷之前，賈誼和淮南王劉安的遺留文字，其中「賈誼有〈弔屈原賦〉，收在〈屈原傳〉裡面」，足見「屈原在賈誼的耳目中是存在的。賈誼離屈原僅有百餘年，所寄寓的地方又是長沙！曾經親眼見過屈原的故老，都是有存在的可能的」；而劉安「是作過〈離騷傳〉的人，那篇傳雖然失傳，但在〈屈原傳〉中還保有一部分」，「關於〈離騷〉的來歷，他也必然是有根據的」。關於《楚辭》的〈卜居〉、〈漁父〉雖經近人考證，不是屈原作品；但「一定是屈原的後輩宋玉、唐勒、景差之徒所作。兩篇都寄託於屈原，那也剛好

證明屈原是確有其人。」所以「〈屈原傳〉在細節上縱使有疏失或爲後人所竄改的地方，而在大體上是不能推倒的。」至於〈離騷〉，胡適說或可認爲屈原所作，郭沫若則認爲是屈原所作，斷無可疑。〈九歌〉，胡適說與屈原的傳說絕無關係，郭沫若則認爲也是屈原的作品，只是在風格上與〈離騷〉有些差異。關於〈天問〉，胡適認爲文理不通，見解卑陋，全無文學價值；郭沫若則視爲「空前絕後的第一等奇文字」，「那種懷疑的精神，文學的手腕，簡直是前無古人而後無來者。怎麼能說成『文理不通，見解卑陋』來呢？」而且，「單就它替我們保存下來的眞實的史料而言，也足抵得過五百篇《尚書》」。二十年前胡適與顧頡剛等人，正熱中於疑古辨僞，因此會懷疑屈原的眞實性，將其視爲一個「箭垛式」的人物，甚至對《楚辭》各篇的文學價值都持否定態度。這情形到了一九二九年後，胡適在態度上有了極大的轉變，他已從疑古轉爲信古了。因此當顧頡剛一九三一年介紹丁迪豪等年輕人要和胡適談〈離騷〉作品的年代時，胡適告之對無從證實，又無從否定的考據，不要浪費精力於其中，顯然胡適對當年在沒有掌握更多的證據下對屈

郭沫若的部分作品

原的論斷，有「昨是今非」之感。但若就《楚辭》的文學價值的評斷，理性的胡適遠輸給感性的郭沫若。同為想像力豐富瑰奇的詩人，郭沫若是較能夠了解屈原的幽懷的。

一九四六年七月，胡適從美國返國，接任北京大學校長之職。一九四七年春，胡適邀集北大、清華、南開等校的教授們組成「獨立時論社」，並創辦《獨立時論》。他希望在國內能有一種眞正無所偏倚的言論，能替國家培養一點自由思想的種子。一九四七年七月二十日，胡適在《獨立時論》發表〈兩種根本不同的政黨〉，該文具有明顯的反共傾向，由於各大報競相轉載，在當時影響頗大。接著胡適又發表〈我們必須選擇我們的方向〉，重申他對自由、民主潮流的「偏袒」。他強調「我們中國人在今日必須認清世界文化的大趨勢，我們必須選定我們自己應該走的方向。只有自由可以解放我們民族的精神，只有民主政治可以團結全民的力量，來解決全民族的困難。只有自由、民主可以給我們培養成一個有人味的文明社會。」一九四八年八月初，胡適又在《獨立時論》上發表〈自由主義是什麼〉一文。九月四日，應北平電台之邀播講〈自由主義〉，他總結『自由主義』的四層意義：一、是自由。二、是民主。三、是容忍反對黨。四、是和平的漸進的改革。」很明顯，胡適此時宣揚的「自由主義」，實際上是為了遏制共產黨領導的人民解放戰爭，他反對暴力革命，反共色彩極為鮮明。而與此同時，郭沫若正積極投入人民解放戰爭中，他幫《文匯報》創辦〈新思潮〉等周刊，他要團結文化界的人士，來迎接新中國的誕生。他表示他「願意來做黨的喇叭」。

一九四七年一月三十日，《文匯報》重新發表胡適在一九三八年十月三十一日寫給好友陳光甫的一首詩：「偶有幾莖白髮，心情微近中年。做了過河卒子，只能拚命向前。」只因一九四六年年

底胡適到南京參加國民代表大會時，把它又題贈給香港來的陳孝威，而原本只是當年胡適在駐美大使的心情寫照，卻被「神州社」南京電訊擴大解釋，說這是反映胡適「國大期中心情者」。郭沫若看了《文匯報》上的這首詩，更是借題發揮，他在二月五日揮筆寫下了〈替胡適改詩〉一文，文中諷刺說，胡適「這樣簡單的二十四個字，所表現的『心情』卻頗悲壯」。「他乾脆承認做了黑棋一邊的『卒子』」，「看情形他似乎很想擒紅棋的老王了。」「這樣可寶貴的『卒子』，下棋的人自然應該寶貴使用的」，「因此，這卒子的『命』斷乎不允許你那麼輕易『拚』掉。即使卒子想『拚』，主子也未必許『拚』。這正是這個『卒子』的聰明過人的地方，樂得悲壯一番，不免以進爲退」。郭沫若最後說：「雖然不那麼悲壯，但總要更顯得老實一點——我想倒不如把『拚』字率性改成『奉』字。」郭沫若將胡適的詩改成「做了過河卒子，只能奉命向前」，雖只一字之差，但把胡適形容成甘心爲國民黨政府賣命效勞的「卒子」，已然有意地曲解了胡適。

一九四七年三月一日，郭沫若在上海《文匯報》的〈新思潮〉周刊發表了〈春天的信號〉一文，他針對胡適所說的「文化是一點一滴造成的」和「善未易明，理未易察」的觀點，指出「我們並不反對一點一滴，但要問這一點一滴是不是合乎文化的本質和動向。文化的本質就是創造，是人類意識克服自然惰性和摩擦力的那種努力。它的動向始終是發展，是前進，是使更大多數人獲得更大的幸福」。違反了這種本質和動向的「一點一滴」，「何殊於白濁患者的一點一滴？爲了文化的保衛，我們要預防這種白濁式的點滴，免得它毒害文化，並毒害人生」。郭沫若還指出，胡適說「有幾分證據，說幾分話」，「這看來相當漂亮，但其實是幌子。待合乎他的利益他要說話的時候，他可以

不要任何『證據』；待不合乎他的利益他不敢說話的時候，所有的『證據』都丟到茅坑裡去了。」而針對胡適強調的「善未易明，理未易察」，郭沫若認為胡適的話，隱含著否定人民革命事業的正義性，因此他說：「合乎人民本位的便是善，便是進步，事雖小亦必為之。反乎人民本位的便是惡，便是反動，力雖大亦必拒之。這在我們看來是『理甚易明，善甚易察』的。」其實胡適引用南宋思想家呂祖謙《東萊博議》的這兩句話，他當時是在一九四六年十月十日，北大新學期開學典禮，勉勵北大學生要「獨立思考，不盲從、不受騙、不用別人的頭腦當頭腦」。後來在一九四八年三月三日，給北洋大學學生陳之藩的長信中也告誡：「……『善未易明，理未易察』就是承認問題原來不是那麼簡單容易。宋人受了中古宗教的影響，把『明善』、『察理』、『窮理』看得太容易了，故容易走上武斷的路。呂祖謙能承認『善未易明，理未易察』，真是醫治武斷與幼稚病的一劑聖藥。」[25]而郭沫若卻借題發揮，引申到反人民、反進化……等等問題上去，給胡適戴上「莫須有」的罪名。

一九四八年二月十二日，郭沫若寫了〈斥帝國主義臣僕兼及胡適─覆泗水文化服務社張德修先生函〉，文中痛斥蔣介石破壞和平，「不惜全面破裂，屠殺人民」，並且譴責胡適還為他「曲為辯護」。同年三月一日，郭沫若在香港《光明報》半月刊發表了〈駁胡適「國際形勢裡的兩個問題」〉一文，抨擊胡適「把美國

郭沫若

塑成爲一尊『和平女神』，而把蘇聯影射成了一個魔鬼」。他說，「不錯『中國北方』有『世界第一長的邊界』，而且沒有設防。如果你所說蘇聯是『侵略國，蘇聯可以隨時來侵略』我們。怎麼辦呢？是死心塌地把中國送給美國，讓他來設防嗎？眞是笑話了！老實說，我們與其作些不顧事實的杞憂，最好是使自己不要成爲法西斯性的敗種或帝國主義的附庸。」[26]同年五月十四日，郭沫若又在香港《華商報》發表〈「三無主義」疏證〉的評論文章，指責自稱「無知」、「無能」、「無爲」的「三無主義者」胡適，郭沫若說：「『三無』倒確是三無，只是內容要另外改定一番」，那便是「無恥！無恥！第三個還是無恥！」郭沫若此時對胡適的批評，已從原本的論爭變成惡意的謾罵了。而就兩人後來的演變，在人格上的評價，是高下立判的。

面對郭沫若的批判、謾罵，胡適雖繼續保持其「紳士」的風度，不作任何回應，但其實在他心裡也是相當惱火的。在一九四七年二月二十二日，他給王世杰的信中就說：「自從我出席國大之後，共產黨與民盟的刊物（如《文萃》，如《文匯報》）用全力攻擊我，……聽說郭沫若要辦七個副刊來打胡適。我並不怕打，但不願政府供給他們子彈，也不願我自己供給他們子彈。」[27]「辦七個副刊來打胡適」，在當時並沒成事實。但在七年後，卻引發了八大冊的《胡適思想批判》及其他單篇批判文章，總計在三百萬字的攻擊與污衊，這恐怕是胡適萬萬沒想到的。

批判胡適的高潮，是在一九五四年的十一月間，雖然在這之前即已展開，但那都是零星的火花。當年的九、十月間李希凡和藍翎的「《紅樓夢》事件」，導致十月十六日毛澤東寫下了那封著名的〈關於《紅樓夢》研究問題的信〉，正式展開「反對在古典文學領域毒害青年三十餘年的胡適資產

階級唯心論的鬥爭」。十一月八日，身爲中國科學院院長，也是這次「批判運動」現場總指揮的郭沫若，在對《光明日報》記者的談話中，表示胡適的所謂「大膽假設，小心求證」，說穿了就是徹頭徹尾的主觀唯心論。他指出：「胡適的資產階級唯心論學術觀點在中國學術界是很根深蒂固的，在不少的一部分高等知識分子當中，還有著很大的潛勢力。我們在政治上已經宣布胡適爲戰犯，但在某些人的心目中，胡適還是學術界的『孔子』。這個『孔子』我們還沒有把他打倒，甚至可以說我們還很少去碰過他。」[28]十二月八日，郭沫若在中國文聯主席團，中國作協主席團擴大聯席會議上，做了〈三點建議〉的發言，他說：「中國近三十年來，資產階級唯心論的代表人物就是胡適，這是一般所公認的。胡適在解放前曾經被稱爲『聖人』，稱爲『當今孔子』。他受著美帝國主義的扶植，成爲買辦資產階級第一號的代言人。他由學術界、教育界，而政界，他和蔣介石兩人一文一武，難弟難兄，倒眞是有點像『兩峰對峙，雙水分流』。……把反封建社會的現實主義的古典傑作《紅樓夢》說成爲個人懺悔的是胡適，把宣揚改良主義的封建社會的忠實奴才武訓崇拜得五體投地的也是胡適。胡適的影響，胡適所代表的資產階級唯心論的影響，依然有不容忽視的潛在勢力，在這兩次的揭發中不就很具體地表露出來嗎？」[29]郭沫若接著對胡適的實用主義哲學和「大膽的假設，小心的求證」的研究方法進行了揭露和批判。他說，胡適跟著他的老師杜威一道，「把最基本的科學方法也做了唯心論的歪曲。他大膽假設一些怪論，再挖空心思去找證據，證實這些怪論。那就是先有成見的牽強附會，找田引水。他的假設就是結論，結果自然只是一些主觀的、片面的、武斷的產物。」

九大項的批判內容，三百萬字的批判文章，很多攻擊的文章，更是他的好友、同事、學生寫

的。學者逯耀東認爲，「胡適思想批判」的因素是非常複雜的，衹是在一個政治口號下，大家懷著不同的心情和目的，結合成的一支隊伍。在批判的過程中，胡適變成了西天取經的唐僧，人人都想啖他一塊肉，藉此得以長生。識與不識都彎弓在手，向胡適那個箭垛射去。於是萬箭齊發，胡適變成了扎手的刺蝟。」㉚而此時遠在美國的胡適，並沒有太多的回應，他只是把能蒐集到的批判文章，貼在日記上。一九五五年一月三日，他在給沈怡的信中說：「俞平伯之被清算，誠如尊函所論，『實際對象』是我——所謂『胡適的幽靈』！此間有一家報紙說，中共已組織了一個消除胡適思想委員會，有郭沫若等人主持，但未見詳情。倘蒙吾兄繼續剪寄十一月中旬以後的此案資料，不勝感禱！」㉛同年冬天，胡適寫了〈論中共清算胡適思想的歷史意義〉，文中他認爲他之所以成爲「批判的目標」，那是因爲「中國文藝復興運動的近四十年的過程中，有好幾位急先鋒或是早死了，或是半途改道了，或是雖然沒有改道而早已頹廢了」，「只剩我這一個老兵」，「沒有半途改道，沒有停止工作，沒有死」。胡適說，他幾十年來的工作，「漸漸的把那個運動的範圍擴大了，把它的歷史意義變得更深厚了，把它的工作方法變得更科學化了。更堅定站得住了，更得著無數中年和青年的信任和參加了。」而這些正是中共和馬克思主義者所不能容忍的。而一九五六年九月，胡適在美國的一次演說中說：「共產黨以三百萬言的著作，印了十幾萬冊書籍來清算胡適思

晚年的胡適

想，來搜尋『胡適的影子』，來消滅『胡適的幽靈』。共產黨越清算我的思想，越證明這種思想在廣大的中國人民心裡，發生了作用。中國人民一日未喪失民主、自由的信念和懷疑求證的精神，……郭沫若等一幫文化奴才便要繼續清算我的思想。」[32]

學者逯耀東對「胡適思想批判」，有著洞明透闢的看法。他說：「郭沫若舉著政治的棒子，向胡適重擊下去，他終於吐出他喉中的骨鯁，開懷暢笑了。但旅居在美國的胡適也笑了，因爲他沒有想到他的思想，竟動員了這麼多人析解。而且透過對他思想的批判，他才發現『在這全部工作的努力，固然不很成功，但在某些方面也做了一些事。』經過這次的批判，中國大陸的知識分子有機會重讀胡適的著作，胡適思想的遺毒，也透過那八冊『胡適思想批判』的『黑資料』，在中國大陸公開流傳。借句現成的馬克思術語說，在否定的否定之後，胡適的思想反被肯定了。所以，在一九七九年以後，胡適思想很容易就被『平反』了。這是郭沫若生前所沒想到的，因爲他一九七八年就死了。如果他地下有知，眞的要含恨九泉了。」[33]

胡適的著作

在那萬箭齊發，口水遮天的日子裡，胡適讀著這些批判他的文章，他深深地感到難以理解，他不無譏誚地說，是「因爲《人民日報》根本沒有人看，所以他非借我的名字宣傳不可。」而據好友王世杰的回憶說，當時中共曾派人對在美國的胡適說：「我們尊重胡先生的人格，我們所反對的不過是胡適的思想。」胡適則反唇相譏：「沒有胡適的思想

就沒有胡適。」而當有人問他，大陸的批判，「難道就沒有一點學問和眞理？」胡適斬截鐵地回答：「沒有學術自由，哪裡談得上學問！」一輩子提倡學術自由的胡適，可說是洞若觀火地點出共產主義的死穴。

注

①《胡適日記全集》第三冊，頁四。台北：聯經，二〇〇四年。
②《創造十年》，郭沫若著，頁一七九。上海：現代書局，一九三二年。
③《胡適日記全集》第三冊，頁二七〇。
④《胡適日記全集》第三冊，頁二七〇。
⑤《創造十年》，郭沫若著，頁一八〇。
⑥《胡適來往書信選》上冊，頁一九九～二〇一。香港：中華書局，一九八三年。
⑦《胡適來往書信選》上冊，頁二〇一。
⑧《志摩日記書信精選》，徐志摩著，頁一九～二〇。成都：四川文藝，一九九一年。
⑨《胡適雜憶》，唐德剛著，頁八一。台北：傳記文學，一九七九年。
⑩《胡適之先生晚年談話錄》，胡頌平編著，頁七六。台北：聯經，一九八四年。
⑪《志摩日記書信精選》，徐志摩著，頁二三。成都：四川文藝。一九九一年。
⑫《創造十年》，郭沫若著，頁二四七～二四八。

⑬⑭逯耀東〈郭沫若吻了胡適之後〉，頁一四九。收入《胡適與當代史學家》，台北：東大圖書，一九九八年。

⑮同上。頁一五〇。

⑯麥克昂（郭沫若）〈文學革命之回顧〉，原載一九三〇年四月十日《文藝講座》第一冊。

⑰《胡適日記全集》，第六冊，頁四二二。

⑱薛廣義〈郭沫若《中國古代社會研究》對歷史學科學化的探索〉，聊城大學學報（社會科學版），二〇〇五年第三期。

⑲余英時〈談郭沫若的古史研究〉，頁一一一。收入《歷史人物與文化危機》，台北：東大圖書，一九九五年。

⑳潘光哲〈郭沫若治史的現實意涵〉，頁八九。《二十一世紀》雙月刊第二十九期，一九九五年六月號。

㉑《胡適來往書信選》中冊，頁三二七。

㉒《胡適來往書信選》中冊，頁三三八。

㉓余英時〈談郭沫若的古史研究〉，頁一一四。

㉔鄧廣銘〈胡著「說儒」與郭著「駁說儒」評議〉，見《現代學術史上的胡適》，北京：三聯書店，一九九三年。又見《解析胡適》一書，頁二五六～二六四。歐陽哲生編選，北京：社會科學文獻，二〇〇〇年。

㉕《胡適來往書信選》，下冊，頁三四六。

㉖《郭沫若全集》（文學篇），第二十卷，頁三三九～三五四。北京：人民文學，一九九二年。

㉗《胡適之先生年譜長編初稿》，胡頌平編著，頁二五四七。台北：聯經，一九九〇年。

㉘〈中國科學院郭沫若院長關於文化學術界應開展反對資產階級錯誤思想的鬥爭對光明日報記者的談話〉，收入《胡適思想批判》第一輯，頁三一六。北京：三聯書店，一九五五年。

㉙郭沫若〈三點建議〉，收入《胡適思想批判》第一輯，頁七～一九。

㉚逯耀東〈清算胡適的幽靈〉，收入《胡適與當代史學家》，頁一二二一。

㉛〈胡適之先生的幾封信〉，頁一三。收入台北《傳記文學》第二十八卷五期，一九七六年五月號。

㉜〈我要繼續向前——胡適先生決心再繼續奮鬥十年〉，《中央日報》，一九五六年十月十二日。

㉝逯耀東〈郭沫若吻了胡適之後〉，收入《胡適與當代史學家》，頁一五七。

預知婚變紀事

胡適對蔣夢麟的最後忠告

蔣夢麟與徐賢樂

一九六一年六月十八日晚上，胡適在因病住院五十六天後，還在調養身體之際，他給好友蔣夢麟寫了一封長信，信原文如下：

孟鄰吾兄：

上次我們見面，得暢談甚久，你說此後你準備爲國家再做五年的積極工作，然後以退休之身，備社會國家的諮詢。我聽了你那天的話，十分高興，我佩服你的信心與勇氣。我病後自覺老了，沒有那麼大的勇氣了，故頗感覺慚愧，但我衷心相信，也渴望你的精力還能夠「爲國家再做五年的積極工作」。

我們暢談後不久，我就聽説你在考慮結婚，又聽説你考慮的是什麼人。我最初聽到這消息，當然替我五十年老友高興，當然想望你的續弦，可能更幫助你，實現「爲國家再做五年的積極工作」的雄心。

但是，這十天裡，我聽到許多愛護你、關切你的朋友的話，我才知道你的續弦消息眞已引起了滿城風雨，甚至辭修（案：陳誠）、岳軍（案：張群）兩先生也都表示很深刻的關心。

約在八天之前，我曾約逵羽（案：樊際昌，時爲農復會總務長，是蔣夢麟的屬下）來吃飯，我把我聽到的話告訴他。這些話大致是這樣：某女士（案：徐賢樂）已開口向你要二十萬元，你只給了八

萬：其中六萬是買訂婚戒指，兩萬是做衣裳。這是某女士自己告訴人的，她覺得很委屈，很不滿意。關心你幸福的朋友來向我說，要我出大力勸你「懸崖勒馬」，忍痛犧牲已付出的大款，或可保全剩餘的一點積蓄，否則你的餘年絕不會有精神上的快樂，也許還有很大的痛苦。這是我八天之前對逵羽說的話。

逵羽說，他知道大律師端木先生（案：端木愷）認識某女士最久，最熟，所以逵羽曾向端木先生打聽此人的底細。逵羽說，他聽了端木先生的話，認為滿意了。他又說，孟鄰兄自己覺得這位小姐很能幹，並且很老實。根據端木律師報告，和孟鄰兄自己的考語，逵羽不願勸阻，也勸我不要說話了。

但是，昨今兩天（十七、十八）之中，我又聽到五六位眞心關切你的人的報告。他們說：現在形勢更迫切了。某小姐已詳細查明孟鄰先生的全部財產狀況了，將來勢必鬧到孟鄰先生晚年手中不名一文，而永遠仍無可以滿足這位小姐貪心之一日！

總而言之，據這些朋友的報告，端木律師給逵羽報告是完全不可靠的。並非端木先生有心不說實話，只是因為他世故太深了，不願破壞眼見快要成功的婚姻。

這些朋友說：這位小姐在對待孟鄰先生的手法，完全是她從前對待前夫某將軍（案：楊杰將軍）的手法，也是她在這十七八年對待許多男朋友的手法：在談婚姻之前，先要大款子，先要求全部財產管理權。孟鄰先生太忠厚了，太入迷了，決不是能夠應付她的人。將來孟鄰先生必至於一文不名，六親不上門；必至於日夜吵鬧，使孟鄰先生公事私事都不能辦！

她的前夫某將軍事何等厲害的人！他結婚只七個月之後，只好出絕大代價取得離婚！這些朋友說：適之先生八天之前不說話，是對不住老朋友，今天怕已太晚了。

我也知道太晚了，但我昨晚細想過，今天又細想過：我對我的五十年老友有最後忠告的責任。我是你和曾穀（案：陶曾穀，蔣夢麟的第二任夫人）的證婚人，是你一家大小的朋友，我不能不寫這封信。

我萬分誠懇勸你愛惜你的餘年，決心放棄續弦的事，放棄你已付出的大款，換取五年十年精神上的安寧，留這餘年「爲國家再做五年的積極工作。」這是上策。

萬萬不得已，至少還有中策：展緩結婚日期，求得十天半個月的平心考慮的時間。然後在結婚之前，請律師給你辦好遺囑，將你的財產明白分配：留一股給燕華兄妹（案：蔣夢麟與元配生的子女，燕華爲女兒），留一股給曾穀的兒女（案：陶曾穀與高仁山生的子女，陶燕錦爲其女兒），留一股爲後妻之用，——最後必須留一股作爲「蔣夢麟信託金」（Trust Fund），在你生前歸「信託金董事」執掌，專用其利息爲你一人的生活補助之用，無論何人不得過問；你身後，信託全由信託金董事多數全權處分。

你若能如此處分財產，某小姐必是不肯嫁你了，故中策的效果，也許可以同於上策。

無論上策、中策，老兄似應與辭修、岳軍兩兄坦白一談。老兄是一個「公家人」（a public man），是國家的大臣，身繫國家大事，責任不輕。尤其是辭修先生對老兄付託之重，全國無比！故老兄不可不與他鄭重一談。

你我的五十年友誼，使我覺得我不須爲這封信道歉了。我只盼望此信能達到你一個人的眼裡。你知道我是最愛你敬你的。

適之

五十、六、十八夜十時二十分①

半世紀的友誼，使得胡適握筆後不能自休，侃侃地道盡肺腑之言。奈何此時蔣夢麟已被愛情沖昏頭了，他沒想到反對聲浪中，也有他老友的一份。因此蔣夢麟在閱信後極爲不快，他甚至將胡適的這封信撕碎擲於廢紙簍中，後經其祕書拾獲細心拼合，始恢復原狀，並得以保存。

回顧蔣夢麟在一九五八年，夫人陶曾穀因病去世後，就非常落寞。尤其他當時以農復會主委身分，又兼石門水庫建設籌備委員會主委，一個星期有兩三天在石門工作，並住在那裡。在空山靜夜，深松青谿，幽靜皓月的情境之下，他難耐寂寥。而據記者姚鳳磐在一九六一年七月二十日《聯合報》的報導中說：「……這件親事眞正的紅娘，是一位四十多歲的太太，她是蔣氏亡妻陶曾穀女士的表親，陶女士纏綿床榻時，她常常去照應病人。陶女士曾經對她說：『孟鄰的身體很好，而且太重情感了，我死了以後，他一定會受不住的；而且，我不忍心

蔣夢麟

他受長期的寂寞；所以，我希望你能夠幫他找一個合適的對象，陪伴他……」那位太太回憶說：「當時陶女士的眼中含著淚水，她並且凝視著我，一再地說這件事你要暗中替他進行！我現在就謝謝你！」由於陶女士臨終前的囑咐，使蔣博士的續弦問題，變成了那位太太無時或忘的「責任」。

據報導這位女士在陶女士逝世一年以後，就開始爲蔣夢麟提親說媒，但都沒有使蔣氏動心。直到一九六〇年在圓山飯店的一次宴會中，透過媒人介紹，他認識了徐賢樂，情形就不一樣了。

徐賢樂

徐賢樂（1908-2006），是江蘇無錫人，系出名門。曾祖父徐壽（1818-1884）生於清嘉慶二十三年，卒於清光緒十年，享年六十七歲。曾國藩稱讚他是「天下第一奇士」。李鴻章說他「講求西學，時開吾華風氣之先」。丁寶楨則說其「杜門不出，於歐洲器物考究最精」。左宗棠則稱他，「絕學無雙」。② 他是晚清著名的科學家，造船工程師，化學教育家。一八六五年，徐壽等製成我國造船史上第一艘自製輪船——「黃鵠」號，「是爲中國自造輪船之始」。一八六八年七月初，他曾與華蘅芳等人設計監造的第一號兵輪下水。船長一八五尺，寬二十七．五尺，馬力三九二四，載重六千噸，安裝單耳鋼炮八尊。曾國藩取名「恬吉」（後光緒即位，避其名諱，改名「惠吉」）。而後又有第二號輪船「操江」及第三號輪船「測海」、第四號輪船「威靖」、第五號兵輪「鎮安」（後改名爲「海安」）、第六號兵輪「馭遠」及鐵甲輪「金甌」號的製造。另外在系統引進和傳播西方近

代化學知識，翻譯西方科技書籍，創辦普及自然科學知識的格致書院，培育科技人才等方面，他做出傑出的貢獻。尤其是他在一八六七年轉到江南製造局工作，與英國教士傅蘭雅（J. Fryer）一起，創辦我國最早的翻譯機構——江南製造局翻譯館，在前後十七年間，他主要的貢獻是編譯西方科技書籍。一八六九年他和傅蘭雅合譯英人威爾斯（D. A. Wells）的《無機化學》題名為《化學鑑原》十二卷。又與傅蘭雅合譯英人布洛西厄姆（C. L. Bloxam）的《有機化學》題名為《化學鑑原續編》和《化學鑑原補編》。他們首創化學元素漢譯名原則，其原則及三十六個元素譯名則沿用至今。又合譯德國富里尼烏司（K. R. Fresenius）的《定性分析》和《定量分析》，題名為《化學考質》和《化學求數》。以上七種譯著，後來匯編成《化學大成》。另外還與傅蘭雅合譯物理的著作：《物體遇熱改易記》。這八部書將當時西方近代化學、物理的理論與實驗方法，系統而全面地介紹到中國來。此外還有《法律醫學》、《論醫學》、《營城揭要》、《測地繪圖》等有關醫學、建築學和測量學方面的譯著。

祖父徐建寅（1845-1901），生於清道光二十五年，卒於清光緒二十七年，得年五十七歲。他是徐壽的次子，從小在耳濡目染之下，培養了對科學技術的愛好。十八歲時，就協助父親研製蒸汽機和火輪船。一八七四年，奉調天津製造局，又到山東機器局，致力於火藥的研製。一八七九年，至德國參觀羅物機器廠，考察製造槍管的工藝。又至法國巴黎及英國等地考察造船事宜，並與德國伏爾堅廠簽訂承造鐵甲船之合同。一九八一年十月方從德國返抵上海。中日甲午戰爭，徐建寅力主抗擊日本侵略者，觸犯了李鴻章，因此在直隸多年不受重用。一九〇〇年五月，張之洞調徐建寅至湖北，委辦省城保安火藥局。次年，又委他總辦鋼藥廠。二月，製成無煙火藥。二月十二日，合藥時

發生爆炸，不幸遇難，屍骸焦爛，慘不忍睹。他與傅蘭雅譯有：《化學分原》、《汽機新制》、《聲學》、《水師操練》、《輪船布陣》、《格林炮操法》、《藝器記珠》、《器象顯眞圖》、《電學》等。並撰有《歐遊雜錄》一書，纂成《兵法新書》十六卷，纂修《錫山徐氏宗譜》。

父親徐家保（1867-1922），又名家寶，字獻廷，是徐建寅長子。張之洞督兩湖時期，受聘爲湖北兩湖書院、經心書院的總教習、教習；江漢書院提調（兼課天文、地理、兵法、算學）。一八八三年至八五年間，曾任上海格致書院董事。民國初年任廣東石井機器局總辦，北洋政府陸軍部技士。譯者有《煉鋼要言》、《保富述要》（又名《保富興國》）、《國政貿易相關書》、《工藝準繩》、《長江新圖說》（未譯完）、《航海章程》、《鋼鐵化學》等。

徐賢樂爲徐家保之四女（案：徐家保有五子四女——徐健、徐倬雲、徐鄂雲、徐復雲、徐佩雲；徐賢来、徐銀仙、徐政、徐賢樂），上海光華大學經濟系畢業。兄弟姊妹也都受過高等教育，有上海交通大學畢業的徐倬雲，有北京交通大學畢業的徐鄂雲，更有法國國際法博士的徐復雲。徐賢樂因爲是徐家么女，在家中備受寵愛，人又長得非常漂亮。據她晚年的忘年之友鍾幼筠的回憶中說：「記得有一次我陪她去公保看病，那裡的護士小姐們都認識她，並逗她開心說：『奶奶，當年您一定是一位美女。』這時她會露出得意的笑容，客氣的回答：『哪裡，哪裡。』但私底下她感嘆地告訴我，確實當年讀大學時候同學都叫她校花，大學畢業到外交部上班，變成部花，來到台灣在中央信託局上班成了局花，現在人老了，什麼都不是了。」也因爲如此，她從大學畢業後追求者相當多，據她的堂妹徐芳表示，其中有位上海青年名叫沈道明的，和她交往了頗長的一段期間。沈爲經商

徐賢樂

者，頗有積蓄，但兩人並沒有因此結婚，或許是因爲徐賢樂對金錢看得太重有關。後來在上海得識了楊杰將軍，時間應該是在一九三七年間，楊杰尚未擔任駐蘇聯大使之前。

楊杰（1889.1.25-1949.9.19）字耿光，雲南大理人。官至陸軍中將，加上將銜，是著名的軍事家。著有《國防新論》、《軍事與國防》等軍事論著。在二次北伐和中原大戰中，歷任蔣介石的總參謀長，多次出謀策畫，扭轉危局。一九〇〇年入大理敷文書院讀書。一九〇五年考入雲南陸軍速成學堂，後因成績出眾，被清政府送到「保定陸軍速成學堂」學習。一九〇七年與蔣介石同時被保送至日本陸軍士官預備學校學習。兩年後，升入日本陸軍士官學校砲兵科學習。一九〇九年他加入同盟會。一九一四年，他與趙丕頎結婚。次年，參加護國戰爭。一九二一年，他放棄陸軍中將的頭銜，再進入日本陸軍大學學習，其夫人也考取日本女子大學。在陸軍大學的四年中，楊杰專心致志，勤奮苦讀。在一次演習中，他被選爲統帥，得到日本天皇的讚賞，並賜予寶刀，因此有「天才將軍」之稱。法國著名軍事家霞飛元帥到該校參觀時，連連稱讚楊杰，認爲「此人將必成東亞傑出軍事人才」。一九二六年五月，他被任命爲國民革命軍第六軍總參議，參加北伐戰爭。次年，被任命爲國民革命軍新六軍副軍

長，代理軍長，參加軍事委員會。中原大戰中，因軍事倥傯，夫人在上海病故，他也無法見到一面，爲此他殊感痛心。後來在南京開追悼會時，蔣介石和宋美齡皆前往悼念及致意。一九三一年，他在天津與南開大學畢業生胡允文結婚，但後來因性格不合，於一九三四年離婚。一九三三年，蔣介石派他出國考察，在將近一年時間裡，他走過二十九個國家。在莫斯科，史達林對他極爲器重，稱他爲「戰略專家」，並曾數度接見。英國國防大臣也讚賞其軍事才能，稱他爲「軍學泰斗」。義大利的墨索里尼，曾以自己隨身多年的一根馬鞭餽贈，以表達其敬佩之意。抗戰軍興，他被蔣介石特派爲赴蘇軍事考察團團長，爭取蘇聯軍事物資的援助。他於一九三七年九月九日拜會了史達林，先獲得飛機一百三十架，坦克八十二輛，大炮一百三十八門之援助，再先後獲得兩億五千萬美元之貸款，蘇聯並派了航空員及軍事顧問，協助中國對日抗戰。次年，他擔任駐蘇大使，直到一九四〇年初被免職。

楊杰天性耿直，早在一九三五年他奉蔣介石之命檢查航空委員會新購飛機時，因發現其中幾架是以報廢的飛機來充抵時，他在氣憤之餘，如實地向蔣介石報告，他卻沒考慮到其委員會之負責人是孔祥熙等四大家族內的要員，因此他此舉既得罪了四大家族，又令蔣介石十分尷尬。時隔不久，四大家族的一些要員們向蔣介石「控告」楊杰在修築南京城防工事中貪污公款，蔣遂逮捕並槍斃了他的軍需處長和副處長，並撤了他代理參謀總長和城塞組長之職。蔣、楊之間已貌合神離，因此這次駐蘇大使之職，並非出於重用，而是蔣介石杯酒釋兵權的計謀。

楊杰回國後，曾向蔣介石提出加強國防建設，全國團結一致抗日和中蘇親善的建議。但蔣介石

卻派人送給他一部《曾文正公全集》，令其好好閱讀，並加批注：於三個月後送還。楊杰為此氣得把書丟在一邊，成天打麻將。三個月後，他批了幾個字，將書送還。蔣看了批注後，大發脾氣，於是給了他一個軍事委員會閒差，為此他留在重慶。也就在這段期間，他在閒暇之餘，想起之前在上海認識的徐賢樂，他要徐賢樂由上海至香港再轉到重慶，兩人不久就在重慶結婚了。但在結婚後七個月，兩人就因銀錢問題而離婚收場。楊杰後來因公然反蔣，於一九四九年被蔣介石派員暗殺於香港。抗戰期間，徐賢樂曾在重慶外交部和復興公司做過事。來台後，她到中央信託局任專員，一直做到退休為止。

徐賢樂早年風華絕代，明豔照人，她認識蔣夢麟時，雖已年過半百，但風韻猶存。據前引《聯合報》的報導說，蔣夢麟對於徐賢樂可以說是一見鍾情，而在一開始時，徐賢樂覺得蔣夢麟年紀太大而且恐怕性格不合；但蔣夢麟託由媒人向她致意，表達自己意思：他覺得徐女士的家庭身世很好，而且品貌雙全，一切太理想了。蔣博士在寫給徐女士的第一封情書裡面就有：「在我見過的一些女士中，你是最使我心動的人……」。認識三四個月之後，蔣夢麟對徐賢樂已難捨難分了，有次為了一點事鬧了個小彆扭，兩人數日不見，蔣夢麟就寢食難安，他於是用一張橫幅一尺的日本繪畫金邊皺紋水色紙，以中小楷寫了一首豔詞相贈。詞曰：

永夜拋人何處去，絕來音，香閣掩。眉斂，月將沉，爭忍不相尋？
怨孤衾，換我心，為你心，始知相憶深。

五代顧敻詞，調寄訴衷情。辛丑春書於石門，蔣夢麟。

（紙的後面還有一行字：「敬獻給夢中的妳」。）

蔣夢麟與徐賢樂的感情與日俱增，我們從一九六一年五、六月間，蔣夢麟留給徐賢樂的便條，便可得知一二。五月二十三日：「昨辰匆匆自谷關趕回參加晚上之宴會。今晨於農復會開會後，即將赴石門歡迎祕總統參觀水庫。晚將參與陳副總統宴。明晚祕總統公宴。後日（星期四，五月二十五日）於參加佐登（約旦）國慶酒會後，當即趨府奉謁（約八時左右）。並共外出晚餐如何？賢樂吾愛」。六月一日：「昨午後六時奉訪，未晤爲悵。今晚如有暇，外出共餐如何？或至舍間便餐亦可。數日未見，頗爲念念　賢樂　當於今晚六時半再來。」六月十六日：「刻赴石門，星期日回來再見，此致　賢樂」。③　兩情不可不謂綢繆，因此不久就互相論及婚嫁。

這事在他們親友中有「贊成」與「反對」兩派；而在北大同學會的師友中，幾乎都是不贊成，就連胡適也持反對意見，因此才有本文一開頭引用的那封長信。在信中，胡適要他能與陳誠副

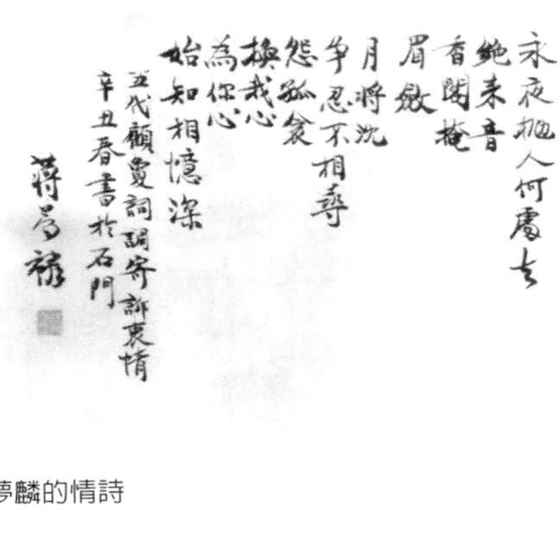
永夜拋人何處去
絕來音
香閣掩
眉斂
月將沉
爭忍不相尋
怨孤衾
換我心
為你心
始知相憶深
五代顧敻詞調寄訴衷情
辛丑春書於石門
蔣夢麟

蔣夢麟的情詩

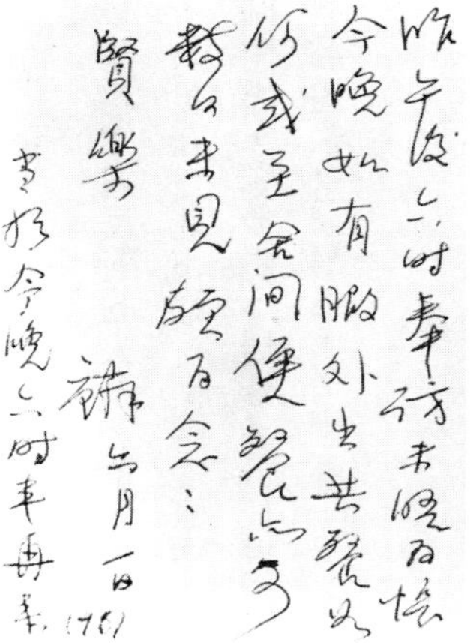

蔣夢麟寫給徐賢樂的便條

總統鄭重的談一談，當時陳誠副總統也是持反對意見者，據《胡適之先生晚年談話錄》書中說，陳誠曾告訴蔣夢麟說：「我的太太接到蔣夫人——第一夫人的電話，她堅決反對你跟這位徐小姐結婚，我的太太也反對，都要我轉告於你。如果你一定要和她結婚，那麼我們以後不能見面了，至少，你的夫人我們是不能見面了。」④當時蔣夢麟曾答應陳誠不和徐賢樂結婚的，如今他自己卻變卦了。於是他在七月間就給陳誠寫了一封長信，信中說：

辭修先生賜鑒：

自室人謝世，業逾三年。鰥居生活，了無生趣。公餘返寓，形單影隻，尤當更闌人靜，孤枕夢回，常中夜起坐，繞室徬徨。此中況味，非親歷其境者，不能想像。自覺長此下去，精神意緒，終必日趨消沉。目前雖有小女侍右，究不能朝夕晤對，亦不能分憂分勞。且已兒女成群，有其爲妻爲母之責任，自不能終身隨侍老父。故自去秋以後，即考慮續弦之事。前後雖有數度介紹，但合適當意者少。自知年事已高，故對物色對象，並無太大奢望。祇求年齡合適，無他牽累而已。後經友人介紹，獲識徐賢樂女士。徐女士出身世家，江蘇望族，其曾祖及祖父之事

蹟，均詳見中國名人大辭典（其傳略附呈），其父亦江南知名之士。徐女士畢業大學。抗戰期間，服務重慶，與楊耿光結婚時，由當時內政部長周鍾嶽先生爲之證婚，並由許靜老代表女方家長爲之主婚。故其婚禮，完全合法。有婚書、照片、主婚人可證。結婚後，兩情不洽，未幾仳離。來台以後，任我中央信託局迄今。平時奉公守法，公餘補習英文，對於讀書亦尚有興趣。其間雖亦有所介紹，但終因低昂之間，未有所成。夢麟今已七十有五，自諗尚能知人，相識以還，經半年來之考察，尤以最近一月婚事停頓以後，其所表現之忍耐、寬容，顧全大體等實均有足多者。此事自經大華晚報宣布，國外報紙，近如越南，遠如美國，均已有所報導。故經再三考慮，爲夢麟，爲對方，亦爲政府聲譽，事實上，已非立即結婚不可。頻年以來，公私備蒙關垂，衷心感激，非言可宣。但實逼履此，事非得已，茲以決定於最短期間完成結婚手續。用爲縷陳種種，務懇曲予鑒諒。婚後北返，當再趨謁，面陳種切。敬請勳綏，並候夫人粧次。⑤

蔣夢麟也知道反對的人多勢眾，不便舉行公開婚禮，而改採家庭式祕密婚禮，於是在一九六一年七月十八日在台北市臨沂街陳能家中舉行。陳能的太太是徐賢樂的親侄女。婚禮極爲簡單，由端木愷律師證婚，鄭曼青、居浩然分任雙方介紹人，雙方在結婚證書上用了印。婚禮就算完成了。當天，蔣夢麟還給女兒寫信，信中云：

燕華：

我自婚事停頓之後，血壓減低，體重亦減。夜不安睡，諸事亦乏興趣。長此以往，前途不堪設想。所以我不能不圖自救之道。有人之愛我，思有以助我者，實則適足以殺我耳。自媽媽逝世以來，於茲三載。精神上之苦痛，一言難盡。自識徐女士以來，於精神上之補助頗多。故諸事之興致日濃。惜謠言蠭起，眾口鑠金，而阻力遂起。父女之愛，亦良足貴，但究不能代夫婦之愛。我現在所欲言者，非爲徐女士或爲我自己辯護，悠悠之口，無可與辯，姑亦聽之而已。我常能見人之不及見，行人之不敢行。我自能斷能行。故爲圖自救計，毅然決然與徐女士結婚。……⑥

次日各報爭相報導，蔣夢麟在接受《中央日報》的訪問中說：「一個人健全的生活，理智、情感、意志三者，必須適當平衡，缺其一，即失其平衡。果爾，則無論爲學或辦事，其動力便受削弱。我自陶曾穀女士去世以後，感情即無所寄託，故不得不求一對象，以保持我多年奮鬥的精神。我相信徐女士，就是我適當的對象。」報紙並引用了徐賢樂的「有感蔣夢麟的款款深情，並陶醉於這位老教育家的靈毓才氣」的話語，他們「希望新婦徐女士是一個『賢』內助，使蔣博士享受室家之『樂』，則過去一番小小波折，便成爲愉快的回憶了。」

事已至此，胡適自是無話可說了，我們翻看胡適的日記，他對此事不曾有一字之評論，只貼了七月十九日的《中央日報》、《新生報》、《大華晚報》，二十日的《聯合報》等七份剪報，外加對蔣夢麟生辰年月日考證。因爲《中央日報》報導蔣夢麟結婚時是七十五歲，而《新生報》及《聯合報》

蔣夢麟（右一）與徐賢樂（右二）

則說是七十三歲，兩者說法不一，因此胡適作了一個小小的考證，但可惜的是胡適考證出蔣夢麟的生日是一八八五年一月二十日，其實正確的是一八八六年一月二十日。所以結婚時蔣夢麟是七十五歲，而徐賢樂也已五十四歲了。（案：徐的年齡除《中央日報》報導正確外，餘皆錯誤。）

而在蔣、徐結婚之後沒幾天（案：七月二十六日），蔣夢麟就專程去看望胡適，胡適也向他道賀。蔣夢麟告訴胡適，他的新婚夫人很好，隔幾天還要將她帶來看望胡適，他還對胡適說：「人家說她看上我的錢，其實她的錢比我的多。」胡適又能多說些什麼？他只勸蔣夢麟儘快去安慰，因此事而受到一定程度傷害的女兒——蔣燕華。八月六日，蔣夢麟偕同徐賢樂來看胡適，蔣夢麟來時坐在冷氣機的一邊，因怕冷，立即轉到另一邊去。胡適後來告訴護士徐秋皎小姐說：「到底夢麟年紀大了。我還不怕冷風，也吃冷冰，用冷水洗面的。他不行了。」[7]

在兩人結婚一年多後，他們的婚姻亮起紅燈。一九六二年十二月六日下午，蔣夢麟赴台中出席四健會年會，不慎失足折骨。後來據起訴狀所言，徐賢樂對病中的蔣夢麟照顧不周，甚至不大關切。又以費用難籌爲詞，要蔣遷住小病房，更甚者徐賢樂竟以此向石門水庫借支一萬元。又爲小事

與蔣燕華、樊際昌等吵鬧，甚至拍桌謾罵，特別是要求蔣夢麟的同僚好友沈宗瀚的夫人沈劉廷芳遷離宿舍，更令蔣夢麟無地自容。於是蔣夢麟在出院後，就沒回家而把自己隱藏起來。一九六三年一月十三日，蔣夢麟並寫了一封「分居理由書」，託人轉交徐賢樂。此信被徐賢樂認爲是「一紙休書」，她以「弱女子」自居，反擊了蔣夢麟。三月二日，蔣夢麟給徐賢樂一封措詞嚴厲的「攤牌信」，信中指責徐賢樂不關心他，在其開刀前後遷出戶口，移轉其財產，甚至連蔣燕華和陶燕錦的存款和股票也過戶了。徐賢樂在三月十四日寫了〈徐賢樂覆蔣夢麟書〉，對住院照顧、戶口遷移等事均有所解釋。對存摺、股票、土地過戶一事，她說完全是依照蔣夢麟當初對她說的話做的。徐賢樂說：「因爲你曾對我說過：『以前一草一木屬於陶曾穀的，現在全部屬於你了。』」並且說蔣夢麟把圖章交給她，要她去過戶。最後則指控蔣夢麟兩個月以來生活費分文未給，汽車也不給她用，將保管箱及各行號存款一概凍結，並將股票登報聲明掛失，這其中還有一部分是她的積蓄等等。四月九日，蔣夢麟的律師王善祥去見徐賢樂，談判離婚一事，爲徐賢樂所拒。於是蔣夢麟乃於四月十日訴請離婚。

四月十日，蔣夢麟對記者發表談話，指出「……我鼓起勇氣與徐賢樂女士結婚，希望再有一個幸福的家，來幫助我的事業。到現在一年多我失望了，我受到人所不能忍的痛苦，家是我痛苦的深淵，我深深的後悔沒有接受故友胡適之先生（案：胡適已於一年前的二月二十四日去世了。）的忠告，才犯下錯誤。我愧對故友，也應該有向故友認錯的勇氣，更要拿出勇氣糾正錯誤。」徐賢樂則向記者出示各有關文件，埋怨蔣夢麟數月來避不見面，完全是「三男兩女」集團挑撥所致。她堅持

「結婚乃終身大事，是愛蔣博士人，而不是他的錢，當初嫁他，就是要做他的終身伴侶，所以決不離婚。」蔣夢麟同時把胡適一九六一年六月十八日夜（案：本文開頭所引之信）寫給他的那封長信，交給《中央日報》發表了。對於蔣夢麟這些做法，徐賢樂也不甘示弱，她在四月十六日的《聯合報》上發表〈我與蔣夢麟〉一文，否認她與蔣夢麟已構成了離婚條件，她強調蔣夢麟是個忠厚的人，要離婚完全是受人挑撥所致，而非他的本意。文分「畫眉之樂」、「白首之旅」、「意外之波」、「胡適之函」、「婚禮之辯」、「成全之計」六小節，侃侃辯駁，深具文采。

這場婚變在當時鬧得滿城風雲，時間長達三個月餘，雙方互相指責，各報則長篇累牘地加以報導，宛如一齣高潮迭起的連續劇，它更成爲文人間談論的話題。其中有馬五先生（案：雷嘯岑）將袁枚的詠〈馬嵬坡〉詩句，改爲：「到底先生負舊盟，金錢爲重美人輕，徐孃解得夫妻味，從此人間不再婚。」他是同情徐賢樂，但對於事實則有失偏頗的。把「金錢看得太重，而失去夫妻之情者」，應該是徐賢樂，而非蔣夢麟。所謂「因財失義」，這對徐賢樂而言，已非頭一遭，而整個發展過程，都不幸地爲胡適所言中了。胡適當年是極力反對蔣夢麟與徐賢樂結婚的，除了信中所提的理由之外，據劉眞先生說：「有一次我在南港中央研究院胡適之先生處談天，胡先生便向我提及此事，他說夢麟先生已經七十歲了，娶個年輕的太太，難免不當寡婦。如感一個人生活孤寂，不妨找個年齡稍大的特別護士，陪他住在一起，何必續弦自找麻煩。」[8]我們知道胡適在美國因心臟病發之後，有「特別護士」哈德曼夫人（Mrs Virginia Davis Hartman）的細心照顧，後來胡適卸任大使，哈德曼夫人還幫胡適找到紐約東八十一街一〇四號的住所。當年擔任胡適大使的祕書的傅安明回憶

說，「胡先生旅居紐約三年多，到一九四六年六月五日才乘船回國任北大校長。這三年多時間，哈德曼夫人對胡先生的寂寞生活的調劑……（案：胡適在美近九年的時光中，江冬秀並不在身邊，而是遠在上海。）」學者劉廣定從中央研究院胡適紀念館所藏的「胡適檔案」看到的資料推論，哈德曼夫人「不只是胡先生的異性知交，還對胡先生表現了深厚的愛情。」⑨胡適將「特別護士」與續絃之事，合爲一談，使得他對哈德曼夫人的情意，在此又得到一次的證明。

對蔣、徐婚變，其中還有對聯者，以兩人之姓名嵌入聯中而又不露痕跡，深具針砭之意者。上聯曰：「徐娘半老，賢者亦樂乎此？」下聯是：「蔣徑全荒，孟母難鄰之矣！」（案：蔣夢麟，號孟鄰。）其中蔣徑指漢代名將蔣詡，蔣徑既告全荒，孟母當然不願擇爲鄰居了。此聯蘊意深遠，堪稱佳構也。

一九六三年七月三十日，蔣夢麟正式向台北地院提出離婚及返還財物之訴，他在起訴狀中提到「不意婚後不久，被告乖張之跡，即行暴露：諸如凌辱吾女，侵瀆先室；需索斂聚，惡老嫌貧，經常詈罵，寢食不安。……」「被告對原告亡室陶女士本不相識，竟對亡者不時肆意辱罵，不准原告前往其墓憑弔（案：陶曾穀於一九五八年病逝，葬於台北第一公墓），企圖絕我憶念。對女兒燕華，則百般凌辱，迫令遷出，其行爲乖張，難以枚舉。」文中還列舉六大具體事實而告之。

徐賢樂在八月九日提出萬言答辯書，針對蔣夢麟狀中所指控的「凌辱女兒」、「侵瀆先室」，以十點理由加以反駁。其中關於「凌辱女兒」部分，她用蔣燕華在同年四月十二日對記者訪問中所說的話：「在父親結婚時，她全家已搬出德惠街，只有過年過節時會到她父親那裡看看，有時也與徐

賢樂女士談談話，彼此之間相處，從未說過重一點的話。」來證明她對蔣燕華並無淩辱迫遷之事。

至於對「侵瀆先室」一節，徐賢樂則對陶曾穀並非蔣夢麟之元配，加以反擊。徐賢樂在答辯書中說：「至原告所謂『侵瀆先室』，按原告『先室』不止一人，原告昔年在南京任教育部長時，陶曾穀原爲原告祕書，當時原告固已使君有婦，而亦與陶女士雙雙墜入愛河，結果原告與元配夫人分居，陶女士則下嫁原告，故原告此所謂『先室』究指何人，已滋疑義。如果其所謂『侵瀆先室』，即其係指狀後所稱『被告對亡室陶女士本不相識，竟對亡者不時肆意辱罵，不准原告前往其墓憑弔，企圖絕我憶念』而言，則又純屬原告向壁虛構，被告與陶女士雖不相識，然仰其賢名，心竊慕之。而原告個性剛強，嘗自謂『我的決定是不容干涉的，壓力越大，我的定力愈堅』，被告對原告個性深爲了解，原告追憶亡室，憑弔墓園，被告正爲其深情所感動，被告縱使至愚，亦不敢加以禁止，何況我亦爲人妻，原告悼念亡妻，我又何忍相阻。」

陶曾穀原爲高仁山之遺孀，據朱經農之子朱文長在《愛山廬詩鈔》的注解中說：「陶曾穀女士與先父繼配淨珊夫人（案：楊靜山），婚前均在上海某私立中學任教。後陶嫁先父好友高仁山先生。仁山先生爲我國有數之先進教育家。在北平創設藝文中學以實驗其教育理想。曾穀女士襄助實多。乃北伐軍興，北方之軍閥隨其軍事之失敗，日益倒行逆施。竟拘捕仁山先生，封其學校。不久仁山先生成仁，曾穀女士攜孤南來，淨珊夫人迎之於南京，爲之安置。先父乃介紹曾穀女士入教育部工作。時蔣夢麟先生爲教育部長。日久雙方發生情愫。玄武湖頭時見倩影，而多半時間主任祕書鄭天挺先生常相陪伴。孟鄰先生離教部後，任北京大學校長，終不能克制情感，乃與陶氏成婚於北平。

席間胡適之先生譽爲勇敢，蓋記實也。」⑩

高仁山一八九四年，生於江蘇江陰縣。十七歲時，就讀於南開中學，與周恩來是校友又是同鄉，關係良好。一九一七年春，自費赴日本早稻田大學專攻文科。十二月從日本回國，曾在北京大學圖書館任事。一九一八年冬，自費赴美國葛林納爾大學專習教育。畢業後，入芝加哥大學學習教育，獲碩士學位。又赴哥倫比亞大學研究教育。數月後，赴英國、德國、法國調查當地的教育和社會狀況。一九二三年一月回國，先後被聘爲北京大學、北京師範大學教授。在他創議下，北京大學創立了教育系。一九二三年與著名教育家陶行知在中華教育改進社創辦了教育圖書館，高仁山任館長。一九二五年春，與陳翰笙、薛培元、查良釗、胡適等人在北京東城燈市口大街七十二號，創辦了私立藝文中學（現北京市第二十八中學），高仁山任校長。試行美國教育家柏克赫斯特創立的道爾頓制（Dalton Plan），將班級制改爲各科作業室制，廢除課堂講授，把各科學習內容製成分月的作業大綱，由教師與學生訂立學習公約，由學生自由支配時間，按興趣在各作業室自學，教師僅作爲顧問，提供諮詢和檢查進度。高仁山、陶曾穀夫婦運用此制教學，使得藝文中學成爲二〇年代北京全中學的佼佼者。

一九二七年九月二十八日，奉系軍閥以「加入政黨，散發傳單，有反對現政府之嫌疑」等罪名，將高仁山逮捕。同年十二月十九日，他在獄中給陶曾穀寫信，自敘六年來從事教育研究的經歷和今後的打算。他對教育事業無法一日忘懷，他囑咐他的得意學生，「要以教育爲終生事業」。次年一月十五日他終於被軍閥殺害，據說當他被綁赴天橋刑場槍決時，他態度從容，面無懼色，並向路

旁觀眾說：「給我個好兒吧」，於是眾人立即高呼「好！」「好！」有如平劇戲迷喝采一般。

蔣夢麟元配爲鄉下女子孫玉書，生有子女四人，長子仁宇，次子仁淵，女燕華，幼子仁浩。一九三三年他要繼娶陶曾穀時，在鄉間封建社會裡是頗遭議論的，而在北方的輿論界也有些壓力，於是蔣夢麟特別請到當時最負盛名的胡適來證婚，是有平息輿論之用意。據當時在北大國文系就讀的女詩人徐芳說，蔣夢麟請胡適證婚，胡師母是反對的，她認爲蔣夢麟因陶曾穀而與元配離異，道德是有虧的，因此不贊成胡適去證婚。但胡適告訴江冬秀說，蔣夢麟一爲我的校長，一爲我多年的好友，故非去不可，執拗的江冬秀把大門一關，就是不讓他出去。後來胡適還是從後頭爬窗出去證婚了。也是蔣夢麟的老友朱經農，曾寫下〈賀蔣、陶之婚〉的七絕贈之，詩云：「人間從此得知音，司馬梁園一曲琴。千古奇緣稱兩絕，男兒肝膽美人心。」[11]

蔣、徐的離婚案件，經一年纏訟，雙方都聘請律師，到法院打起離婚官司。後來是蔣夢麟這方勝訴，據劉眞說：「有一天我遇見樊際昌先生，談及此事，他說離婚官司絕對可以勝訴，因爲新婚之夜，徐女士曾一再問及夢麟先生的經濟狀況，包括動產與不動產等等，夢麟先生便在教師會館的便條紙上，一一開列出來給徐女士看。這張教師會館的便條紙，夢麟先生一直保留在身邊。後來夢麟先生的律師，把這張便條紙拿到法院給法官看，證明徐女士對夢麟先生並沒有眞正的愛情，否則何以新婚之夜詳細查詢他的財產，結果法官採信了這件證物，夢麟先生的離婚官司總算打贏了。」[12]最後經陶希聖、端木愷於一九六四年一月二十三日，調解成功，雙方協議離婚。協議共有三點：一、由蔣夢麟付出贍養費五十萬元與徐賢樂。二、徐賢樂現所住之農復會房屋應遷出交還，一切家

具留下。三、徐女士所拿去之股票及存款，均應交還蔣博士；至於首飾等物，則交徐女士所有。婚雖離了，但經此折騰，對於已七十九歲的老人而言，可說是不堪負荷，他最後對記者說：「食少事繁，豈能久乎？」果不然竟一語成讖。在五個月不到的六月十九日凌晨，蔣夢麟就因肝癌病逝台北榮民總醫院。而離婚後的徐賢樂則一直寡居著，活到將近百歲，直到二〇〇六年一月十日，才走完人生的最後一程。

胡適在給蔣夢麟的信中說，所以敢冒大不韙，提出最後的忠告，是因爲他們有五十多年的交情。綜觀他們兩人，蔣夢麟長胡適六歲，兩人同受業於美國著名教育家及哲學家杜威博士的門下，可謂「師出同門」。一九一七年，兩人皆學成返國，蔣夢麟任上海商務印書館編輯，胡適則應聘爲北京大學教授。一九一九年「五四運動」時，胡適南下上海，與蔣夢麟共同迎接其師杜威來華講學。此時，北大校長蔡元培因「五四」愛國學潮事件而辭職出京。蔣夢麟夙爲蔡元培之門生，在蔡元培尚未還京之時，由蔣夢麟代理北大校務，其後並由北大總務長而代理校長。此爲蔣、胡兩人共事北大的時期。直到一九二六年「三一八」慘案爲止。後來兩人都離開北京，在不久，蔣夢麟當了教育部長，而胡適也擔任上海中國公學的校長。身爲校長的胡適以在《新月》雜誌，發表批評黨國言論，觸忤當道，身爲教育部長的蔣夢麟曾予警告，胡適竟將原令退回。彼此雖立場有異，但私交則並無芥蒂。一九三〇年間，兩人相繼辭去職務。

蔣夢麟在辭去教育部長後，在南京稍事逗留後，就回杭州去了。而胡適卻從南京對岸的浦口車站候車北上。兩人一北一南的，此時已有要蔣夢麟接掌北大的消息，但他並不願意就職。據胡適後

來回憶：「我到北平，知道孟鄰已回杭州去了，並不打算北來。他不肯回北大，是因爲那時的北平高等教育已差不多到了山窮水盡的時候，他回來也無法整頓北京大學。北京大學本來在北伐剛完成的時候，已被貶作『北平大學』的一個部門，到最近才恢復獨立，校長是陳百年（大齊）先生。那時候，北京改成了北平，已不是向來人才集中的文化中心了，各方面的學人都紛紛南去了，一個大學教授最高俸給還是每月三百元，還比不上政府各部的一個科長。北平的國立各校無法向外延攬人才，只好請那一班留在北平的教員盡量地兼課。幾位最好的教員兼課也最多。例如溫源寧先生當時就有身兼三主任五教授的流言。結果是這班教員到處兼課，往往有一個人每星期兼課到四十小時的！也有派定時間表，有計畫地在各校輪流講課！這班教員不但生意興隆，並且飯碗穩固。不但外面人才不肯來同他們搶飯碗，他們還立了種種法制，保障他們自己的飯碗。例如北京大學的評議會就曾通過一個決議案，規定『辭退教授需經評議會通過』。在這種情形下，孟鄰遲疑不肯做北大校長，是我們一班朋友都能諒解。」[13]

對於蔣夢麟的顧慮，傅斯年、胡適心中是相當清楚的。熱心的傅斯年找了胡適商量，後來經過他倆與當時中華教育文化基金會董事顧臨（Roger S. Greene）詳談，「居然擬出一個具體方案，寄給蔣夢麟先生，他也很感動，答應來北大主持改革的計畫。」其具體方案的內容是：中華教育文化基金會與北京大學每年各提出二十萬元，以五年爲期，雙方共提出兩百萬元，作爲合作的特別款項，專作設立研究講座與專任教授及購置圖書儀器之用。中基會的援助計畫，使得蔣夢麟同意就任北京大學校長。蔣夢麟也在一九三一年一月聘任胡適爲北京大學文學院長。胡適初不肯就任，但禁不住

的工作，故雖在北大任職，但不受北大的薪俸。

自一九三〇年到一九三七年的七年時光中，蔣夢麟一直把握著北大的航向，而其中胡適、丁文江、傅斯年等人的幫助尤大。蔣夢麟後來在〈憶孟眞〉一文中說：「九一八事變後，北平正在多事之秋，我的『參謀』就是適之和孟眞兩位。事無大小，都就商於兩位。他們兩位爲北大請到了好多位國內著名的教授，北大在北伐成功以後之復興，他們兩位的功勞，實在太大了。」而當時也是北大教授的陶希聖回憶說：「北京大學居北平國立八校之首。蔣夢麟校長之鎮定與胡適之院長之智慧，二者相並，使北大發揮其領導作用。在艱危的歲月裡，校務會議不過是討論一般校務，實際上，應付難題的時候，北大一校之內，夢麟校長、適之文學院長及周枚蓀（炳琳）法學院長隨時集會，我也有時參加。國立各大學之間，另有聚餐，在騎河樓清華同學會會所內，隨時舉行。由夢麟北大校長、梅月涵（貽琦）清華校長、適之及枚蓀兩院長，我也參加，交換意見。月涵先生是遲緩不決的，甚至沒有意見的。夢麟先生總是聽了適之的意見而後發言。北大校務會議席上，如丁在君（文江）在座，他的發言最多，最有力。清華同學會聚餐席上，適之先生是其間的中心。夢麟先生是決定一切的人。北大六年安定，乃至國立八校六年的延續，沒有夢麟與適之的存在與活動，是想像不到的。」⑭

抗戰期間，蔣夢麟隨校南遷昆明，與清華、南開合組「西南聯大」。而胡適則赴美從事抗戰宣傳，旋膺命爲駐美大使。勝利後，蔣夢麟先後任行政院祕書長、國民政府委員、中國農村復興聯合

委員會主任委員。胡適則任北大校長、中研院院長。一九六二年，胡適以心臟病突發逝世，兩年後蔣夢麟也以肝癌病歿。兩人半世紀的友情，終於畫上句點。

注

①李文寧主編《回憶胡適之先生文集》第一集，紐約：天外，一九九七年。
②轉引自徐家保著《錫山徐氏宗譜》，光緒三十一年古十笏堂木活字本。
③蔣夢麟致徐賢樂便條三件，得自徐賢樂之遺物。
④《胡適之先生晚年談話錄》，胡頌平編著，台北：聯經，一九八四年。
⑤蔣夢麟致陳辭修函，得自徐賢樂遺物。
⑥蔣夢麟致蔣燕華函，得自徐賢樂遺物。
⑦《胡適之先生晚年談話錄》，胡頌平編著，台北：聯經，一九八四年。
⑧《劉真先生訪問紀錄》，中研院口述歷史叢書，一九九三年。
⑨劉廣定〈胡適檔案中的哈德曼太太──另位深愛胡適的異國佳人〉，《歷史月刊》第一二〇期。
⑩《愛山廬詩鈔》，朱經農著，朱文長注，台北：台灣商務印書館，一九六五年。
⑪《愛山廬詩鈔》，朱經農著，朱文長注，台北：台灣商務印書館，一九六五年。
⑫《劉真先生訪問記錄》，中研院口述歷史叢書，一九九三年。
⑬《丁文江的傳記》，胡適著，台北：遠流重印本，一九八六年。
⑭陶希聖〈記蔣夢麟先生〉，《傳記文學》第五卷第一期，一九六四年。

要把金針度與人

胡適與王重民論《水經注》

王重民

王重民

北魏酈道元著，四十卷的《水經注》，被稱爲「中國史上一大奇書」。但由於它年代久遠，版本多殘，於是輾轉抄刻，訛誤、脫落之處甚多，也因此引發後代諸多學者進行研究與校勘。在有清一代就有全祖望、趙一清、戴震在同一時期致力於《水經注》的校勘。戴書出書最早，趙書次之，全書最晚。但由於戴氏曾入四庫館校書，趙氏的《水經注》校本恰由浙江進呈到四庫館，而戴書與趙書又多有雷同之處，於是一些學者如魏源、楊守敬、孟森、王國維等人，皆認爲戴書有抄襲趙書之嫌，紛紛撰文批戴，「水經疑案」，便成爲學術史的一件公案。

一九四三年十一月五日，當時在美國國會圖書館遠東部工作的王重民，給在紐約的胡適寫了信。王重民（1903-1975）字有三，河北高陽人。是中國著名的目錄學家、文獻學家、敦煌學家。一九二九年畢業於北京師範大學後，不久即任職於國立北平圖書館，任編纂委員兼索引組組長。一九三四年，被該館館長袁同禮派往英、法、德、義等國進行學術考察，重點搜集敦煌遺書、明清間西洋天主教士

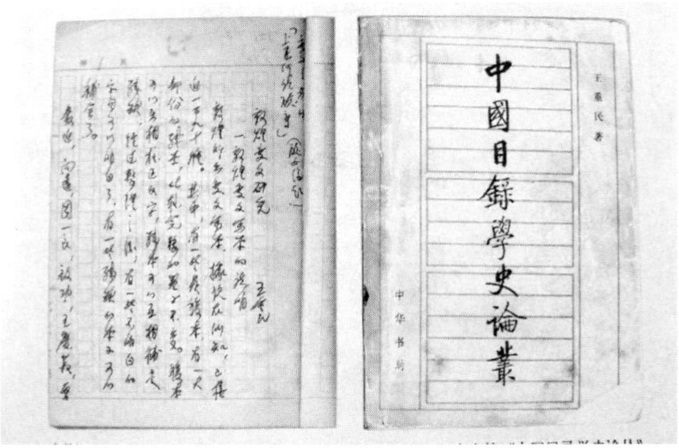

王重民的《中國目錄學史論叢》書影與《敦煌變文研究》手稿

的中文著述、太平天國史料、古刻及舊鈔四部圖書之罕見傳本。一九三九年秋，王重民離法至美，在美國國會圖書館遠東部工作。王重民的信上說：「上週遇到一部校本《水經注》，裴雲說是蔣光煦臨寫趙琦美、何義門、孫潛夫三家的校本，重民重審閱之後，訂爲趙一清的校本。因爲校《水經》的『趙戴』、『全趙』兩公案，百年以來，猶在討論，所以把舊說檢閱一次，看和此校本有無關係。初擬寫三四百字，後來隨查隨寫，費了七八天的時間，竟寫了五六千字。這是編善本書目以來第一篇費氣力的提要。」

然後王重民把這篇名爲〈跋趙一清校本《水經注》兼論「趙戴」「全趙」兩公案〉的初稿副本，連同信一起寄給胡適。胡適在十一月八日收到，但看後他不敢苟同王重民的觀點，他在當天日記中寫道：「重民治學最嚴謹，但此文甚不佳。今日獨坐，取《水經注》聚珍本、《戴東原集》、《鮚埼亭集》、《觀堂集林》及《別集》，試覆勘此離奇之公案。」當晚半夜一點，胡適在訪客散去後，他寫了一封信給王重民。同時胡適在日記上說：「我平生不曾讀完《水經注》，但偶爾檢查而已。故對此大案，始終不曾發過一言。但私心總覺此案太離奇，而王國維、孟森諸公攻擊戴震太過，頗有志重審此案。」緊接著胡適提出他初略的

看法，他說：

今天細讀各案卷，乃作第一次之發言。我說，東原〈《水經注》自序〉（集六）不提《永樂大典》本一字，但云「審其義例，按之地望，兼以各本參差，是書所由致謬之故昭然可舉而正之。」這明是特別聲明，官本號稱用《大典》本為「原本」，我實不負此責任！此中隱情、苦心，似應得後世學人的諒解。從此一點疑洞出發，東原「竊書」之案，可以得著比較平允的判決。至少可以減去不少大可不必有的火氣。

例如全謝山所見之柳、孫、趙三校本，皆藏於揚州馬氏。東原住揚州幾年，又是盧雅雨之客，大可以見著此諸本，而論者必謂「非見全、趙之書不可矣」。（靜安語）此豈是公道？

又如今傳出之《大典》本卷一有塗改四處，靜安硬斷為東原「私改《大典》本，以實其說。」此豈公允？

又如官本卷三十一、三十二、三十三、四十，六次引歸有光本，靜安又疑為偽託，此豈公允？

又如東原自序明明稱引「閻百詩、顧景範、胡東樵諸子」，又明明說「兼以各本參差」，而諸公乃謂其於序錄中「不著一語」。此又豈是公允？

（案：上文所引乃用《日記》的文字，同時十一月八日致王重民的信，有更加詳細的論列。）

胡適的重審《水經注》疑案，是由王重民的信和文章而引起的，而胡適的覆王重民信，卻是因為王

重民對王國維《觀堂別集》的〈《水經注》釋跋〉一文中的「爲東潛作此書時殆在十六或十八年秋也」一語頗爲懷疑，而欲考「全趙兩家校《水經》先後」而起的，胡適在信中推斷王國維絕不會說謝山「爲東潛作此書」，他判定應該是「序此書」之誤（案：後來證明是「作此書序」之誤，胡適的假設得到證實）。總之胡適的《水經注》考證，似乎和王國維脫離不了關係。

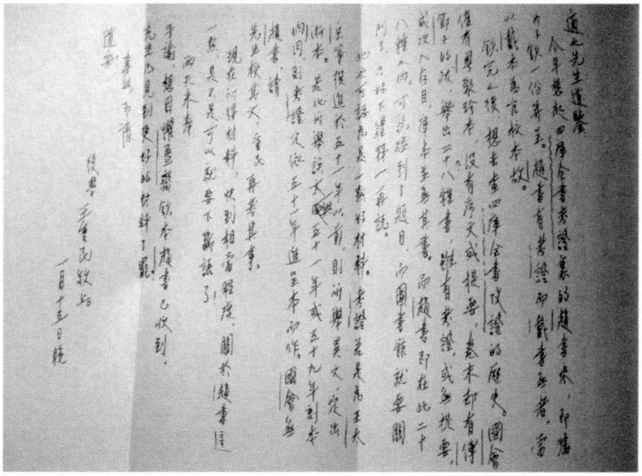

王重民給胡適的信

時間推前二十年，當一九二四年一月十九日，由研究系的講學社和北大文科研究所國學門等共同發起「戴震誕辰二百周年」的紀念會，在安徽會館舉行，會議由胡適任主席，梁啟超、沈兼士、錢玄同、朱希祖等人發表學術演講，其中朱希祖的演講即談到《水經注》的版本問題，他爲戴震辯護，認爲全謝山、趙一清、戴震三家對《水經注》一書均有貢獻，無所謂誰剽竊誰之一說。但在這不久王國維卻寫成〈書戴校水經注後〉一文，指斥其非。他還進而對戴震的人格予以尖銳的批評，他認爲戴震抄襲剽竊而有意毀跡遮掩。胡適後來認爲王國維的文章，顯然是針對他們稱頌戴震及「戴學」的紀念派而發的。胡適雖不同意王國維的論點，但他在一九二四年四月十七日曾致函王國維索稿，並且表示：《國學季刊》「此次出東原專號，意在爲公平的批判，不在一

味訣揚。聞尊文頗譏彈東原，同人絕不忌諱」。但後來因爲其他事件，惹得王國維極爲不高興，他除了要求取消國學門的導師名義外，也索回給胡適的〈書戴校水經注後〉一文，直到一九二五年六月，他將該文改名爲〈聚珍本戴校水經注跋〉，連同相關數文冠以〈水經注跋尾〉爲總題，刊於《清華學報》第二卷第一期。

其實據楊家駱在〈水經注四本異同舉例〉一文中說：「民國二十五年（一九三六年），胡適之先生過滬，謂將爲東原撰冤詞。」但由於當時並未找到可靠證據，因此並沒有眞的寫下任何文字。到了一九三七年一月十九日，胡適給《國學季刊》編輯魏建功的信，這樣說：「昨天莘田說，心史先生（案：孟森）有一長文給《季刊》，亦是證實戴東原偷趙東潛《水經注》一案。莘田說你頗有點遲疑。我託他轉告你不必遲疑。我讀心史兩篇文字，覺得此案似是已定之罪案，東原作僞似無可疑。」其中「似無可疑」，有的學者認爲胡適對該案未曾懷疑，但有的學者細心地注意到，胡適對此案並非完全同意，還有保留的餘地。

回到一九四三年十一月八日，胡適回覆王重民的信說：

前幾年，當孟心史的文章發表後，我曾重讀靜安先生的〈戴校《水經注》跋〉，那時我覺得此案太離奇，多不近情理之處，其中也許有別情，爲考據家所忽略。如，《大典》本俱在，東原並不曾毀滅此本以掩眞跡，他豈不知終有他人用來校勘之一日？又如，全、趙之書也都存在，趙書且已進呈，且已著錄《四庫》，東原豈能抹殺諸家之書？況且此種行爲，在當日直是「欺君」

大罪，東原豈不知之？《四庫》館臣豈能都不知之？凡此諸點都太離奇。我久想將來蒐集此案全卷，再做一次審問，以釋我自己的疑惑。

胡適從此一頭栽進重審「趙戴《水經注》疑案」，他以他生命的最後二十年，成就豐碩的成果，包括有論文、函札及其他資料，總計近百篇之多，約有百餘萬字。而胡適何以會窮半生之力，去重審這段公案呢？一般人認爲，他是出於鄉誼，爲同爲安徽前輩戴震辯誣。胡適自己也說過：「我審這個案子，實在是打抱不平，替我同鄉戴震（東原）申冤。」學者方利山指出：「胡適重審《水經注》學術公案，雖有幾分爲鄉先賢翻案申冤的動機，但是他全力介入此案，用意實在比『愛護鄉賢』要深得多。」①而學者桑兵則更指出，胡適想藉此與已故的王國維在學術上爭勝。桑兵認爲「儘管胡適提倡科學方法，其治學不外傳統的訓詁、校勘和考據，其實正淵源於戴震開創的乾嘉樸學。而同樣推崇戴震經史之學的王國維，無論從哪方面看，樸學功夫都比胡適有過之無不及。兩人之間根本不存在方法異同之爭。除非胡適的目的並非以自己的治學方法與王國維的方法角逐，而是在同一方法之中爭個彼此的優劣高下，謀取這一方法營壘的盟主位置。這是改換案例的唯一好處，也正是胡適重審《水經注》公案的根本動機所在。」②

胡適在一九四三年十一月十三日給王重民的信說：「靜安先生治經學小學則甚謹嚴；治史學也甚謹嚴。但他的《曲錄》則甚不謹嚴……用最嚴格的校勘考證方法來研究小說戲曲，實始於胡適之、孫子書（案：孫楷第）。」桑兵指出，胡適爭勝之意，則溢於言表。他又認爲胡適在重審《水經

注》案前，想以王國維的〈漢魏博士考〉一文來研究漢代經學的變遷，但他發覺「偶一下手，始知嚴謹如王靜安先生，亦不能完全依賴！」於是他重寫〈兩漢博士制度考〉，他在一九四三年四月五日給王重民的信中說：「此題舊有績溪胡秉虔一文，靜安先生頗譏評其多錯誤。現在還得一個績溪胡某人來譏評王先生的大作，你不要笑我有心替績溪老輩報復吧？」這不禁令人有「此地無銀三百兩」的聯想。

胡適在一九四四年五月三十一日的日記上說：「趕成"A Note on全祖望、趙一清 and 戴震：A study of Independent Convergence in Research as illustrated in their works on the《水經注》"。此是這六個月的『《水經注》大疑案的重審』的英文報告，作爲Eminent Chinese（名人傳記）第二冊的附錄。」我們知道，美國著名漢學家Arthur W. Hummel（恆慕義，1884-1975）在四〇年代，集合數十位美國、中國和日本的漢學家，編著了一本擁有八百餘人傳記的《清代中國名人傳略（1644-1912）》（*Eminent Chinese of Ching Period 1644-1912*），胡適爲該者寫了〈序言〉，他在〈序言〉中涉及有關清代學者《水經注》研究的問題，由於在〈序言〉中無法詳談，因此他在次年又寫了這篇研究報告，作爲該書第二冊的附錄。學者陳橋驛教授把它視爲胡適研究《水經注》的第一篇文章[3]，然據胡適日記得知，他在同年三月二十一日已完成〈全校《水經注》辨僞〉三萬四千字，此Note是他從舊稿中濃縮改寫而成，似乎稱不得上是第一篇文章，詳情可見他一九四四年六月廿一日致楊聯陞的信。

在文中胡適對王國維與孟森等人的攻擊戴震，表示不同的看法。他說：「因爲王、孟兩位學術地位甚高，他們的觀點沒有受到多少反駁就普遍被接受了。遲至一九四三年，我也覺得我這兩位可

敬的朋友總不會沒有一點有利的事實根據，就對一位曠代大思想家做出如此嚴厲的指控的。但現在我卻不得不斷定，他們兩位都是不知不覺間，讓某種偏見影響了或者蒙蔽了他們本來是很有眼光的判斷力，他們對戴震的指控，則是由於誤解和偏頗地解釋了那些他們視爲事實的東西。他們匆遽地接受了僞造的全氏校本，這就清清楚楚地證明了：因爲一心要詆毀戴震，他們不自覺地拋棄了平素的研究方法，竟讓自己被這樣一個本子所朦騙。其實只要再作一番認眞的鑒別，他們本來該會很容易地辨認出這是一種拙劣而惡毒的僞造。……王國維只引了一個例子來支持他對戴震的指控，這個例子只表明他自己存有偏見，很不公正。此例涉及《水經注》卷十八的一個印張，一七七四年前刊印的版本都漏掉了這一張，但趙、戴二人把它恢復了。趙氏是從一六六七～一六六八年孫潛夫所校的一個本子中抄過來的，孫潛夫又是從十六世紀初的一個本子中得到的。戴震則從《大典》本抄了這一張，又加上他本人的訂正。趙本此張有四一八字，《大典》本爲四一七字，戴本訂正後爲四三七字。王國維非但沒有稱道戴震對原文所作的改進，反而作了下列的簡括斷語：『戴氏所補，乃不同於《大典》本，反而同於全趙本，謂非見全趙之書，不可矣。』王氏素以校勘精細著稱，他下此論斷實在極不公正，因爲所探討的那一頁中，戴本與趙本不同，昭然若揭，不但字數不同，而且至少有十處異文，其中六處他嚴格遵從《大典》本，另四處則是他本人所補正。」④

胡適又認爲因爲戴震「一生從事《水經注》研究所參考過的無數版本和著作中，《大典》本只不過是其中的一部。查閱他的校注，可以看出他提到過四十二種不同類型著作的書名。但我們確切地知道，他還用過許多著作，只不過認爲沒有必要引其書名來支持他的訂正罷了。……因爲這些理

正在進行資料翻查工作的王重民

由，所有研究《水經注》有成就的學者，都只好越過現有的本子和參考書。卷十九提供了最值得注意的例子，戴趙兩人都作了數達好幾千字的文字位置移動，而沒有受益於一種有權威的資料。趙一清在分開所有相混淆的經注時，採取了戴震完全相同的作法，只在每處註明某段誤入於經中或注中。在所有這些地方，趙戴都對其所作的更動或訂正自負其責。不能從這種方法推論出什麼邪惡的動機或意向。一長排聰明的學者以此種莫須有的意向擴大成一場反戴案，這既不公正也很荒謬——這不公正，因爲被控的人早已亡故，再也不能爲自己辯護了；這很荒謬，因爲並無證據可以支持。對戴震的指控可以休矣，因爲不值得作嚴肅的探討。」[5]

胡適的重審《水經注》因王重民而起，其間也獲王重民多方協助找尋資料，另外有時王重民也提出他不同的看法，王重民的某些懷疑，促使胡適對問題進一步的思考，因此胡適在一九四三年十月十四日日記中說：「在紐約作考證文字，無人可與討論，故我每寫一文，就寄與王重民兄，請他先看。」而在極端信任和坦誠的往來信函中，我們更可看出胡適毫無掩飾的

內心話語。

一九四三年十二月十一日胡適致王重民信中說：

……我最近一個月中研究此案全卷，始知自張穆、魏源至王國維、孟森，他們作此案的考證都是無證之考、無據之考。我現在的猜想是東原似始終未見趙書；不但在四庫館他校上官本之前他未見趙書，他改訂他的自刊本時他也未見趙書。……我主要的證據是東原的書完全不曾受趙書的最大貢獻的影響。趙書的最大好處在於分大小注，用大小字寫訂。……東原所謂「注中之小注」，與全、趙所謂大小注絕不相同。……倘戴曾見趙書，或曾見全氏《五校本題辭》，絕無不受其一毫影響之理。……魏源以來至王靜安都說東原盜取全、趙注中有疏之例，眞是冤枉。

一九四四年一月王重民致胡適的信中說：

……如重民還信東原見過趙書，卻每日反問：「你有什麼證據，是不是有鬼——成見——附在身上？」現在的偵察，戴、趙異點要注意，同點也要注意；同還其同，異還其異，則異同始明，天下後世人始無惑矣。

一月十七日胡適致王重民信：

……此一週之中，老兄的指教最使我得最大進益。……（當然，最大的得益，是老兄指出趙懷玉四十九年刻的《四庫簡目》已有趙書一事。此事使我明白許多相關事項。多謝多謝。）老兄指出《庫》本《目錄》趙書本有「附錄二卷」，此一反證也。嫂嫂代抄的《四庫全書考證》，關於趙書，有《水經注釋附錄》卷上的考證一條，卷下的考證一條，此又一反證也。所謂「戴襲趙之切證」，自張石舟以來，都不過如此！

胡適研讀《水經注》

一月三十一日王重民致胡適信：

……讀過先生這五篇大著，只覺得滿紙溫溫和和，切切實實，一步一步的令人不自覺的去尊信東原的學力和精詣，絕無竊書之事，輕輕鬆鬆的便把王、孟諸公的成見，置諸九霄雲外了（這至少是我的自述）。王、孟諸公若在，讀了這幾篇文章，至少可以清涼許多，也許他們的成見，同時也被先生的溫和切實溶化了。先生的文章裡，並沒有替東原辯護的話，卻眞的是替東原作了「護法沙門」了（用謝山語）。」

二月一日胡適致王重民信：

得兄三十一日信，增加我不少勇氣。（此信寫成後，擱了幾天才寄出）造一謠言甚易，而掃盡一謠言甚難。「一犬吠影，百犬吠聲」最足形容戴案。兄與我偵察此案，已八、九、十日，兄能跟著我的研究歷程走，故能掃除成見，相信東原「無竊書之事」。但我至今還覺得：成立證據不難，而摧毀謠言甚難，摧毀謠言造成的成見更難。百犬之吠，起於一吠；而最初一吠，起於一影。摧毀此一影，其難等於打鬼。鬼與影皆是無形之物，以其無形，故非證據所能摧毀掃除。

……石舟是一個怪僻的人，身遭絕大壓迫，故必欲打倒一個大偶像，始能出這口怨氣。他的一篇文字，鼓勵了王梓材去發憤僞造全校《水經注》。此所謂「一犬吠影」也。後來楊守敬、王國維、孟森諸公則皆「吠聲」而已。鄭德坤、丁山諸君則皆「吠聲」之餘波而已。天下能得幾個王重民有此公心雅量，來考量我八、九、十日的「溫溫和和，切切實實」的考據文章呢！

二月九日王重民致胡適信：

……所論「吠聲吠影」、「摧影打鬼」，誠爲處理世間一切疑案的良言！「言難傳也」，三言曾參可以殺人，……何況三傳四傳之後，有肯去懷疑的已是大英雄，而不但僅去懷疑，還去摧影打

鬼，非「五百年」而始出的聖賢，何能有此！謝山也是聰明人，早年似乎未在《水經注》下過深功夫，僅於校治《漢書．地理志》的時候，互相參校，然所得已夠多矣。晚年要專治《水經》，惜乎未成。東潛在謝山的指導之下，的確下了一番苦功夫！東原緊接東潛之後，來治《水經》，因為他有方法、有學力，所以他的成績比東潛大的多。可是重民總還直覺的——或者可說是成見的，覺著東原曾見過趙書，故能補趙糾趙，而成功為一部最精最後的校本。他不指出趙名，正和他不指出一切其他人的名字一樣，故不能謂為掠美。

二月十日胡適給王重民的信說：

……我最感謝的是你「忠實相告」，「總還覺東原曾見過趙書，故能補趙糾趙，而成功為最精最後的校本。」這正是我最想知道的一點。前書所說，只是我忠實承認這種翻案之難。我相信戴、趙、全三人治《水經注》的成績正是學術史上「不謀而合」的最明顯的例子。此種「不謀而合」，在學術史上有無數的先例。……我研究一切證據，在三個月以前已知攻戴者所提一切「證據」皆不是「證據」，皆不禁一駁。但我費了三個月的苦功夫，仍感覺缺乏絕對證據可以證明東原成書以前確不曾見趙書。吾兄此函，正證明此理，故我最感謝。

二月二十五日胡適致王重民信：

「……《全校本》之爲僞作，至今已無可疑。楊惺吾、王靜安、孟心史均信此書不僞，眞是奇事！此不光是成見誤了聰明，根本上還是考證學方法不曾上科學的路子。……前函所論，（一）證據本身必須無疑，然後要問，（二）此證據與本題有何干係，前一步是證據的可靠性（Authenticity），後一步是證據的相干性（Relevancy，切合性）。此是考證學的骨髓。然三、五百年中的考證學者又何嘗有人注意及此！」

「又如《水經》案中，王靜安說《大典》本第一卷有塗改四處，此不知誰人所改也，而靜安硬說是東原『翻改《大典》原本』，此是不曾先建立證據之可靠性，就用來作證據了。又如戴官本引歸有光本七條（靜安作五條），靜安疑爲東原『僞託』，此又是不曾成立其可靠性，就用作證據了。又如魏源以來之東原『背師』說，皆以訛傳訛，無人一問其是否可靠。今一檢查，則全是妄說。（即令其事是眞，於《水經注》案何關？而人人述此事，眞好像一種重大證據了！此一例最可表示此雙層標準之基本重要。）近日考《全校本》之僞，亦是先要問明此種文件的可靠性。此本是有惡意的作僞，每云『戴、趙依全校改』，而世之大學者乃信之不疑，豈不可嘆！次考趙書的進呈本如何，《庫》本如何，初刻本如何，五十九年改刻本如何。此亦是先確定證據之可靠性。……此四本趙書的各個可靠性確定後，然後可以爲趙書洗『攘竊』之冤，然後可以確定段玉裁、張穆、王梓材、董沛諸人誣枉之罪過。故我這個月的工作全是一種考證學方法論實例。」

三月二十二日胡適致王重民信：

……我細看楊、王、孟諸公所以不肯認全本爲僞書，其主要動機仍是因爲這是攻戴的一個重要武器，他們不肯拋棄這個武器，故雖明知其僞，而必信以爲眞，或以爲不全僞！此則成見之誤人也。還有一個原因，則是《水經注》問題太大，需要全力去研究許多有關版本。王、孟諸公皆不曾用全力去研究，更不肯拋棄成見去作平心靜氣的研究。……我此次忍耐一切，專作此事，以近四個半月，仍苦不能得充分時間作此研究！以此推知，王、孟諸人之走入迷途，十之七是成見誤之，十之三是由於時日不夠，心思不專，不曾用全力也。

三月二十三日胡適致王重民信：

昨書說王靜安、孟心史皆不曾費充分的時間研究「《水經》公案」，至今思之，尚以爲公平忠厚之論。試就董秉純所作《謝山年譜》言之，此《譜》爲謝山最忠實弟子所作，其可信賴，何待說！然兄試觀我〈辨僞〉文的第一大段引此《譜》所記乾隆十四～二十年的謝山行蹤，無一年不誤。我所作考證小注，費我一日夜之力。靜安以此《譜》爲準，故其考謝山作序年月甚誤也。此《譜》乃考訂僞全氏校本與《題辭》的關鍵，故我在第二章又以東潛行蹤與之對照，然

後《題辭》所謂「乾隆庚午仲夏」之年月能成為「辨偽」的第一鎖鑰。……我到中年以後，才知「勤、謹、和、緩」四字之中，「緩」字最難。「緩」字包含時間。不肯多費時間，則不能勤，亦不能謹也。

我們知道胡適在重勘《水經注》一案中，最推崇的考證學方法，就是宋代學者李若谷所說的「勤、謹、和、緩」四字。胡適在與王重民往來書信中，曾多次提到這四個字在考證學與校勘學之重要性。在這之前的一九四三年五月三十日給王重民的信中就說：

……「勤」即是來書說的「眼勤手勤」，此是治學成敗第一關頭；凡能勤的，無論識小識大，都可有所成就。「謹」即是不苟且，一點一筆不放過，一絲一毫不潦草。舉一例，立一證，下一結論，都不苟且，即謹，即是慎。「和」字，我講作心平氣和，即是「武斷」的反面，亦即是「盛氣凌人」的反面。進一步看，即是虛心體察，平心考察一切不中吾意的主張，一切反對我不利於我的事實和證據；拋棄成見，服從證據，捨己從人，和之至也。……我說「緩」字在治學方法上十分重要。其意義上只是從容研究，莫匆遽下結論。凡證據不充分時，姑且涼涼去，姑且「懸而不斷」。英文的 suspension of judgment，即是暫且懸而不斷。此事似是容易而實最難。……凡不肯懸而不斷的人，必是不能真做到勤、謹、和三個字的。

一九四四年四月三日王重民致胡適信：

……先生用「同一方法，同一材料，致產生同一效果」之說以解釋之，在目前不能不謂為比較妥當之一法也。東潛《水經注釋》稿本，大概直到乾隆三十七年採進遺書時，方才有人注意，三十七年以前，或者竟未傳布也。若假定戴未見柳大中、孫潛夫等校本，而《大典》本盡有柳、孫之善，則同其果而不同其源，必有可能，想先生已注意於此了罷？

四月八日胡適致王重民信：

……《水經注》案，先證明《全校本》之偽，於整個案子確已解決了一大半。因戴案起於張穆、王梓材、魏源三人，而其所謂「證據」只有兩點：一為張穆誣指戴氏未用《大典》本，一為張穆誤信王梓材的偽書，又造作妄言，不但誣戴，並誣趙書。證明《全校》為偽作，則第二部分的偽證據完全無立足之地，而張、魏、楊、王（靜安）之考證方法之謬妄也附帶揭穿了。靜安、心史諸公所謂「新證據」，仍是上了石舟的大當！東原曾用《大典》本從頭細校，毫無可疑。……但東原深知《大典》本的長處和短處（因為一百七十年中，只有他曾用《大典》本完全校過），故他的校改往往有超過一切本子的依據的地方，王、孟諸人不細考東原此種「徑改」的逐條是非功罪，即以為東原並不曾用《大典》本，那是最大的錯誤。

六月三日胡適致王重民信：

……在這些例子裡，一半例子要證明三家（或二家）「不謀而合」；一半例子要證明他們問題雖同，而解決方式大不同。其合者，其大不同者，皆是學術史上的自然現象，毫不足奇怪。段玉裁是作研究工作的人，故能自悔前言之失，而在《戴譜》內也明白承認戴、趙二書爲「不謀而合」。石舟、默深不足責，楊鄰蘇也不足責。靜安、心史平日治學有方，到此關頭竟全不用他們的冷靜頭腦與嚴謹方法，就都陷入「以理殺人」的境界，甚可惜也！

九月五日胡適致王重民信：

……但這案還有一個重要之點。我寫英文的Note，可以說…"There is absolutely no evidence to show that Tai Chen saw or utilized to work of Chao I-Ching…"就夠了。因爲英、美的法庭上，只要陪審人承認證據不夠證明被告有罪，被告就被宣告無罪了。但我寫中文報告，這還不夠！我還得進一步提出證據來證明戴氏不曾得見全、趙諸家的《水經注》，故沒有偷全、趙書的機會！……現在送上〈戴氏未見趙書的證據〉草稿一份，此中所列八證，乃是許多證件中挑出來的。請老兄細細審判，看這八證有無力量。……若此諸證足證東原未見趙書，則全案判決更容易使人心服了。

胡適認爲要釐清「戴趙」這樁公案，關鍵是校勘學的問題。而早在十年前就一直強調的治學方法——「勤、謹、和、緩」四字，則更是考證學與校勘學的精髓。由於一些學者都沒有做到這四個字，特別是沒有做到「緩」字，而造成這段公案。他以張穆爲例說：張穆是《水經注》案的發難之人，但其發難諸文字，後來都沒有收入他的集子中去。倘使他能稍「緩」幾年，也許不致上王梓材的大當了。而王國維和孟森的治學方法最謹嚴，但一旦動了「正誼的火氣」，「都會失掉平實的冷靜客觀，而陷入心理不正常狀態，即是一種很近於發狂的不正常心理狀態」。（一九五七年五月二日〈覆陳之藩函〉）「所以都陷入了很幼稚的錯誤，一其結果竟至於誣告古人作賊，而自以爲主持『正誼』。毫無事實根據，而自以爲是做『考證』！」（一九六一年八月四日〈致吳相湘函〉）

胡適在一九四六年十月十六日發表於天津《大公報》文史週刊的〈考據學的責任與方法〉中就說：「近百年中，號稱考據學風氣流行的時代，文人輕談考證，不存敬愼的態度，往往輕用考證的工具，造成誣枉古人的流言。有人說，戴東原偷竊趙東潛（一清）的《水經注》釋。又有人說，戴東原偷竊全謝山的校本。……說某人作賊，是一件很嚴重的刑事控訴。爲什麼這些文人會這樣輕率的對於已死不能答辯的古人提出這樣嚴重的控訴呢？我想來想去，只有一個答案：根本原因在於中國考證學還缺乏自覺的任務與自覺的方法。任務不自覺，所以考證學者不感覺他考訂史事是一件最嚴重的任務，是爲千秋百世考訂歷史是非眞僞的大責任！方法不自覺，所以考證者不能發覺自己的錯誤，也不能評判自己的錯誤。作考證的人，至少要明白他的任務有法官斷獄同樣的嚴重，他的方

法也必須有法官斷獄同樣的謹嚴，同樣的審慎。」

胡適的〈水經注考〉（一九五三年十二月十九日在台大文學院演講）更進一步提到：「張穆、魏源、孟森、王國維他們爲什麼罵十八世紀一位了不得的大哲學家是賊呢？因爲戴東原是當時思想的一個叛徒，批評宋明理學，批評程子、朱子。」魏源就指斥戴震：「平日譚心性，詆程朱，……江氏亦不願有此弟子也。」此後更有人認定戴震「作《孟子字義疏證》詆朱子」，「公然攘奪」他人著作就是必然的，指責戴震「好名之念太盛，凡所營爲，多不愜人意」，攻擊他「愚妄不自量」、「悖道言教」、「與程朱爭名」等等罪名不一而足。他們不滿戴氏對程朱理學尖銳深刻的批判，以戴襲趙《水經注》作了報復。

胡適在研讀《水經注》

學者方利山就指出，「我個人還認爲，即便退一步說，如果事實證明戴震在四庫館校書果眞參考過趙一清校本而未註明，也不構成戴氏『剿襲』罪，對戴的攻陷也仍然是一件錯案。」方利山還引用梁啓超的話說：「其所校本屬官書，不一一稱引趙名，亦體例宜爾，此不足爲戴病」，因此戴校本中泛稱「近刻」者，即使眞的含有趙刻本，也決不是東原隱而不言，而是「格於館例」不得不然。何況至今爲止，尚不能確定戴見趙書是確鑿的事實。

胡適替戴氏翻案，他試圖用對立證據的歸納法，他一條一條地核對出趙、戴校本中趙是而戴非之處，來證明戴未見趙書。在前引和王重民往來的書信中，我們只知道他開列八證，要王重民來駁他。可貴的是胡適在漫長的審理此案中，他爲了「這項純粹學術性的考證文字，隨時發現新材料、新證據，隨時發現前人的種種錯誤，隨時發現新見解和自覺的發現自己的錯誤，隨時修正、改寫。」比如他曾認定薛刻全氏七校本是僞書，包括卷首的〈序目〉和長達五千言的〈題辭〉，都是王梓材僞造的。但當他看到了天津圖書館所藏的全氏七校抄本後，他立刻認錯：「我研究的結果，使我不得不承認我以前判斷的錯誤。」並且爲王梓材平反，說他「抄寫謝山的校語確很謹嚴」。爲此他在〈證明全校《水經注》的題辭是僞造〉一文之前，又補加了他後來（一九四九年七月五日）用紅筆中楷寫的一頁文字：

> 校勘學的正路是多尋求古本——尋求原稿本或最接近原稿本的古本。同樣的，考證學的正路是多尋求證據——多尋求最早的、最直接的證據。「推理的校勘」不是校勘學的正路，證據不夠的推求也不是考證學的正路。

胡適的二十年《水經注》的研究，是在重審戴趙的學術公案，並不側重於《水經注》本身的研究，因此我們不必從酈學的角度，來苛求胡適的研究成果，其實他在《水經注》的版本的蒐集和研究，已獲得了豐碩的成果。他更重要的目的是要借《水經注》這一學術公案的重審，動搖楊、王、孟諸

人的學術權威，他在〈論楊守敬判斷水經注案的謬妄〉文中，指出「這種迷誤，一半是王靜安、孟心史的權威造成的，一半是楊惺吾的三部《水經注疏要刪》的權威造成的。靜安、心史都不曾專治《水經注》，故他們都信賴楊氏的結論，用作出發點。」胡適要人從權威迷信中醒悟。

胡適曾多次宣示自己的治學方法，得之於清代樸學，源於戴震的「但宜推求，勿為株守」。胡適在重審的過程中，也多次強調尊重事實，尊重證據，實事求是的治學方法。他大力宣揚他的治學方法，「要把金針度與人」，或許是胡適二十年迷《水經注》的更深用意。

注

① 方利山〈胡適重審「《水經注》公案」淺議〉收入《現代學術史上的胡適》，北京：三聯書店，一九九三年。

② 桑兵〈胡適與《水經注》案探原〉，《近代史研究》，一九九七年第五期。

③ 陳橋驛〈讀胡適研究《水經注》的第一篇文章〉，《杭州大學學報》（哲學社會科學版），第六期，一九九四年三月。

④⑤ A Note on全祖望、趙一清and戴震：A study of Independent Conrergence in Research as illustrated in their works on the《水經注》，葉光庭譯，名為〈乾隆酈學全、趙、戴三家札記——三家研究《水經注》獨立同歸探討〉，《杭州大學學報》（哲學社會科學版），第廿四卷第一期，一九九四年三月。

小說家與學者的邂逅

當張愛玲遇上胡適

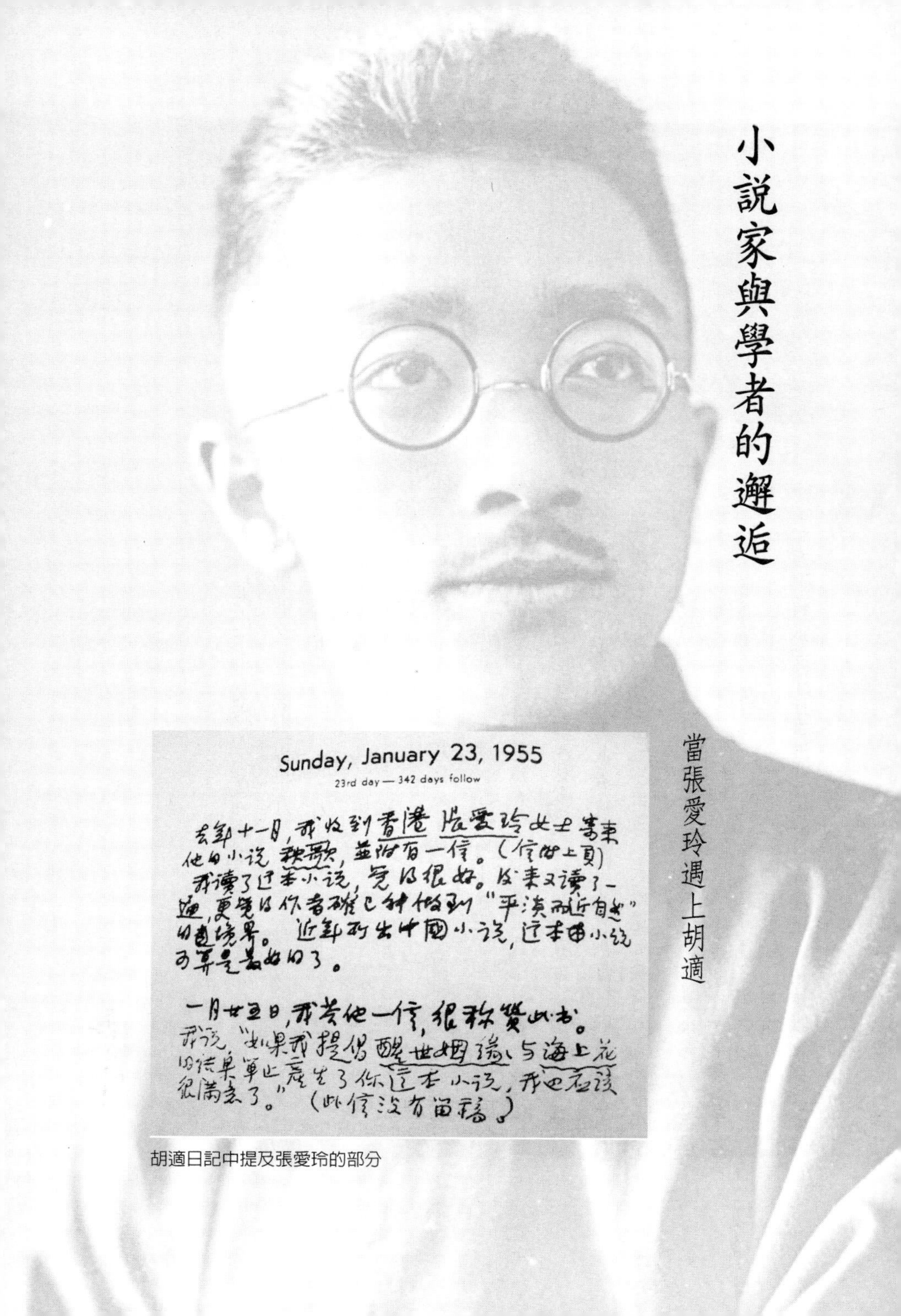

Sunday, January 23, 1955

23rd day — 342 days follow

去年十一月，我收到香港張愛玲女士寄來他的小說秧歌，並附有一信。（信附上頁）

我讀了这本小說，覺得很好。後來又讀了一遍，更覺得作者確已能做到"平淡而近自然"的境界。近年所出中國小說，这本書小說可算是最好的了。

一月廿五日，我寄他一信，很稱贊此書。我說，"如果我提倡醒世姻緣与海上花的結果單止產生了你这本小說，我也應該很滿意了。"（此信沒有留稿。）

胡適日記中提及張愛玲的部分

一九五四年七月，張愛玲的《秧歌》在香港出了中文版，不久她給當時在美國的胡適寄了一本，其用意除希望獲得胡適的青睞外，恐怕也想借他之力，向外界推介。因此張愛玲還隨書附有一封短信，這封信後來被胡適黏貼在他一九五五年一月二十三的日記裡，因此得以保存下來，其原文如下：

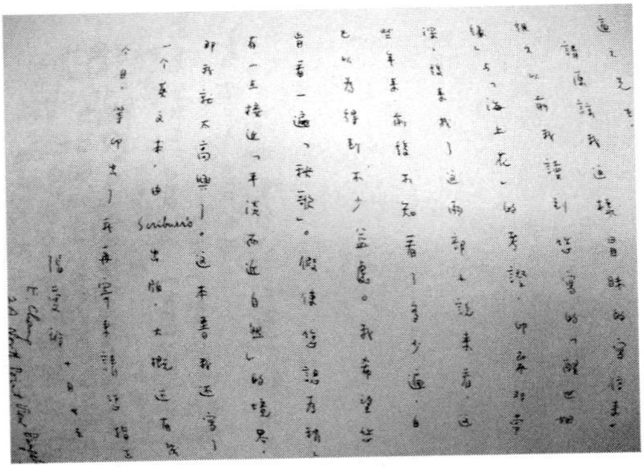

張愛玲寫給胡適的信。胡適於日記中收藏

適之先生：

請原諒我這樣冒昧地寫信來。很久以前我讀到您寫的《醒世姻緣》與《海上花》的考證，印象非常深，後來找了這兩部小說來看，這些年來前後不知看了多少遍，自己以爲得到不少益處。很希望你能看一遍《秧歌》。假使你認爲有一點稍稍有一點接近「平淡而自然」的境界，那我就太高興了。這本書我還寫了一個英文本，由Suibueio出版，大概還有幾個月，等印出來了，我再寄來請您指正。

張愛玲　十月二十五

後面還附有張愛玲在香港北角的英文地址。這是張愛玲和胡適

的首次書信往來。

胡適是一九四九年四月六日從上海坐船赴美的，直到一九五八年四月八日取道東京回到台北，出任中央研究院院長爲止，期間在美國有整整九年的時光。據研究學者美國普林斯頓大學周質平教授在〈胡適的暗淡歲月〉文中說：「在這段期間，除偶爾回台開會演講之外，胡適住在紐約東八十一街一〇四號的一個公寓裡。在這九年時間裡，唯一比較正式有固定收入的工作是一九五〇年七月一日起聘，到一九五二年六月三十日終止的普林斯頓大學葛思德東方圖書館館長一職。」

曾經是中國白話文運動之父，新文化運動的領袖，三十五個榮譽博士學位的擁有者；二次大戰期間，還擔任過駐美大使，在全美做過上百場演講的胡適，在這段期間，卻是他一生中最苦悶、惆悵與飽受折磨、凌辱的歲月。

曾經爲胡適做口述歷史的唐德剛教授就回憶說：「那是五〇年代的初期，也是大紐約地區中國知識分子最感窒息的時代。當年名震一時的黨、政、軍、學各界要人，十字街頭，隨處可見。但是他們的言談舉止，已非復當年。中國大陸，那時正是土改肅反，殺氣騰騰，實情如何，難以蠡測。台灣那時在一般人想像中，也只是個瘴癘滿山、蛇蠍遍地的亞熱帶小島——一個重洋之外，煙水鄉里，無從捉摸的『香格里拉』！乾脆當難民，就在紐約定居吧！但是長安之居，談何容易！加以當時排華之律未全除，種族歧視猶健在。那些掛冠部長、解甲將軍、退職學人，到此時此際，才了解本身原來力難縛雞，在資本主義的社會裡，謀生乏術。」

「就拿胡適之先生來說吧，胡適在紐約退休之時，精力尤盛，本可憑藉北美之資財，整理中華之

國故。孰知他底蓋世才華，竟只能在普林斯頓大學做一短期的中文圖書管理員。這一職位，因很少洋學者可以擔任，筆者後來在哥大亦承乏至七年之久。自我解嘲一番，這是個學術界清望甚高的位置。事實上，它在整個大學的行政系統中，則微不足道。經院官僚，根本不把這部門當作一回事。任其事者，亦自覺人微言輕，無啥建樹之可言。筆者何人？居其位，猶不免有倚門彈鋏之嘆，況胡適博士乎？」

曾經「冠蓋滿京華」的胡適，在此時可說是「門前冷落車馬稀」。也因此夏志清先生在唐德剛《胡適雜憶》的序中說：「張愛玲未去美國前，從香港寄他一本《秧歌》，他真的讀了，還寫了封懇切的回信。同樣情形，姜貴從台灣寄他一冊《今檮杌傳》[1]，他也真的讀了，也寫了很長的回信。胡適識拔張、姜兩人，當然是文壇佳話，也證明他讀當代小說，確有卓見。但話說回來，對胡適而言，這兩位作家都是毫無名望的；他有時間讀他們的贈書，表示他手邊沒有急急要辦的正事。普通名學者，自己忙於著作，心有餘而力不足，收到的贈書太多，即使想看，也抽不出空來，何況中國當代小說，並非胡適研究的主要對象。[2]」

《秧歌》書影

但胡適接到《秧歌》後卻先後讀了兩遍，並就讀後的感想，寫了頗長的回信。胡適在一九五五年一月二十三日的日記上說：

去年十一月，我收到香港張愛玲女士寄來她的小說《秧歌》，並附有一信。我讀了這本小說，覺得很好。後來又讀了一遍，更覺得作者確已能做到「平淡而自然」的境界。近年所出中國小說，這本小說可算是最好的了。一月二十五日，我發她一信，很稱讚此書。我說，「如果我提倡《醒世姻緣》與《海上花》的結果，單只產生了你這本小說，我也應該很滿意了。」

胡適此信沒有留下底稿，幸運的是這封信被保留在張愛玲的〈憶胡適之〉一文中③。從張、胡兩人一來一往的信看來，他們的話題是繞著《醒世姻緣》和《海上花》而來的，而「平淡而近自然」，更是魯迅在《中國小說史略》中對《海上花》的評價。魯迅說：「……光緒末至宣統初，上海此類小說之出尤多，往往數回輒中止，殆得賂矣，而無所營求，僅欲摘發伎家罪惡之書亦興起。惟大都巧為羅織，故作已甚之辭，冀震聳世聞耳目，終未有如《海上花列傳》之平淡而近自然者。」

可見，《海上花》是聯繫他們兩人的紐帶，而其「平淡而近自然」的藝術風格，也是他們兩人共同的興趣，此後張愛玲花了許多時間從事於《海上花》的國語和英語的翻譯，其殆源於此。

張愛玲在〈憶胡適之〉一文中提到，她從小看《胡適文存》是在父親窗下的書桌，坐在書桌前看的。那是她最早和胡適的接觸，已是在二〇年代後期了④。張愛玲在文中，還談到她母親黃逸梵和姑姑張茂淵曾和胡適同桌打過牌⑤；而戰後報上登著胡適卸下駐美大使職務回國的照片，不記得是下飛機還是下船，笑容滿面，笑得像個貓臉的小孩，打著個大圓點的蝴蝶式領結，姑姑看著笑了起來

說：「胡適之這樣年輕！」

張愛玲對胡適的崇拜還來自「五四」運動，她說：

> 我屢次發現外國人不了解現代中國的時候，往往是因爲不知道五四運動的影響。因爲五四運動是對內的，對外僅限於輸入。我覺得不但我們這一代與上一代，就連大陸上的下一代，儘管反胡適的時候許多青年已經不知道在反些什麼，我想只要有心理學家榮格所謂民族回憶這些東西，像「五四」這樣的經驗是忘不了的，無論湮沒多久，也還是在思想背景裡。榮格與佛洛依德齊名，不免聯想到佛洛依德研究出來的，摩西是被以色列人殺死的。事後他們自己諱言，年代久了，又倒過來仍舊信奉他。

三〇年代，張愛玲於香港大學的學籍資料中留下的照片

張愛玲這個也是吃五四的奶汁長大的作家，在此也承認受作爲五四新文化領袖的胡適的影響，對於五〇年代中期大陸的批判胡適和台灣對《自由中國》時期胡適等人的冷對，張愛玲巧妙地借佛洛依德關於摩西與以色列的關係，來暗示胡適的貢獻，將會在日後受到肯定。這個「同情地了解」的先見之明，張愛玲一直沒有改變過，直到一九六一年十月中，她唯一的台灣行，和作家王禎和還談到：「現代的中國與胡適

之的影子，是不能分開的。」她對胡適的欽佩之情，由此可見。

因此張愛玲在一九五五年十一月，她到紐約不久，就和好友炎櫻去見同在紐約的胡適。張愛玲在〈憶胡適之〉裡這樣描述當時的情景——

那條街上一排白色水泥方塊房子，門洞裡現出樓梯，完全是港式公寓房子，那天下午曬著太陽，我都有點恍惚起來，彷彿還在香港。上了樓，室內陳設也看著眼熟得很。適之先生穿著長袍子。他太太帶點安徽口音，我聽著更覺得熟悉。她端麗的圓臉上看得出當年的模樣，兩手交握著站在原地，態度有點生澀。我想她也許有地方永遠是適之先生的學生，使我立刻想起讀到的關於他們是舊式婚姻罕有的幸福的例子。

而胡適在十一月十日的日記寫道：「Called on Miss Eileen Chang，張愛玲，auther of《秧歌》。始知她是豐潤張幼樵的孫女。張幼樵（佩綸）在光緒七年（一八八一年）作書介紹先父（胡傳，字鐵花）去見吳窓齋（大澂）。此是先父後來事功的開始。幼樵貶謫時，日記中曾記先父遠道寄函並寄銀兩百兩。幼樵似甚感動，故日記特書此事⑥。幼樵遺集中竟收此介紹一個老秀才的信，——我曾見之，——可見他在當時亦不是輕易寫此信也。」

由此可見在張愛玲走後，胡適認真地查了資料，理清了張愛玲的祖父張佩綸曾經幫助過他的父親胡鐵花，而胡鐵花也在一八八四年張佩綸被貶謫到張家口時，知恩圖報地致函，並接濟過他。有

了這一層關係，使原本就樂於提攜後進的胡適[7]，對張愛玲就更加特別的關心。

後來張愛玲又隻身去看過胡適一次，且在胡適的書房與他對談了很久。書房裡有一面牆全是書架，高齊房頂，似乎是訂製的，但沒擱多少書，全是一疊一疊的文件夾子，多數亂糟糟露出一截紙，這大概是胡適考證《水經注》的材料吧，張愛玲說她看著就心悸。話題從看書開始，胡適問她在紐約看書方不方便，說：「你要看書可以到哥倫比亞圖書館去，那兒書很多。」張愛玲笑著說，她常到市立圖書館借書，但還沒有到大圖書館看書的習慣。這種回答其實是婉拒了胡適的建議，在胡適的想法裡，大圖書館藏書豐富，可上下求索，是做學問的寶庫；而在張愛玲的想法是小圖書館收藏的通俗刊物，可能更貼近她創作時尋常百姓生活的題材。

感恩節時，胡適擔心張愛玲一個人寂寞，他打電話給張愛玲，約她去吃中國館子，但偏巧這天，張愛玲因與炎櫻逛街受了風寒，加上嘔吐，因此只得婉拒了胡適的邀請。

最讓張愛玲感動的是，有一天胡適竟然在大冷天，跑到她住的救世軍的女子宿舍來看她。張愛玲請他在一個公用客廳坐，裡面黑洞洞的，足足有個學校禮堂那麼大。張愛玲無可奈何地笑著，對胡適表示歉意。但胡適很有涵養，直讚這個地方好。後來胡適要走時，他送胡適到大門外，兩人站在台階上說話，冷風從遠方吹來，胡適看著街口露出的一角空漾的灰色河面，河上有霧，看得怔住了。望著嚴嚴實實裹著圍巾，脖子縮在半舊的黑大衣裡，肩背厚實，頭臉顯得很大的胡適，張愛玲也怔住了。這是她的神明，她的偶像，距她這樣近，這樣衰老而可親。張愛玲說：

我也跟著向河上望過去微笑著，可是彷彿有一陣悲風，隔著十萬八千里從時代的深處吹出來，吹得眼睛都睜不開。那是我最後一次看見適之先生。⑧

後來張愛玲搬到美國東北部的新英格蘭去，和胡適斷了消息。一九五八年張愛玲申請到南加州亨亭屯．哈特福基金會（Huntington Hartford Foundation）去住半年，那是A&P超級市場後裔辦的一個藝文作坊，張愛玲請胡適作保，胡適答應了，並把張愛玲三、四年前送他的那本《秧歌》寄還給她。張愛玲說該書經胡適通篇圈點過，又在扉頁上題字。張愛玲當時的心情是「我看了實在震動，感激得說不出話來，寫都無法寫」。於是她寫了封短信去道謝。而同年的四月八日胡適就取道東京返回台北了。

一九六二年二月二十四日，胡適因心臟病猝逝於中央研究院新院士的迎新酒會上，終年七十二歲。張愛玲說：

……看到噩耗，只惘惘的。是因爲本來已經是歷史上的人物？我當時不過想著，在宴會上演講後突然逝世，也就是從前所謂無疾而終，是眞有福氣。以他的爲人，也是應當的。⑨

對於死亡，張愛玲總是處之淡然，因此她對胡適的哀悼，也是異於常人的。而令人意想不到的是三十三年後，她也以一種異

胡適在中研院

於常人的方式，悄悄地告別了人世，留下「蒼涼」的手勢。

張愛玲給胡適的信中提到，因爲讀了他的《醒世姻緣》和《海上花》的考證，而找了這兩部小說來看，「這些年來前後不知看了多少遍，自己以爲得到不少益處。」又說：「《醒世姻緣》和《海上花》一個寫得濃，一個寫得淡，但同樣是最好的寫實的作品。我常常替它們不平，總覺得它們是世界名著。《海上花》雖然不是沒有缺陷的，像《紅樓夢》未寫完，也未始不是一個缺陷。缺陷的性質雖然不同，但無論如何，都不是完整的作品。我一直有個志願，希望將來能把《海上花》和《醒世姻緣》譯成英文。裡面對白的語氣非常難譯，但也並不是絕對不能譯的。」[10]

我們知道二〇年代中期，韓邦慶（子雲）的《海上花列傳》的研究，曾掀起一股小小的熱潮，當時出現了一系列在史料和批評方面，頗具價值和深度的文章，如孫家振《退醒廬筆記》中的〈海上花列傳條〉、顚公的《懶窩隨筆》、魯迅《中國小說史略》中的「清之狹邪小說」一節，及劉半農的〈讀海上花列傳〉和胡適的〈海上花列傳序〉。[11]

胡適在文中盛讚《海上花》爲「吳語文學的第一部傑作」，後來張愛玲甚至說它是「方言文學的第一部傑作」。胡適雖然對作者的寫作技法，沒有正面加以評價，但對作者的自覺性和大膽嘗試，還是予以肯定的。他說：「《海上花》的人物各有各的故事，本身並沒有什麼關係，本不能合傳，故作者不能不煞費苦心，把許多故事打通，折疊在一塊，讓這幾個故事同時進行，同時發表。主腦的故事是趙樸齋兄妹的歷史，從趙樸齋跌跤起，至趙二寶作夢止。其中插入羅子富與黃翠鳳的故事，王蓮生與張蕙貞、沈小紅的故事，陶玉甫與李漱芳、李浣芳的故事，朱淑人與周雙玉的故事，此外還

有無數小故事。作者不願學《儒林外史》那樣先敘完一事，然後再敘第二事，所以他改用『穿插、藏閃』之法，『一波未平，一波又起』；閱者『急欲觀後文，而後文又捨而敘他事矣』。」

而張愛玲更指出：「《海上花》其實是舊小說發展到極端、最典型的一部。作者最自負的結構，倒是與西方小說共同的。特點是極度經濟，讀著像劇本，只有對白與少量動作。暗寫、白描，又都輕描淡寫，不落痕跡，織成一般人的生活的質地，粗疏、灰撲撲的，許多事『當時渾不覺』。所以題材雖然是八十年前的上海妓家，並無豔異之感，在我所看過的書裡，最有日常生活的況味。」⑫

張愛玲對《海上花》的譯注，可說是由於胡適的點撥而達成的。張愛玲除將書中的吳語對白，悉數譯為國語外，還將其譯為英文⑬，可見其用力之深。除此而外，她還刪除原書中「潰爛」的部分，並重新修補，成為情節緊湊的六十回本⑭，這已仿效當年才子金聖嘆的「腰斬」《水滸傳》為七十回本。而張愛玲對韓邦慶最自負的「穿插、藏閃」法，在欣賞領悟之餘，又特將其注出，猶如金聖嘆之批《水滸傳》、張竹坡之批《金瓶梅》，脂硯齋之批《紅樓夢》。張愛玲別具會心的抉隱發微，有意無意間，延續了明清評點小說的傳統。

七〇年代張愛玲的創作慾望已銳減，她又返歸於古典小說《紅樓夢》和《海上花》。她和胡適的相遇，他們對晚清小說曾有共同的話題，但細究後卻又不同，只因張愛玲始終把《海上花》的翻譯，當成另一種形式的再創作；而《紅樓夢魘》亦不同於胡適的「曹學」考證，她更多的是以其創作經驗，來對文本的形成、改寫等的論辯，形成她對《紅樓夢》的獨特認知。他們兩人有思想上「交會的火花」，但終究是自成體系的！

張愛玲八歲開始讀《紅樓夢》，以後每隔三、四年讀一次，從不中斷。她對《紅樓夢》已經熟到「不同的本子不用留神看，稍微眼生點的字自會蹦出來」。小時候，她沒有能力辨別續書的眞僞，待到看了《胡適文存》裡一篇《紅樓夢》考證，方知有個「舊時眞本」，寫湘雲爲丐，寶玉做更夫，雲夜重逢，結爲夫婦。「看了眞是石破天驚，雲垂海立，永遠不能忘記」，於是她「十年一覺迷紅樓」。豈只是十年，應該是三十年！

我們知道紅學的研究是從所謂「索隱派」開始的，到了一九二一年胡適的考證派，又開啓了「新紅學」的時代。張愛玲雖對胡適有若神明般的敬重，但她卻反對胡適的「自傳說」。她以自己創作小說的經驗認爲，雖然《紅樓夢》中有「細節套用實事」的地方，但基本上它是虛構的文學作品，因此要回到文學的層面，來研究它的不同版本和改寫，從而看出曹雪芹如何處理情節架構、人物塑造等等。它應該是文學、文本的探究，而非歷史、曹家的考證。

而張愛玲的《紅樓夢魘》一書，對情節更迭、改寫的動機、時間次序，以及脂批年代的先後，都做了翔實精細的考訂，而這些考訂，又滲入張愛玲多年創作小說的經驗，因此有些想像發揮則膽大放恣，又符合了胡適的「大膽假設，小心求證」的原則。

於是我們看到張愛玲率領著一群紅迷，隨著她追蹤曹雪芹二十年間在悼紅軒的「批閱」與「增刪」，是那樣地逸興遄飛，那樣地激動喜悅！《紅樓夢魘》讓張愛玲了卻了她一往情深的有關《紅樓夢》的另一件「創作」！

注

①後改名為《旋風》。

②胡適晚清小說讀得極熟，他文章裡絕少提到二、三〇年代的小說——少數人的短篇例外——很可能連茅盾、老舍、巴金的長篇，他都沒有碰過。

③刊登於一九六八年四月《皇冠》雜誌，第二十九卷第二期。

④張愛玲出生於一九二〇年，當時胡適已成為新文化運動的領袖而享有盛名，而《胡適文存》是一九二一年起由上海亞東書局陸續出版。

⑤這可能是一九三〇年五月以後的事，當時胡適辭去上海公學校長一職，而尚未北返。其時張愛玲父母因性情不合，而由母親主動提出離婚，母親和姑姑搬出寶隆花園洋房，改住到法租界公寓。當時因張愛玲和弟弟還隨父親住在寶隆花園，因此並沒有機會得見胡適。這之後張愛玲的母親再度出國，而胡適也於同年十一月返回北京大學。

⑥《澗于日記》有石印本。

⑦從胡適與楊聯陞的書信集中，我們發現在五〇年代，胡適為協助史學家勞榦來美訪問研究，曾多次與楊聯陞書信往返，並想盡辦法代為籌措經費。

⑧⑨⑩⑫ 參見張愛玲〈憶胡適之〉。

⑪該兩篇文章收入亞東版的《海上花列傳》一書。

⑬首兩回曾刊登在香港中文大學翻譯研究中心出版的《譯叢》(*Renditions*)外，張愛玲稱餘皆散失。一九九七年，在美學者張錯以美國南加州大學成立張愛玲文物特藏中心為名，得到宋淇遺孀鄺文美的同意，將兩箱張愛玲文稿送交南加州大學圖書館，發現《海上花》英譯稿竟就在其中。這份譯稿首先經南加州大學中文圖書部主任傅麗琳按紙張異同、打字機字體大小整理出三個版本，一份完整的六十四章版本，一份四十多章的部分修改稿，一份複印紙列印稿，可能是副本。再經過香港翻譯家孔慧怡三年的翻譯修訂、潤稿、編排，二〇〇五年由哥倫比亞大學出版社出版。

⑭原著為六十四回。

不是結語的結語

接觸胡適而且走近胡適，是由於二○○二年拍攝《大師身影》系列紀錄片其中的胡適一集，說實在當時有點「初生之犢」，到眞的著手進行時，才發覺事情不是想像中的簡單。於是從最基本的十大冊《胡適日記》讀起，再讀幾十冊的《胡適祕藏書信》，記下了一些筆記。繁重的田野調查及拍攝工作，並無暇整理爲文，直到影片後製階段，一些原先只是模糊的概念，得到一些事實的印證，變得越來越清晰了，胡適整個生動的身影慢慢呈現出來了。但是紀錄片的載體並不適合做太多的論辯及史料的引述。因此這些影像之外的探索文字，就成了本書的主要內容。

在這些求索的過程，要感謝的人及單位，可說太多太多了。在許多學者的訪談中，都給了我無限的啓發與點撥。如果不是北京社科院的耿雲志教授公布徐芳給胡適的情書，我就不會在台北市找到當時已九十餘高齡的徐芳奶奶，當然也不會有胡適指導她完成的畢業論文《中國新詩史》及《徐芳詩文集》兩部書的出版，三○年代的女詩人，將會是現代文學史上永遠的「遺落的明珠」。如果不是認識張君勱的女兒，我將永遠不知道張君勱的夫人王世瑛和王重民的夫人劉修業，是親姐妹，當然更不會認識王重民的公子王平先生，那也無法促成《胡適與王重民往來書信集》一書的誕生。如果不是看到二○○七年九月十六日《中國時報》駐紐約記者王良

芬小姐的一篇報導，我也不會去追蹤胡適心中的聖女——李美步博士。如果不是亦師亦友的中研院史語所所長王汎森先生，幫我辨識張默君給胡適龍飛鳳舞的書信內容，我將無法得知胡適爲所愛的曹珮聲「關說」的內情。如果，有太多太多的如果；感謝，有太多太多的感謝。

感謝耿雲志先生在身體違和初癒之際，慨然賜序，提出精彩的見解，指出我疏漏之處，謹領受教。同樣台北胡適紀念館館長黃克武先生，亦在百忙之際賜序，提綱挈領地指出胡適研究地正確方向，高屋建瓴，讓我輩有問津之路。除此更要感謝北京社科院近史所、台北胡適紀念館提供胡適早期及晚年的精彩照片，讓在文字敘述之餘，更有影像的見證。而對胡適的眾多友人的家屬後人、出版社等單位，在此也一併致謝！當然最要感謝的是聯經出版公司的前後兩位發行人劉國瑞先生和林載爵先生，是他們的多少寬容與包容，才有胡適等七位大師影集的完成。

記得耿雲志先生說過從胡適的往來書信中，可寫出許多部「胡適和他的朋友」，確實如此，胡適和其他學者不同，他的許多學術論點，都見諸於與友人的書信中，與王重民的論《論水經注》，可說是最爲經典的論學書信。也是胡適做考證研究具體而微的「方法學」。胡適在《醒世姻緣傳考證》的〈引首〉中，把前人的詩句「鴛鴦繡出從君看，不把金針度與人」，做了一百八十度的翻轉，改爲「鴛鴦繡取從君看，要把金針度與人」，一字之差，從「祕不傳人」而成爲「百世之師」，胡適可以不朽！

重尋胡適的歷史現場，胡適未完，而是正在開始！

二〇〇八年四月十日寫於「胡適特展」開幕前一天的破曉時刻

文學叢書 182

INK PUBLISHING

何處尋你 胡適的戀人及友人

作　　者　蔡登山
總 編 輯　初安民
責任編輯　丁名慶
校　　對　吳美滿　丁名慶　蔡登山
內頁照片提供　中央研究院胡適紀念館

發 行 人　張書銘
出　　版　INK印刻文學生活雜誌出版有限公司
台北縣中和市中正路800號13樓之3
電話：02-22281626
傳真：02-22281598
e-mail:ink.book@msa.hinet.net
網　　址　舒讀網http://www.sudu.cc

法律顧問　漢廷法律事務所
劉大正律師
總 代 理　展智文化事業股份有限公司
電話：02-22533362・22535856
傳真：02-22518350
郵政劃撥　19000691　成陽出版股份有限公司
印　　刷　海王印刷事業股份有限公司

出版日期　2008年 5 月　初版
ISBN　978-986-6631-03-0

定價　350元

國家圖書館出版品預行編目資料

何處尋你 胡適的戀人及友人／蔡登山.
--初版.--台北縣中和市：INK印刻文學，2008.5
面；　公分.--（文學叢書；182）
ISBN 978-986-6631-03-0（平裝）
1.胡適　2.台灣傳記
783.3886　　97005848

INK

INK INK INK INK INK INK
INK INK INK INK INK
INK INK INK INK INK INK
INK INK INK INK INK
INK INK INK INK INK INK
INK INK INK INK INK
INK INK INK INK INK INK
INK INK INK INK INK
INK INK INK INK INK INK
INK INK INK INK INK
INK INK INK INK INK INK
INK INK INK INK INK
INK INK INK INK INK INK
INK INK INK INK INK
INK INK INK INK INK INK
INK INK INK INK INK
INK INK INK INK INK INK
INK INK INK INK INK
INK INK INK INK INK INK
INK INK INK INK INK
INK INK INK INK INK INK
INK INK INK INK INK
INK INK INK INK INK INK
INK INK INK INK INK

INK INK INK INK INK INK
INK INK INK INK INK
INK INK INK INK INK INK
INK INK INK INK INK
INK INK INK INK INK INK
INK INK INK INK INK
INK INK INK INK INK INK
INK INK INK INK INK
INK INK INK INK INK INK
INK INK INK INK INK
INK INK INK INK INK INK
INK INK INK INK INK
INK INK INK INK INK INK
INK INK INK INK INK
INK INK INK INK INK INK
INK INK INK INK INK
INK INK INK INK INK INK
INK INK INK INK INK
INK INK INK INK INK INK
INK INK INK INK INK
INK INK INK INK INK INK
INK INK INK INK INK
INK INK INK INK INK INK
INK INK INK INK INK

K INK INK INK INK INK INK
NK INK INK INK INK INK IN
K INK INK INK INK INK INK
NK INK INK INK INK INK IN
K INK INK INK INK INK INK
NK INK INK INK INK INK IN
K INK INK INK INK INK INK
NK INK INK INK INK INK IN
K INK INK INK INK INK INK
NK INK INK INK INK INK IN
K INK INK INK INK INK INK
NK INK INK INK INK INK IN
K INK INK INK INK INK INK
NK INK INK INK INK INK IN
K INK INK INK INK INK INK
NK INK INK INK INK INK IN
K INK INK INK INK INK INK
NK INK INK INK INK INK IN
K INK INK INK INK INK INK
NK INK INK INK INK INK IN
K INK INK INK INK INK INK
NK INK INK INK INK INK IN
K INK INK INK INK INK INK
NK INK INK INK INK INK IN